오래되고
멋진
클래식
레코드 2

오래되고 멋진
클래식 레코드 2

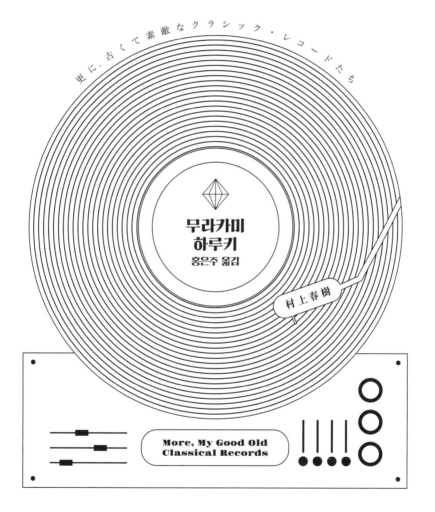

更に·古くて素敵なクラシック·レコードたち

무라카미
하루키

홍은주 옮김

村上春樹

More, My Good Old
Classical Records

문학동네

차례

두 종류의 호불호

『오래되고 멋진 클래식 레코드』를 2021년 6월 출간하고 한동안 '아아, 드디어 끝났다, 보통 일이 아니었다' 하는 감회에 젖어 있었다. 매일 산더미 같은 클래식 레코드를 꼼꼼히 다시 듣는 작업은 처음부터 (누가 시킨 것도 아니고) 내가 좋아서 시작한 일이지만, 역시 나름대로 신경이 쓰이고 시간도 제법 많이 빼앗긴다.

하지만 책이 서점에 깔리고 시간이 조금 지나자 (이런 취미 얘기를 담은 책을 누가 좋아해줄까 고개를 갸웃하며 써내려갔더랬는데, 보아하니 세상은 생각보다 따뜻하게 받아들여준 듯했다), 점점 '좀더 할 수도 있겠는걸' 하는 생각이 들었다. 여기에는 역시 전 세계가 '코로나19'라는 특이한 상황에 놓여 있었다는 배경도 큰 요인 중 하나로 작용했을 것이다. 아무튼 날마다 변변히 외출도 못하고 집안에서 뒹굴고만 있으니 자연스레 레코드를 턴테이블에 올려놓게 되고, 듣다보면 그 음악에 대해 무언가 쓰고 싶어졌다. 주위를 둘러보니 『오래되고 멋진 클래식 레코드』에서 채 언급하지 못한 '못다 실은' 레코드도 제법 많고…… 이런 연유로, 스스로도 제대로 마음먹기 전에 어물어물 속편 작업을 시작해버렸다. '아니, 또 하겠다고?'

하며 어이없어하는 분도 많겠지만, 사정이 이리되었으니 혹 폐가 안 된다면 다시 한번 읽어주셨으면 한다. 이번에도 지난번과 마찬가지로 CD는 원칙적으로 다루지 않고(무시하고), 오래된 아날로그 레코드를 제한적으로 소개하고 짧은 감상 비슷한 것을 썼다.

지난번에도 썼다시피 이 책은 '이 곡은 이 연주로 들으세요!' 하는 가이드북도 아니고, 지식을 전달할 의도로 쓴 것도 아니다. 대부분 오래된 레코드를 다루고 있기에 실용적인 면에서도 큰 도움이 못 될 것이다. 그럼 대체 뭐하는 책이냐고 물으신다면, '우리집에 이런 LP 레코드가 있는데, 저는 그 음악을 이렇게 듣고 있답니다' 하는 개인적인 보고서(리포트) 같은 것이라고 생각해달라……고 말하는 수밖에 없다.

집에 있는 레코드 중에는 물론 '이 사람이 이 곡을 연주한 걸 듣고 싶다'는 뚜렷한 목적을 가지고 구입한 것도 있다. 그런가 하면 바겐세일 상자를 뒤지다가 '저렴한데다 왠지 재미있어 보여서' 별생각 없이 집어온 것도 있다. 재킷 디자인이 눈에 들어와서 이른바 '재킷 구매'를 한 것도 적지 않다. '이 레코드는 평생 품고 살아야지' 하는 것이 있는가 하면, '이런 게 왜 우리집에 있을까' 하고 고개를 갸웃하게 되는 것도 있다. 그래도 뭐, 내 생각에 수집이라는 것의 성격이 본래 그렇듯 잡다한지라, 한 장 한 장이 전부 '불후의 명반'이면 그것을 가지고 사는 사람도 꽤 신경이 피로해지고 말 것이(라고 생각한)다. 고등학생 시절 구해서 지금껏 애지중지 아껴 듣는 음반이 있는가 하면, 외국에 살 때 중고가게에서 마구잡이로 사들인 음반도 있다(당시에는 제법 희귀한 레코드를 싼 값에 살 수 있었다). 고등학교 시절엔 곧잘 방과후 한큐 산노미야역 근처의 '마스다 명곡당'이라는 작은 클래식 레코드 전문점에 들러 레코드를 샀다. 레코드를 사려고 점심을 거른 적도 있다. 그런 음반을 오랜만에 집어들면 가슴이 절로 따뜻해진다.

　나로서는 우리집 서재에 초대해 스피커 앞 소파에 앉히고 "보세요, 우리집에 이런 레코드도 있답니다" 하며 재킷을 보여주고 음악을 들려주는 기분으로 이 책을 썼다. 그러니 어깨 힘을 빼고 차도 한잔 마시면서, 느긋한 기분으로 책장을 넘겨주셨으면 한다. 정말로 그렇게 초대할 수 있으면 좋을 테지만, 뭐 이쪽도 이런저런 사정이 있는지라……

　세상의 클래식 팬 중에는 이를테면 '카라얀의 음악 따위는 인정 못해'라든가 '푸르트벵글러는 지고의 신이다' 하는 외곬의 원리주의적 사고를 지닌 분도 적지 않은데, 나는 (아마도) 그런 타입은 아니다. 물론 호불호 같은 것은 있지만, 어디까지나 개인적 경향이지 다른 사람에게 강요할 생각은 전혀 없다. 동의하든 동의하지 않든, '흐음, 그렇군, 이 녀석은 그렇게 생각하면서 이 레코드를 듣는구나' 하는 정도로 한 귀로 흘려들어주시면 좋겠다.

음악의 호불호에는 두 종류가 있다고 나는 생각한다. 하나는 어디까지나 유동적, 즉감적인 호불호이고, 또하나는 성향에 기반한, 절대 흔들리지 않는 호불호다. 이 두 가지를 구별하기가 간단하지 않을 때도 있지만, 시간을 들여 집중해서 음악을 듣고 있으면 차츰 제 안에서 그 차이가 보인다. 전자의 경우 그때그때의 기분에 따라 '호불호'의 평가가 변하거나 뒤바뀌거나 하는 반면, 후자의 평가는 대개 안정적이다. 어느 쪽이건 어디까지나 나 개인의 '감각'이고 나 개인의 '성향'일 뿐이다. 어느 쪽이건 상당히 제멋대로이기에, 일반성 같은 것을 찾아내기 어려운 경우도 적지 않다. 그러므로 독자 여러분께 판단을 억지로 떠맡길 생각은 털끝만큼도 없다.

하지만 그런, 말하자면 제멋대로인 '호불호'가 있기에 우리는 음악에서 저마다 개인적인 가치를 찾아낼 수 있다. 어떤 음악에건 똑같이 감동하고 감탄할 수 있다면 좋겠지만 그런 일은 거의 불가능하거니와, 그래서는 도무지 '음악 애호'가 생겨나지 않을 것이다. '이건 이상하게 별 감흥이 없네' 하고 고개를 갸웃하게 되는 음악이 있기에 '이건 훌륭해, 걸작이다' 하며 감동하고 깊이 스며드는 음악이 나오는 것이다. 그렇게 자기만의 산과 골짜기를 또렷하게 발견해 나가는 것이 '음악 체험'의 묘미 중 하나라고 나는 생각한다. 보편적 편견이라고 해야 할까.

나의 이 개인적인 '호불호 보고서'가 독자 여러분께 도움이 될지 어떨지는 잘 모르겠지만, '그렇지'라든가 '이건 아니지' 하는 식으로 생각하면서 이 책을 즐겨주신다면, 필자로서 무엇보다 기쁘겠다.

마지막으로, 원고를 정리하고 세부를 면밀히 확인해준 분게이슌주 출판국의 오카와 시게키 씨에게 깊이 감사하고 싶다. 오카와 씨는 업계에서 유명한 클래식 마니아로, 그가 아니었다면 『오래되고 멋진 클래식 레코드』도 이번 속편도 이렇게 충실한 형태를 갖추지 못했을 것이다. 더불어 북디자인을 담당해준 오쿠보 아키코 씨에게도 감사하고 싶다. 이 시리즈에는 디자인의 의미가 매우 크기에.

◎ 악기 등 약어

Pf → 피아노

Vn → 바이올린

Va → 비올라

Vc → 첼로

Cl → 클라리넷

Cem → 쳄발로

Hn → 호른

Fl → 플루트

SQ, Q → 현악사중주단

S → 소프라노

Ms → 메조소프라노

A → 알토

T → 테너

Br → 바리톤

B → 베이스

◎ 음반사 약어

West. → 웨스트민스터

Col. → (미국) 컬럼비아

Gram. → 그라모폰

Phil. → 필립스

HMV → 히즈마스터스보이스

Dec. → (영국) 데카

Vic. → RCA 빅터

Tele. → 텔레풍켄

Van. → 뱅가드

파가니니 24개의 카프리치오 (기상곡) 작품번호 1

루지에로 리치(Vn) Turnabout TV-S 34528 (1947년)

살바토레 아카르도(Vn) Gram. 2543 523 (1977년)

코르넬리아 바실레(Vn) Gram. 642 106 (1970년)

이츠하크 펄먼(Vn) 일본Angel EAC-81084 (1972년)

오시 레나디(Vn) 유진 헬머(Pf) Remington 199-146 (1953년)

괴인怪人 파가니니가 남긴, 바이올린 연주 기교의 화려한 쇼케이스. 시대성을 초월한(무시한) 불가사의한 매력을 지닌 곡집이다.

이탈리아계 미국인 바이올리니스트 루지에로 리치는 1947년 스물아홉 나이에 세계 최초로 파가니니의 〈카프리치오〉 전곡을 녹음했다. 이 레코드가 그 결과물이다. 리치는 그뒤에도 네다섯 번 이 곡집을 녹음했고 그중 1959년 영국 데카반이 가장 유명한 모양이지만(들어본 적은 없다), 그의 원점은 이 1947년반이다. 녹음도 연주 스타일도 지금 와서는 조금 예스러운 느낌이지만, 전인미답의 영역에 처음 도전하는 젊은이의 기상이 충분히 전해진다. 테크닉도 부족함이 전혀 없다.

아카르도 역시 같은 이탈리아 출신으로 파가니니를 장기로 삼았는데, 이것은 1977년 도이치 그라모폰에서 낸 앨범이다. 무반주 바이올린 하나로 끌고 가는 긴 연주인데, 보기 드문 미음美音과 화려한 테크닉을 발휘해 중간에 끊지 않고 한 번에 듣게 만든다. 실로 훌륭한 안정감이다. 기술을 과시하지 않으면서 '일상 업무입니다' 하듯 땀 한 방울 안 흘리고―조금은 흘렸을지 모르겠지만―매끄럽게 연주해낸다. 녹음도 아름답다.

코르넬리아 바실레는 루마니아 출신의 1942년생. 스물여덟 살 때의 녹음이다. '바이올린의 아르헤리치'라는 광고 문구로 당시 주목받았는데, 지금 구할 수 있는 음반은 이 파가니니 정도다. 그런데 이 사람, 테크닉이 엄청나다. 날카로운 칼날을 들이대는 듯한 예리함에 첫 곡부터 눈이 번쩍 뜨인다. 소리도 쿨하고 매끄러워서(집시 바이올린을 연상시킨다) 넋을 놓고 듣게 된다. DG의 녹음도 훌륭하니, 재평가되어도 좋을 연주라고 생각한다.

펄먼의 연주는 잇따라 등장하는 기교의 험난한 장벽을 손쉽게 훌쩍 뛰어넘는 인상이다. 음색은 아카르도만큼 미음은 아니지만, 유연한 리듬감이 훌륭하다. 기교는 물론이고 음악성도 나무랄 데 없이 높은 수준이다. 다만 전체적으로 긴박감이 감돌아서 스물네 곡을 한 번에 다 듣자면 어깨가 조금 뻐근해질 것 같다. 긴박감 자체가 나쁘다는 건 아니지만 이 곡은 좀더 즐기는 마음으로 연주해도 좋지 않을까.

오시 레나디는 피아노 반주가 들어간 버전으로 연주한다(편곡자는 멘델스존의 맹우 페르디난트 다비트). 이 연주를 '어차피 피아노 반주가 있으니까' 하는 식으로 만만하게 생각했다가는 놀랄 것이다. 작렬하는 기교가 예사롭지 않게 펼쳐진다. 거의 곡예에 가까운 부분도 있다. 예술적으로 특기할 만한 부분은 없지만 편곡판을 들을 기회가 흔치 않으니 그런 의미에서는 귀중하다고 하겠다.

리하르트 슈트라우스 교향시
〈영웅의 생애〉 작품번호 40

클레멘스 크라우스 지휘 빈 필 Dec. LXT 2729 (1952년)

프리츠 라이너 지휘 시카고 교향악단 Vic. LM-1807 (1954년)

레오폴트 루트비히 지휘 런던 교향악단 Everest LPBR 6038 (1959년)

오자와 세이지 지휘 보스턴 교향악단 일본Phil. 23PC-2002 (1981년)

주빈 메타 지휘 뉴욕 필 CBS IM37756 (1983년)

헤르베르트 폰 카라얀 지휘 베를린 필 Gram. 138025 (1959년)

슈트라우스 씨가 비평가들의 집요한 공격에 시달리는 자신을 고고한 영웅에 빗대어 작곡한 교향시. 이렇게까지 할 필요가 있을까 싶은데, 어지간히 화를 누를 수 없었나보다.

크라우스/빈 필은 한 번 들어서는 소리가 영 고풍스럽다는 인상이고 세부에 표정을 더하는 방식도 좀 예스러운데, 그 고풍스러움에 몸이 적응하고 나면 '그래, 이게 슈트라우스와 동시대의 소리겠구나' 하고 묘하게 감탄하게 된다. 시간을 초월해 전해지는 독특한 따뜻함이 있다. 사이먼 래틀이나 앙드레 프레빈은 절대 이런 소리를 내지 못한다(당연하지만).

프리츠 라이너가 지휘하는 시카고 교향악단. 모노럴 시대의 녹음이다. 늘 그렇듯 두말할 것 없이 조화롭다. 균열이 없는 강력한 충실감이 감탄스럽지만, '감탄했습니다'에서 끝나버린다는 것이 한계인지도 모른다. 어째 가슴에 사무치지 않는다. 물론 지금 와서 들어보면 그렇다는 얘기지만, '낡았다/낡지 않았다'를 규정하기란 상당히 어려운 일이다.

레오폴트 루트비히는 1908년에 태어난 모라비아 출신 지휘자로, 주로 독일-오스트리아의 가극장 지휘자로 활약했다. 나는 알렉스 스타인바이스*가 디자인한 재킷을 수집하기 때문에 이 음반을 산 터라 내용은 특별히 기대하지 않았는데, 들어보니 의외로 훌륭했다.

---

* 음반 커버 아트라는 개념을 처음 선보인 미국의 그래픽디자이너.

교향시의 드라마성을 전면에 당당히 내세운, 끝까지 물리지 않고 듣게 만드는 만족스러운 연주다. 런던 교향악단도 설득력 있는 소리를 낸다.

젊은 날의 오자와 세이지는 매우 시원하고 명료한 음악세계를 그려나간다. 복잡하게 얽힌 이 단일악장 교향시의 전체 상이 지휘자의 머릿속에 이미 선명하게 그려져 있고, 능숙한 오케스트라가 그 정경의 세부를 적확한 소리로 낱낱이, 컬러풀하게 메워나간다― 그런 인상이다. 표정이 풍부하고, 좋은 경치를 감상하는 듯한 음악이다. 콘서트마스터 실베스타인의 매끄러운 바이올린 독주도 훌륭하다.

메타는 이 곡을 세 번 녹음했는데(로스앤젤레스 필, 뉴욕 필, 베를린 필), 뉴욕 필과 함께한 이 음반은 긴장감과 집중력이 흐트러지지 않는 호연이다. 뉴욕 필은 어느 정도 '공격적인' 자세로 적극적으로 연주에 임해야 본연의 장점이 발휘되는 오케스트라임을 실감한다. 보스턴 교향악단의 연주와 비교해서 들어보면 특히 그렇다. 메타는 여기서 이 오케스트라의 장점을 능란하게, 최대한으로 이끌어낸다.

카라얀의 〈영웅의 생애〉(1959년반)는 첫 음에서부터 '이건 다른 연주와 다르다!' 하는 강한 감명이 덮친다. 약동적이고 산뜻한 울림, 컬러풀한 사운드, 유연한 흐름, 모든 것이 압권이다, 훌륭하다, 역시 제왕…… 하면서 그저 경탄할 따름이다. 음, 이 이상 무슨 말을 어떻게 하면 좋을지.

5-1

J. S. 바흐 무반주 바이올린을 위한 소나타와 파르티타
BWV.1001~1006

나탄 밀스타인(Vn) Gram. 3LP 2709 047 (1973년)

예후디 메뉴인(Vn) Angel SC-3817 BOX (1976년)

헨리크 셰링(Vn) 일본Gram. MG-8037/9 BOX (1967년)

헨리크 셰링(Vn) 일본CBS SONY SOCU-26,27 (1955년)

LP로는 세 장짜리 박스라서 자리를 제법 차지한다. 그래도 뭐가 어찌됐건 전곡을 갖추지 않으면 의미가 없는 음악이다. 모든 바이올리니스트는 영혼을 모아 이 전곡을 연주해낸다.

이 책의 취지는 베스트반을 선정하는 것이 아니지만, 이 곡만은 내가 개인적으로 추천하고 싶은 음반이 처음부터 정해져 있다. 밀스타인의 연주다. 몇 번을 들어도 마음 깊이 스며든다. '무욕' '무아'라고 해야 할까, 연주하는 인간이 투명해지다 못해 맞은편이 비쳐 보일 것 같은 느낌이다. 에고가 말끔하게 승화되고 순수한 음악만 남는다…… 나는 이 연주에 귀기울일 때마다 그런 인상을 품게 된다. 거장이 일흔 나이에 도달한 지고의 경지라고 해야 할까.

메뉴인의 〈무반주〉는 이와 반대로 지극히 인간적인 연주다. 이 사람은 자신의 인성(혹은 영혼) 같은 것을 전면에 드러내기를 꺼리지 않는 듯하다. 장점 단점 가릴 것 없이 고스란히 내보인다. 그런 부분에 마음이 끌리기도 하고, 때로는(아주 가끔은) 조금 짜증스럽기도 할 것이다. 그러나 이 〈무반주〉에서는 그러한 영혼의 울림이 확고한 설득력을 지닌다. 솔직하되 억지로 밀어붙이지 않는다. 매우 차밍한 연주라고 생각한다. 다만 이 레코드는 라벨 표시가 엉터리라 턴테이블에 올릴 때 주의해야 하는 것이 꽤 귀찮다. 라벨 정도는 똑바로 붙여달라.

셰링의 그라모폰반은 대중적인 평가가 높고, 많은 사람이 이 곡의 베스트반으로 꼽는 듯하다. 분명 매우 잘 다듬어진 연주로, 기술도 나무랄 데 없으며 풍부한 정감이 흘러넘친다. 연주자가 심혈을 기울여 이 대곡에 임하고 있음이 역력히 느껴진다. 그런데 계속 듣다보면 그 '역력함'이 약간 귀에 거슬린다. 내 개인적인 의견(편견)이니 적당히 흘려들어주시면 그만인데, '이거 좀 지나치게 잘 만든 것 아닌가' 하는 희미한 위화감이 드는 것이다. 마치 운전기사가 모는 메르세데스 벤츠 S클래스를 타고, 우아하게 바깥 경치를 바라보는 것 같은……

마찬가지로 셰링의 모노럴반은 아직 젊을 무렵(서른일곱 살)의 연주로, 신반에 비해 보다 직설적이고 간소하며 신선하다. 자동차로 말하면 폭스바겐 골프쯤 될까? 청결하고 단점이 보이지 않는 뛰어난 연주이긴 한데, 평온함은 조금 부족한 편이다. 물론 이 곡에서 꾸밈없고 구도적인 스토이시즘을 찾고 싶은 리스너도 있을 테니, 그런 사람에게는 이 젊은 셰링의 연주가 제격일지도 모른다.

J. S. 바흐 무반주 바이올린을 위한 소나타와 파르티타
BWV.1001-1006

아르튀르 그뤼미오(Vn) 일본Phil. X-8553/4 (1960/61년)

야샤 하이페츠(Vn) Vic. LM-6105 (1953년)

세르지우 루카(Vn) Nonesuch HC-73030 (1977년)

벨기에 출신의 그뤼미오가 연주하는 〈무반주 소나타/파르티타〉는 한없이 밝고 건전한 음악이다. 음색은 느긋하고 매끄러우며, 그늘 같은 것은 거의 보이지 않는다. '서정적'이라고 표현해도 좋을 연주 스타일이다. 그는 바흐 음악이 지닌 강건한 측면을 책임지고 확고하게, 빠짐없이 끌어내려는 것처럼 보인다. 거울에 자신의 본래 모습을 정직하게 비추듯이. 망설임은 없다. 그런 점은 바흐 음악에서 견고한 정신적 지주를 찾아내려는 (것처럼 보이는) 독일-오스트리아계 연주가들과 사뭇 궤를 달리한다. 어디까지나 취향의 문제이니, 그때그때의 기분에 따라 나눠서 듣는 것이 가장 현명한 방식 아닐까 싶다. 어쨌거나 테크닉은 완벽하다.

테크닉으로 말하자면 하이페츠의 연주도 완벽하다. 듣다보면 그 정확한 기교에 절로 숨을 멈추고 감탄하게 된다. 그뤼미오만큼 거침없는 '미음'으로 내달리지는 않지만, 음악의 중심을 단단히 잡고서 조금이라도 노래해야 할 구절을 찾아내려 노력하는 것이 하이페츠의 스타일이다. 그 연주가 때로는 즉물적인 방향으로 흘러가기도 하고, 고개를 갸웃하고 싶어지는 대목도 적지 않지만, 이 〈무반주 소나타/파르티타〉의 경우는 적당하게 절제됐거니와 바흐 음악에 대한 경의도 충분히 느껴지는, 음악성 높고 뛰어난 연주다. 표정도 풍부해서 짧지 않은 길이임에도 질리지 않고 들을 수 있다. 오래된 모노럴 녹음이라 군데군데 금속적인 소리가 나지만, 전성기의 하이페츠(당시 쉰두 살)를 고스란히 담아낸 귀중한 기록이라 말해도 좋을 것이다.

부쿠레슈티에서 태어나 이스라엘에서 자란 세르지우 루카는 이 레코드에서 최초로 오리지널 고악기를 사용해 〈무반주 소나타/파르티타〉를 연주했다. 처음 들으면 '어라!' 하며 놀랄 만큼 뜻밖이라는 느낌에 사로잡힌다. 당시의 소리를 고스란히 재현했다고 하는데, 현대 악기와는 활을 쓰는 방식이 다른 건지, 늘 듣는 것과는 다른 요소로 구성된 음악처럼 느껴진다.

그러나 귀기울이는 사이 차츰 몸이 그 소리에 익숙해져서, 이윽고 고악기니 현대 악기니 하는 것을 특별히 의식하지 않고 푹 빠져들게 된다. 그렇게 들어보면 이 루카의 연주가 음악 본연의 정신에 성실할뿐더러 따뜻한 시정을 지닌 자발적인 연주임을 알 수 있다. 일반적으로 아주 높게 평가되는 사람은 아닌 모양인데, 들을 가치가 있는 음악이다.

바이올린 한 대로 영혼을 고스란히 내보여야 하는 대곡. 연주하는 사람과 마찬가지로 듣는 사람에게도 확실한 각오가 필요하다.

베를리오즈 〈이탈리아의 해럴드〉 작품번호 16

콜린 데이비스 지휘 필하모니아 관현악단 예후디 메뉴인(Va) Angel 36123 (1963년)

콜린 데이비스 지휘 런던 교향악단 이마이 노부코(Va) 일본Phil. 18PC-71 (1975년)

바츨라프 이라체크 지휘 체코 필 라디슬라프 체르니(Va) Supra. LPV221 (불명)

조르주 프레트르 지휘 런던 교향악단 발터 트람플러(Va) Vic. LSC-3075 (1969년)

디트리히 피셔디스카우 지휘 체코 필 요세프 수크(Va) 일본 컬럼비아 OX7050 (1976년)

토머스 비첨 지휘 로열 필 윌리엄 프림로즈(Va) 영국Col. 33CX1019 (1952년)

파가니니는 새로 입수한 명기 비올라를 화려하게 선보일 요량으로 베를리오즈에게 협주곡 작곡을 의뢰했지만, 베를리오즈는 그렇게 테크닉 중심적인 곡을 쓰지 못했고, 그 결과 '비올라와 오케스트라를 위한 교향곡'이라는 형식으로 마무리되었다.

메뉴인의 비올라에는 바이올린을 연주할 때와는 사뭇 다른, 한 발 뒤로 물러난 깊이가 있다. 콜린 데이비스는 베를리오즈가 특기인 지휘자라 이 곡을 전에도 몇 번 녹음했다. 그래서 음악은 시원시원하게 전진한다. 다만 전체적으로 너무 극적이라 메뉴인의 방식과 미묘하게 어긋나버리는 것처럼 느껴진다. 그리고 소리가 약간 시끄럽다. 이마이 노부코와 같은 곡을 연주한 버전은 역시 다이내믹하기는 해도 특별히 시끄러운 느낌은 없는데.

체코의 뛰어난 비올라 주자 라디슬라프 체르니는 오랫동안 프라하 현악사중주단 멤버로 활약했다. 오케스트라와 독주 악기 모두 지극히 중유럽=보헤미아 지방다운 부드럽고 따뜻한 소리를 낸다. 셈여림(강약의 변화)이 좀 고풍스럽게 들리는 부분도 있지만 그것은 그것대로 개성이라 하겠다. 눈앞에서 이야기가 펼쳐지는 느낌을 주는 재미있는 연주다. 이거, 꽤 좋답니다.

프레트르의 연주는 데이비스보다 한결 온건하다. 트람플러의 비올라 역시 화려하진 않지만 오케스트라에 녹아들어 있다. 비올라가 자아내는 2악장 〈순례자의 행진〉이 매우 아름답다. 마지막 악장 〈산적의 향연〉은 지극히 베를리오즈답게 와일드하고 다이내믹하게 전개되는데, 그러면서도 결코 요란스러워지진 않는다. 프레트르답게 세련되고 스마트한 연주다.

의외로 재미있는 것이 가수 피셔디스카우가 체코 필을 지휘하고(다시 체코 필 등장) 요세프 수크가 비올라 독주를 맡은 음반이다. 허를 찌르는 조합인데, 이게 제법 들을 만하다. 특히 수크의 비올라가 아름답다. 피셔디스카우의 지휘도 실로 거침없고 표정이 풍부하다. 베를리오즈 음악에 내재된 화려한 드라마성이 희박해서 꼭 슈만처럼 들리기도 하지만, 그것 역시 하나의 해석이고, 꽤 즐겁게 들을 수 있다. 그리고 이 레코드는 아무튼 녹음이 훌륭하다.

비첨은 내가 좋아하는 지휘자 중 한 사람인데, 이 연주만 놓고 보면 스타일(선율)이 약간 고리타분하고 오케스트라가 내는 소리도 거칠다. 프림로즈의 비올라도 인상적이지 못해서 전체적으로 장점을 찾아내기 힘들다.

베를리오즈 〈환상교향곡〉 작품번호 14

피에르 몽퇴 지휘 샌프란시스코 교향악단 Vic. L16013 (1947년)

토머스 비첨 지휘 프랑스 국립방송 관현악단 영국HMV ALP1633 (1958년)

샤를 뮌슈 지휘 파리 관현악단 일본Angel EAA-112 (1967년)

레너드 번스타인 지휘 프랑스 국립관현악단 일본Angel 47145 (1976년)

오자와 세이지 지휘 보스턴 교향악단 일본Gram. MG-2409 (1973년)

〈환상교향곡〉은 그야말로 별처럼 많은 레코드가 나와 있지만, 우리집에 있는 것 중에선 이 다섯 장을 골랐다. 솔직히 말해 〈환상〉은 오랫동안 별로 내 취향이 아니었다. 어딘지 연극적이고 구성도 분열적이다. 하지만 나이들면서 '뭐, 이런 음악도 분명 필요한 거겠지' 하고 너그러이 받아들이게 되었다. 그래도 가능하면 그다지 연극적이지 않고, 그다지 분열적이지도 않은 연주로 듣고 싶은 심정이다.

몽퇴는 늘 그렇듯 말솜씨가 좋다. 꽤 오래된 녹음이지만 세월이 느껴지지 않는다. 절로 이야기에 빠져들게 된다. 샌프란시스코 교향악단도 지휘자의 마음을 잘 헤아려 자유롭고 활달한 연주를 펼친다. 소리에 마음이 담겨 있고, 색채도 풍부하다. 능란하기 그지없다. 몽퇴/샌프란시스코 조합은 언제 들어도 근사하다.

비첨의 연주도 몽퇴와 대체로 비슷한 선상에 있다. 이야기를 능숙하게 풀어나간다. 저마다 음색이 조금 다르고, 억양에도 차이가 있다. 그래도 지난 시대의 멋진 화술이다. 까다로운 심리묘사 같은 건 빼고 갑시다, 하는 식이다. 부호 비첨에게는 로열 필이라는 (거의) 자기 소유의 악단이 있지만, 세금을 피하기 위해 프랑스에 오랜 기간 체류했던 터라 그곳 오케스트라에서 곧잘 객연을 했다. 특히 이 〈환상〉은 프랑스 국립방송 관현악단과의 조합이 반갑다.

그에 비해 뮌슈의 해석은 훨씬 현대적이다. 단순한 '이야기'라기보다 좀더 '문학적인' 요소가 가미된다. 조화롭고 뛰어난 품성의 연주. 그러면서도 이 곡이 가진 일종의 신비성을 부족함 없이, 그러나 과하게 계산적으로 흐르는 일 없이 드러낸다. 아마 현대 〈환상교향곡〉 연주의 어떤 기초·규범이 될 수 있을 것이다.

번스타인과 프랑스 국립관현악단의 〈환상〉은—어디까지나 내 취향에서 보면 그렇다는 말이지만—연극적인 요소가 좀 지나치다. 번스타인은 워낙에 '이야기를 만들어나가는' 타입의 지휘자인데, 그것이 좋게 작용하는 경우가 있는가 하면 나쁘게 작용하는 경우도 있다. 이 〈환상〉의 경우는 이야기를 쌓는 방식, 고조시키는 방식이 좀 집요하다. 그러나 물론 '이 걸쭉한 느낌이 좋단 말이지'라고 말하는 분이 계신다 해도 나는 딱히 이의가 없다. 결국은 취향 문제다.

오자와 세이지는 그와 반대로, 베를리오즈 음악의 망상성 같은 것을 평평하고 매끈하게 다듬은 연주를 펼친다. 악보를 찬찬히 읽고 모든 요소를 음악적으로 해석한 결과일 것이다. 스토리적 요소가 최소한으로 억제되어 있다. 걸쭉한 느낌은 거의 없지만, 연주의 질은 두말할 나위 없이 훌륭하다. 향신료가 충분히 들어가 맛을 낸다.

보케리니 첼로협주곡 9번 B♭장조

피에르 푸르니에(Vc) 카를 뮌힝거 지휘 슈투트가르트 실내관현악단 일본London LLA10137 (1954년)

피에르 푸르니에(Vc) 루돌프 바움가르트너 지휘 루체른 음악제 관현악단 Archiv 2547 046 (1963년)

루트비히 휠셔(Vc) 오토 마체라트 지휘 베를린 필 일본Gram. LXM (1957년)

안토니오 야니그로(Vn·지휘) 자그레브 실내관현악단 일본Vic. LS2282 (1960년)

안토니오 야니그로(Vc) 펠릭스 프로하스카 지휘 빈 국립가극장 관현악단 West. ML5008 (1952년)

라두 알두레스쿠(Vc) 미르체아 바사라브 지휘 부쿠레슈티 국립관현악단 Intercord 902-09 (1968년)

보케리니는 하이든과 거의 동년배의 작곡가로, 전부 열두 곡의 첼로협주곡을 썼는데, 이 9번 B♭장조가 가장 유명해서 많은 레코드가 나와 있다.

푸르니에/바움가르트너반은 훌륭하게 노래하거니와 지극히 푸르니에다운 기품 있고 우아한 연주지만, 어딘지 모범 연주 같아서 그만큼 '좀 옛날식인걸'이라는 인상이 든다. 그에 비해 뮌힝거와 함께한 구반은 전체적인 구성이 자연스럽고, 힘이 들어간 부분이 없다. 런던반 쪽이 더 오래된 모노럴 녹음인데, 지금 들으면 의외로 신선하게 들린다. 왜일까? 푸르니에와 뮌힝거가 공연한 레코드는 이것 말고는 없다. 궁합이 꽤 좋아 보이는데.

독일인 명첼리스트는 생각보다 적다. 그중 한 명인 휠셔의 연주는 대단히 신사적이고 품위 있다. 공격적인 부분이 전혀 없다. 그러면서도 자기주장이 없진 않아서 매우 원활하고 우아하게 음악이 흘러간다. 마치 평야를 천천히 가로지르며 흐르는 강물처럼. 베를린 필도 안정적인 소리로 독주자를 따뜻하게 받쳐준다. 모노럴 녹음은 어쩔 수 없이 약간 오래된 느낌을 주지만, 유장한 음악의 분위기가 시대를 초월해 마음의 평온을 안겨준다.

안토니오 야니그로는 웨스트민스터반과 RCA반 두 장에서 보케리니의 이 협주곡을 녹음했는데, 둘 다 뛰어난 연주지만 굳이 꼽자면 지휘를 겸한 자그레브 실내관현악단 음반이 소리에 생동감이 넘치고 재미있다. 젊은 날 프로하스카와 함께한 웨스트민스터반은 상당히 훌륭하고 늠름하지만, 정통적이라고 할까, 어딘지 '격식을 차린' 느낌이라 꼭 이 사람이어야 한다는 매력이 좀 부족한 듯하다. 그에 비해 실내관현악단을 지휘하면서 연주한 RCA반은 표정이 부드럽고 풍부해서 듣다보면 점점 즐거워진다. 보케리니 음악에 내재된 기본적인 낙천성이 아주 양질의 형태로 드러나 있다. 이탈리아인의 동질성 같은 것이 있는 걸까?

라두 알두레스쿠는 루마니아 출신(1969년 이탈리아로 이주)으로, 활달하고 거침없이 연주하는 첼리스트다. 오케스트라와 지휘자 모두 마음이 잘 통하는 루마니아의 음악 동료들이라, 완급을 잘 살린 원숙한 연주에 빠져들게 된다. 바겐세일에서 싼 값에 사 온 레코드인데 Intercord의 녹음도 우수해서 꽤 횡재한 기분이었다.

7

차이콥스키 교향곡 4번 F단조 작품번호 36

주빈 메타 지휘 로스앤젤레스 필 일본London SLC1679 (1967년)

아타울포 아르헨타 지휘 스위스 로망드 관현악단 Dec. LXT5125 (1956년)

라파엘 쿠벨리크 지휘 빈 필 일본Angel ASC5041 (1961년)

이고르 마르케비치 지휘 런던 교향악단 Phil. 835 249 (1964년)

피에르 몽퇴 지휘 보스턴 교향악단 RCA ACL1-1328 (1960년)

이 곡과 처음 친숙해진 계기가 멩겔베르크반이었기에 그뒤로는 누구의 연주를 들어도 상당히 씩씩하게 들리고 만다. 좋은 건지 나쁜 건지.

젊은 날의 메타가 로스앤젤레스 필을 지휘한 연주는 무척 인상적이다. 지휘자의 의욕이 충만하고, 오케스트라도 잘 따라붙는다. 양쪽 다 말 그대로 '한창때'라는 느낌이다. 이후 메타는 차츰 음악계의 중진으로 자리잡았고, 음악이 주는 인상이 (내용의 질은 제쳐두고) 어딘가 옅어져갔다. 하지만 이 〈차이콥스키 4번〉은 매력적이다. 실로 약동적이고 싱그러운 소리다.

아르헨타(1913~1958년)는 스페인 지휘자로, 2차대전 전에 독일에서 카를 슈리히트를 사사하고 주로 스페인 음악과 러시아 작곡가의 작품을 레퍼토리로 삼았다. 사고로 젊은 나이에 세상을 떠났는데, 이 차이콥스키를 들어보면 상당한 재능과 기량을 겸비한 사람이었던 듯하다. 모노럴 녹음이지만 영국 데카의 음질이 우수하다. 스페인인이 지휘하는 차이콥스키? 하고 의문을 가지는 사람이 있을지도 모르겠지만, 실제로 소리를 들어보면 그런 편견은 어딘가로 날아가버릴 것이다. 오히려 독일적이라 해도 좋을 법한, 자세가 바르고 흔들림이 없는 차이콥스키다.

쿠벨리크는 첫머리부터 여유롭게 절제한다. 참으로 이 사람답게 차분하고 수준 높은, 중용을 지키는 차이콥스키다. 빈 필 본연의 유려한 음색이 적절한 수로를 타고 매끄럽고 자연스럽게 길을 찾아간다. 기세 좋게 용솟음치는 메타의 연주와는 대조적이다. 마음놓고 들을 수 있다. 어느 쪽을 택할지는 듣는 이의 취향에 달렸다.

마르케비치, 이 사람도 차이콥스키 연주에 정평이 나 있다. 굳이 표현하자면 쿠벨리크와 반대로 공격적으로 점수를 쌓아가는 사람이고, 런던 교향악단도 파워풀한 타입이다. 그러므로 조합에는 부족함이 없다. 처음부터 액셀을 밟으며 탄력 있게 음악을 펼쳐나간다. 긴박한 연주이고, 차이콥스키 특유의 '축축함'은 별로 보이지 않는다. 메타의 예리함이 잘 벼린 칼날이라면 이쪽은 힘있게 때려박는 망치 같다.

몽퇴/보스턴이 남긴 차이콥스키 교향곡 시리즈는 연주와 녹음 모두 평판이 좋지만, 우리집에 있는 RCA 리마스터-재발매반 LP(1976년, 녹음은 1960년)는 소리가 약간 얇아진 것처럼 들린다. 그러나 연주의 내용은 심오하다. 완급, 표정, 세부 처리 모두 설득력 있고 자연스럽다. 정도正道를 걸으며 잔재주를 부리지 않는다. 스케일이 크다, 는 표현이 딱 들어맞는 연주다. 당시 몽퇴가 이미 여든다섯 살이었는데도 실로 힘이 느껴진다.

이 다섯 장의 레코드는 모두 각각의 매력이 있었다.

프로코피예프 피아노협주곡 3번 C장조 작품번호 26

레너드 페나리오(Pf) 블라디미르 골슈만 지휘 세인트루이스 교향악단 Capitol P8255 (1953년)

밴 클라이번(Pf) 월터 헨들 지휘 시카고 교향악단 RCA LCS-2507 (1961년)

바이런 야니스(Pf) 키릴 콘드라신 지휘 모스크바 필 Mercury SR90300 (1962년)

게리 그래프먼(Pf) 조지 셀 지휘 클리블랜드 관현악단 일본CBS SONY 13AC807 (1966년)

알렉시 바이센베르크(Pf) 오자와 세이지 지휘 파리 관현악단 EMI 065-11301 (1970년)

프로코피예프 피아노협주곡 중에서 가장 자주 연주되는 3번. 1921년 시카고에서 초연이 이뤄져 호평받았다. 피아노는 작곡자 본인, 오케스트라는 시카고 교향악단.

페나리오는 1950년대부터 1960년대 초반까지 미국에서 인기 있었던 피아니스트다. 서부 해안을 중심으로 연주 활동을 했고, 베토벤 같은 고전 작품에는 거의 손대지 않았기에 일본에서는 그다지 평가가 높지 않지만, 남겨진 레코드를 들어보면 귀기울일 만한 연주가 많다(고 생각한다). 이 곡이 아직 큰 인기가 없던 시기에 녹음된 이 연주도 매우 자세가 올바르고 설득력이 풍부하다. 골슈만의 반주 지휘도 더할 나위 없다.

텍사스 출신 피아니스트 클라이번의 이 시기 연주는 실로 경쾌하고 갤런트하다. 그리고 카우보이처럼 자연스럽고 느긋한 시심을 발휘한다. 월터 헨들은 오랫동안 프리츠 라이너 밑에서 시카고 교향악단의 부지휘자를 맡은 사람인데, 청년 클라이번의 청신한 연주에 방해되지 않도록 견실하고 노련하게 음악을 받쳐준다. 호감 가는 훌륭한 연주다.

바이런 야니스의 음반은 머큐리가 자랑하는 녹음 자재를 모스크바까지 가져가서(1962년 6월, 쿠바 위기 직전이다) 현지 스테레오 녹음으로 진행한 만큼 소리가 아주 맑고 선명하다. 야니스의 연주도 의욕 넘친다. 공연히 테크닉을 과시하지 않고 차분하게 연주를 펼친다. 프로코피예프 특유의 지적 유머를 품은 예리함도 충분히 드러난다.

그래프먼은 1957년에도 1번과 3번 조합으로 샌프란시스코 교향악단과 공연한 LP를 RCA에서 낸 적 있고(지휘는 엔리케 호르다), 프로코피예프의 작품에 상당히 심취했던 모양이다. 그러나 이 레코드만 들어보면 아무래도 음악이 너무 가볍다. 흐름을 타고 쭉쭉 나아가기만 하고 마음에 남는 것이 거의 없다. 조지 셀의 반주 지휘도 그것을 보완하는 수준까진 이르지 못했다.

가볍기로 말하면 바이센베르크의 피아노도 뒤지지 않는다. 물론 가볍다는 것 자체는 절대 나쁘지 않고, 그 기술적인 경묘함에 반해서 듣게 되는 면도 없지 않지만(그런 면에서 바이센베르크는 그래프먼보다 명백히 한 수 위다), 시종일관 전혀 깊이가 보이지 않는 음악은 역시 듣다보면 지친다. 하나쯤은 묵직한 구석이 있었으면 한다. 어쩌면 바이센베르크라는 피아니스트의 연주 경력을 통틀어 그렇게 말할 수 있을지도 모르겠다.

라벨 〈밤의 가스파르〉

알리시아 데라로차(Pf) 일본CBS SONY 13AC1073 (1969년)

블라디미르 아시케나지(Pf) Dec. SXL 6215 (1965년)

마르타 아르헤리치(Pf) 일본Gram. MG-2501 (1974년)

이보 포고렐리치(Pf) Gram. 2532093 (1983년)

블라도 페를뮈테르(Pf) Nimbus 2101 (1973년)

발터 기제킹(Pf) 일본 컬럼비아 OL-3179 (1954년)

〈밤의 가스파르〉는 라벨의 피아노곡 중에서 가장 의욕적인 작품이다. 다른 피아노곡은 별로 의욕이 들어가 있지 않다……는 건 아니지만, 〈밤의 가스파르〉만큼 의식의 깊은 곳까지 도달한 작품은 달리 찾아볼 수 없다.

데라로차의 터치는 명석하고 망설임이 없다. 지극히 부드럽고 정확하게, 내재적인 리듬을 구사하며 라벨의 환상세계를 마음껏 그려낸다. 이 〈밤의 가스파르〉는 그녀의 오랜 연주 경력에서도 최상의 연주 중 하나로 꼽힐 것이다. 빚어내는 소리의 굴곡이 뚜렷하다. 곡의 핵심을 제대로 파악한 뛰어난 연주다.

아시케나지는 이 곡을 두 번 녹음했는데, 이 연주는 데뷔하고 얼마 지나지 않았을 무렵이다. 청년 아시케나지의 연주는 더없이 섬세하다. 마치 가느다란 바늘 끝으로 정밀한 동판화를 새기는 사람처럼, 숨을 죽이고 몇 폭의 음악적 정경을 그려나간다. 지적이고 아름다운 연주이지만 마음속의 신비함 같은 것이 거의 느껴지지 않는다. 특출한 재능은 인정하지만 한 발, 딱 한 발만 더 음악 속으로 파고들어주면 좋겠다(1982년의 두번째 녹음에선 한결 스케일이 크고 매력적인 연주를 들려준다).

아르헤리치의 연주는 드라마성을 뚜렷하게 포함시켜 깊이 있는 음악을 만들어낸다. 패시지 하나하나에 의미가 담겨 있고, 그것이 설득력을 낳는다. 그리고 그런 구조가 '뻔히 들여다보이지' 않고 자연스럽게 느껴진다는 것이 이 피아니스트의 탁월한 점이다. 다만

42

'개운한 맛' '농밀한 맛'으로 나누면 아무래도 후자에 속하므로, 사람에 따라 호불호가 갈릴 것이다.

포고렐리치, 지극히 섬세하고 다감한 피아노다. 〈교수대〉를 들어보면 단음으로 이어지는 부분마저 그의 손끝을 통해 한 음 한 음이 자립한 숨결을 얻는 듯하다. 〈스카르보〉에서 휘몰아치듯 기민한 어조는 신들린 느낌이 든다. 손가락의 움직임은 빠르지만 약음이 확실히 표현되기에 설득력이 생긴다. 이 사람은 좋건 나쁘건 음악을 통해 무엇보다도 '자신(주체)'을 표현하는 사람이고, 〈밤의 가스파르〉는 그 점이 두말할 것 없이 좋은 결과를 낳은 경우라 하겠다.

페를뮈테르는 라벨의 지도를 받은 피아니스트이니 어찌 보면 '산증인' 같은 존재다. 포고렐리치와는 거의 정반대로 스스로를 억제하고 음악을 존중하며 무아의 상태에서 곡 자체를 부각시켜 보이려는 자세. 소리가 양질이고 색채가 풍부해 인상파 그림을 보는 듯한 느낌이 든다.

프랑스에서 태어난 독일인 기제킹은 철저히 객관적인 프랑스 음악을 연주한다. 그러면서도 차가워지진 않는다. 줏대 있게, 마음을 담아 라벨의 세계를 세워나간다. 소리는 약간 낡았지만 영원한 정석으로 두고두고 귀기울여야 할 연주다. 심오하다.

10

라벨 〈세 개의 샹송〉

로버트 쇼 지휘 로버트 쇼 합창단 Vic. LM-2676 (1963년)

에릭 에릭슨 지휘 스톡홀름 실내합창단 일본Seraphim EAC40133 (1970년)

십대 시절 이 음악을 로버트 쇼 합창단의 음반으로 듣고 푹 빠져버렸다(당시 라벨의 음악에 꽤 심취해 있었다). 그러나 그리 인기 있는 합창곡이 아니기에 레코드는 이 두 장밖에 입수하지 못했다. 뭐 두 장이라도 있는 게 어딘가 싶지만, 제법 멋진 음악이니 좀더 많은 사람이 들어줘도 될 법한데, 라는 생각은 든다.

로버트 쇼 합창단의 앨범 타이틀은 〈로버트 쇼 합창단 온 투어〉인데 공연 여행 실황반은 아니고, 이 합창단이 세계 각지를 돌면서 이런 곡들을 불러왔답니다 하고 보여주는, 이른바 샘플러 형식의 스튜디오 녹음반이다. 그런고로 그 밖에도 모차르트, 쇤베르크, 아이브스, 러시아 민요, 흑인 영가 등을 담아 프로그램 구성이 매우 다채롭다.

〈세 개의 샹송〉은 1915년에 발표되었다. 1차대전 한복판, 애국자인 라벨은 직접 전장에 나가고 싶었으나 몸무게가 규정에 근소하게 미달되어 실전 부대에 입대 허가를 받지 못했고, 그 좌절감을 달래고 무료함을 잊기 위해 이 무반주 합창곡 작곡에 심혈을 기울였다고 한다. 음악 내용은 밝고 우화적이라(오페라 〈어린이와 마법〉이 떠오른다) 아무리 생각해도 전쟁과는 무관해 보이지만, 라벨은 많은 가곡을 남겼는데, 무반주 합창곡 형식은 이 곡이 유일하다. 하지만 참으로 라벨다운, 날카로운 기지와 풍부한 색채를 아로새긴 차밍한 음악이다. 특히 〈천국의 아름다운 세 마리 새〉의 멜로디는 말 그대로 천국처럼 아름답다.

로버트 쇼 합창단의 가창은 스톡홀름 실내합창단의 그것에 비하면 한층 활달하고 통통 튀는 듯한 밝은 인상이다. 표정이 다채롭고 생동감 있다. 한편 스톡홀름은 보다 차분하고 학예적이다. 맑디맑은 합창음악의 울림을 마음껏 감상할 수 있다. 양쪽 다 각자의 장점이 뚜렷하므로, 나는 그때그때의 기분에 따라 선택해서 즐기고 있다.

스톡홀름 실내합창단 앨범은 〈20세기 합창음악〉이라는 제목에 드뷔시, 풀랑크, 버르토크, 브리튼 등의 작품이 실려 있는데, 평소 자주 듣지 못하는 곡을 다뤄준 것이 반갑게 느껴진다. 특히 풀랑크의 〈인간의 얼굴〉은 완성도가 훌륭하다. '아, 이렇게 멋진 곡이 있었구나' 하고 절로 감탄이 나온다.

로버트 쇼의 앨범에 수록된 쇤베르크의 〈땅 위의 평화〉도 좀처럼 들을 기회가 없는 곡이다. 작곡자가 무조無調 음악에 들어가기 직전의 작품으로, 〈정화된 밤〉과 비슷하게 파열할 듯 위태로운 아름다움이 엿보인다.

라벨의 작품이 듣고 싶어서 구했던 두 장의 레코드인데, 덕분에 합창음악의 즐거움을 조금이나마 만나볼 수 있었다.

11

시벨리우스 교향곡 2번 D장조 작품번호 43

레너드 번스타인 지휘 뉴욕 필 일본CBS SONY 75AC-1114 (1966년)

오코 카무 지휘 베를린 필 일본Gram. MG-9889 (1970년)

헤르베르트 폰 카라얀 지휘 필하모니아 관현악단 Angel 3589 (1960년)

로린 마젤 지휘 빈 필 London CS 6408 (1964년)

콜린 데이비스 지휘 보스턴 교향악단 일본Phil. SFX-9648 (1975년)

와타나베 아케오 지휘 일본 필 일본 컬럼비아 OX-7226 (1981년)

여기 가져온 여섯 장의 레코드는 전부 뛰어난 연주이므로 어느 것을 골라도 실망할 일은 없다. 그래도 '순전히 개인적인 취향이라도 좋으니 한 장만 골라달라'고 한다면 나는 번스타인/뉴욕 필의 음반을 선택하고 싶다. 오래된 녹음이지만 야무지게 잘 조여진 음악의 분위기가 듣는 이의 자세마저 바로잡아주는 느낌이다. 번스타인은 이후 빈 필과 함께 이 곡을 연주했는데, 그쪽도 뛰어나지만 '너무 잘 다듬어진 거 아닐까' 싶은 부분이 있기에, 나는 이 젊은 날의 발랄한 음악세계를 보다 높이 평가하고 싶다.

핀란드 출신의 청년 오코 카무가 지휘하는 베를린 필, 이것이 그의 데뷔반이다. 약동적인 시벨리우스. 핀란드의 호수를 가로질러 온 바람이 뺨을 가만히 어루만지는 듯한 자연스러운 감각이 담겨 있다. 베를린 필도 젊은 지휘자를 열정적으로 북돋운다.

카라얀이 지휘하는 필하모니아. 카라얀답게 포인트를 정확히 알고 있는 연주로, 들려줘야 할 곳은 확실하게 들려주고, 억제해야 할 곳은 제대로 억제한다. 세부까지 빈틈없이 손길이 닿아 있다. 녹음이 좀 옛날 느낌이다, 라는 정도가 유일한 단점이다. 이렇게 지극히 카라얀다운 꼼꼼함이 마음에 들지 않는다는 사람도 있을지 모르지만.

마젤의 연주는 듣는 이에게 '자유로움'을 느끼게 하느냐 아니냐로 가치가 결정된다. 나의 개인적 의견은 '마젤은 조금 수준이 떨어지는 오케스트라를 지휘할 때가 재미있다'는 것이다. 아마 그런

악단을 컨트롤하기 수월해서일 테다. 그런 의미로 보면 빈 필과 함께한 이 연주는 약간 부자유스러운 느낌인지도…… 물론 일정 수준을 가볍게 뛰어넘는 훌륭한 연주이긴 하지만.

콜린 데이비스는 때로 음악을 너무 드라마틱하게 띄우는 경향이 있는데, 적어도 시벨리우스에서는 그런 연주 스타일이 결코 부적합하지 않다. 시벨리우스를 해석하는 한 가지 방식이라고 생각한다. 그래도 순전히 개인적인 취향을 말하자면, 역시 너무 띄우는 것 같기도 하다.

와타나베 아케오가 지휘하는 일본 필의 연주는 한마디로 매우 품위 있다. 우직하다고 할까, 계산 같은 것이 보이지 않는다. 그 부분이 카라얀이나 데이비스나 마젤의 연주와 사뭇 다르다. 가쓰오 육수로 요리한 시벨리우스…… 이건 어디까지나 칭찬이다. 들려줘야할 곳을 확실하게 챙긴, 뛰어난 연주라고 생각한다.

자리가 없어서 사진을 싣지 못했지만, 존 바비롤리가 로열 필을 지휘한 음반(리더스 다이제스트 박스)의 연주도 매력적이었다.

헨델 리코더와 통주저음을 위한 소나타 작품번호 1에서

한스 마르틴 린데(Bf) 구스타브 레온하르트(Cem) 일본Harmonia SH-5275 (1969년)

한스 마르틴 린데(Fl) 카를 리히터(Cem) Archiv 2533 060 (1969년)

프란스 브뤼헨(Bf) 구스타브 레온하르트(Cem) Tele. 6.41044 (1962년)

알랭 마리옹(Fl) 루이 노엘 벨로브르(Cem) Mondiodis 12.003 (1971년)

헨델의 〈작품번호 1〉은 구성이 복잡해서 한눈에 잘 들어오지 않는다. 모두 열다섯 곡이 담겨 있는데, 간단히 말해 여섯 곡(3, 10, 12, 13, 14, 15)이 바이올린과 통주저음*을 위한 것, 네 곡(2, 4, 7, 11)이 리코더(혹은 플루트)와 통주저음을 위한 것이다. 이럴 거면 혼란이 없도록 처음부터 확실히 나눠줄 일이지 싶은데, 악기를 지정하기 모호한 부분이 있어서 이렇게 번거로운 형태가 된 모양이다. 그러니리코더 편과 바이올린 편으로 나누어 소개한다. 우선 리코더 편.

나는 십대 시절 린데/레온하르트 버전으로 이 작품의 존재를 알고 좋아하게 됐다. 리코더로 연주한 바로크음악을 이때 처음 듣고, 그 울림에 신선한 놀라움을 느꼈다. 몇 번이고 되풀이해 들었다. 그래서 이 곡을 들을 때마다 '정겨운' 기분이 든다. 십대 시절 몰두했던 음악은 실로 오랫동안 선명히 기억에 남아 평생의 자산이 된다.

린데는 리코더로 이 〈작품번호 1〉의 네 곡을 하모니아 문디에서 녹음하고, 거의 같은 시기에 거의 같은 내용을 이번에는 플루트로 아르히프에서 녹음했다. 세로로 잡는 악기를 가로로 잡는 악기로 바꿔 든 셈이다. 비올라다감바**는 전자는 벤칭거, 후자는 코흐가 맡았다. 각자의 맛이 있지만, 나는 역시 리코더의 깊이 있는 소박함 쪽에 마음이 간다. 또한 린데는 1973년 통주저음에 기타(라고스니히)

---

* 저음부에서 지속적으로 베이스 반주를 곁들이는, 바로크시대 유럽의 독특한 주법.

** 저음역을 담당하는 옛 현악기로, 첼로처럼 다리 사이에 끼고 연주한다.

를 기용해 작품번호 1-4를 녹음했는데, 이것도 색다른 음색으로 귀를 즐겁게 해준다(하모니아 문디).

브뤼헨의 리코더는 현대 피치를 차용한 린데의 그것과 명백히 울림이 다르다. 린데 쪽이 보다 무난하고(현대적이고), 브뤼헨 쪽이 좀더 직설적(고악에 가깝다)이라고 할까. 하지만 내 경우는 젊고 말랑했던 뇌리에 린데의 소리가 단단히 새겨진지라, 브뤼헨은 약간 딱딱하게 들린다. 물론 이건 취향의 문제겠지만. 비올라다감바는 빌스마가 맡았다.

알랭 마리옹은 장피에르 랑팔의 애제자로, 오랫동안 파리 관현악단 등에서 플루트 수석주자를 맡았다. 랑팔의 사후 뒤를 잇지 않을까 했는데, 1998년 쉰아홉의 나이에 갑자기 세상을 뜨고 말았다. 그가 연주하는 〈작품번호 1〉은 매우 상냥한 헨델이다. 현대 플루트의 장점을 살려 아름다운 소리를 한껏 풀어낸다. 고악이 '맹위를 떨치는' 가운데 이렇게 느긋한 시심이 담긴 음악을 들으면 왠지 안심된다. 청량제를 한입 삼키는 기분이라고 할까. 이 레코드는 두 장짜리 박스세트라 〈작품번호 1〉 외에도 헨델의 모든 플루트 작품이 수록되어 있다. 제법 귀중한 레코드라고 생각하는데, 어찌된 일인지 어느 디스코그래피에서도 기록을 찾을 수 없었다. 녹음 연도는 대충 짐작한 것이다.

15

헨델 바이올린과 통주저음을 위한 소나타 작품번호 1에서

알렉산더 슈나이더(Vn) 랠프 커크패트릭(Cem) Col. ML2149(10인치) (1950년)

에두아르트 멜쿠스(Vn) 에두아르트 뮐러(Cem) 일본Archiv MA-5003/4 (1968년)

요세프 수크(Vn) 주자나 루지치코바(Cem) 일본DENON OX-7037/8 (1975년)

콘라트 폰 데어 골츠(Vn) 펜 올사메어(Cem) Carus FSM 53 133/4 (1973년)

아르튀르 그뤼미오(Vn) 베롱라크루아(Pf) Phil. 835 389 (1966년)

슈나이더는 〈작품번호 1〉의 발췌, 나머지 네 개 중 셋은 모두 LP 두 장에 총 여섯 곡(3, 10, 12, 13, 14, 15)을 담고 있다. 악보에서는 '통주저음은 쳄발로 혹은 베이스 바이올린*'이라고 지시하고 있지만, 수크와 그뤼미오(쳄발로만) 말고는 모두 양쪽을 다 사용했다. 멜쿠스는 그 밖에 류트와 오르간도 병용했다.

헨델은 실내악 분야에서 특별히 새로운 시도를 하지 않았다는 것이 세간의 정설이다. 규모가 큰 작품(오페라나 오라토리오)을 만드느라 바빠서 실내악, 기악곡 분야까지는 충분히 손이 미치지 못했던 모양이다. 또한 그가 남긴 실내악 작품도 화려한 기교와는 거리가 멀고, 이렇다 할 아름다운 멜로디도 없으며, 바흐의 바이올린 작품처럼 높은 예술성을 지향하지도 않는다. 이런 바이올린소나타의 가치는 아무래도 '일상적인 음악'으로 연주하고 즐기는 데 맞춰졌던 듯하다.

그러므로 프로 연주가들은 이 작품을 다루는 데 제법 애를 먹는 모양이다. 너무 평범해서 실력을 발휘하기 힘들기 때문이다. 결착 지점을 잡아내기 힘든 곡, 이라고 할까. 실제로 저명한 바이올리니스트 중 이 〈작품번호 1〉을 시도한 사람이 거의 없어서, 이 곡의 바이올린 결정판을 찾아내기란 간단하지 않았다. 멜쿠스의 연주는 성실하고 직설적이지만 카리스마가 부족한 것이 아쉽다. '느낌이 좋

긴 한데' 하는 선에서 끝나고 만다.

수크의 연주는 정통적이고 격조 높고 뛰어나지만, 바이올린 소리가 이상하게 금속적으로 귀를 찌른다. DENON이 자랑하는 PCM 녹음*임에도(그리고 대부분 녹음이 훌륭함에도), 나는 이 레코드만은 아무래도 음질이 마음에 걸려서 차분히 음악에 귀기울일 수 없다.

폰 데어 골츠는 독일 바이올리니스트로, 실내악단을 조직해 오랫동안 활약한 사람이다. 그러나 이 레코드만 따지자면 몇 번을 들어도 음악에 선선히 녹아들지 못했다. 음색도 그렇고 프레이징도 그렇고, 이유는 잘 모르겠지만 무언가 조금씩 나와 맞지 않는다.

슈나이더는 부다페스트SQ의 제2바이올린으로 활약한 명바이올리니스트인데, 마치 바흐를 연주하듯 열을 담아 〈작품번호 1〉을 연주한다. 이것도 이것대로 재미있지만, 헨델의 원래 음악과는 기질이(혹은 콘셉트가) 약간 다른 듯 느껴진다.

이중 가장 안심하고 들을 수 있는 것은 뭐니 뭐니 해도 그뤼미오와 베롱라크루아 콤비다. 두 베테랑 연주가의 호흡이 절묘하고, 명인 그뤼미오의 음색은 더없이 상냥하고 품위 있고 단아하다. 곳곳에서 놀랄 만큼 아름다운 부분을 맞닥뜨리기도 한다. '이게 바로 결정판!'이라고 단언할 수 있느냐고 한다면 약간 의문의 여지가 남지만, 내가 지금껏 들어본 〈작품번호 1〉 중에서는 베스트임이 틀림없다.

---

* 디지털 녹음이 된 테이프를 마스터 삼아 만든 아날로그식 레코드.

14

모차르트 가극 〈돈 조반니〉 K.527

빌헬름 푸르트벵글러 지휘 빈 필 시에피(B) 슈바르츠코프(S) 일본 컬럼비아 OZ 7568/71 (1953년)

요제프 크리프스 지휘 빈 필 시에피(B) 당코(S) 델라 카자(S) 독일Dec. BLK16502 (1956년)

페렌츠 프리처이 지휘 베를린 방송교향악단 피셔디스카우(Br) 슈타더(S) 제프리트(S) Gram. 136224 (1959년)

한스 차노텔리 지휘 대가극장 관현악단 프라이(Br) 그뤼머(S) 분더리히(T) Eterna 820232 (1960년)

푸르트벵글러반이 전곡반이고 나머지는 하이라이트.

수많은 가극장에서 이 오페라를 보았는데, 가장 인상에 남은 것은 프라하의 작은 가극장 공연이다. 유명한 가수도 없고 오케스트라도 소편성이지만, 매우 친밀하고 가정적인 무대에 '돈 조반니 사랑'이 가득해서 흐뭇하게 만끽할 수 있었다. 박수를 치고 밖으로 나오니 밤거리에 짙은 안개가 깔려 있었다.

푸르트벵글러가 지휘한 전곡반은 1953년 잘츠부르크 음악제 라이브 녹음. 그래서 출연자의 발소리 같은 잡음이 들어가 있지만, 시에피, 슈바르츠코프(돈나 엘비라), 그뤼머(돈나 안나)라는 강력한 가수진을 전면에 내세운 연주가 더없이 깊이 있고 생생한 기세를 보여주기에 음질 문제는 어느새 잊게 된다. 레포렐로 역의 오토 에델만도 설득력 있게 무대를 받쳐준다. 특히 종반부에 쉼없이 작렬하는 지휘자의 기백은 그야말로 신들린 듯해서, 그대로 잘츠부르크의 연주회장에 끌려들어가는 기분이 든다. 실황반에서만 맛볼 수 있는 현장감이다. 경묘함과 비극성의 밸런스가 까다로운 작품인데, 역시 푸르트벵글러다(이 공연 다음해에 세상을 떠났다).

시에피가 그로부터 삼 년 후 같은 빈 필(크리프스 지휘)을 배경으로 같은 돈 조반니 역을 노래한다. 돈나 안나는 수잔 당코, 돈나 엘비라는 델라 카자. 크리프스의 지휘는 푸르트벵글러 같은 데모니슈*한

---

* 귀신 들린 듯한 초자연적, 악마적 느낌.

울림은 없지만 빈틈없고 유려하게 통솔한다. 시에피의 가창도 한층 발전했다. 델라 카자의 아리아도 훌륭하다. 전체적으로 균형이 잘 잡힌 연주로, 차분하게 모차르트의 음악세계에 잠길 수 있다.

당시 한창 인기 절정이던 기예 프리처이가 맹우 피셔디스카우를 타이틀 롤로 맞아 엮어낸 '돈 조반니'. 피셔디스카우는 확실히 노련한데, 시에피에 비하면 선이 약간 가늘게 느껴진다. 너무 기품 있다고 할까, 비뚤어진 심성이 전해지지 않는다고 할까…… 유리나츠의 돈나 안나는 힘차게 들리지만, 제프리트(체를리나), 슈타더(돈나 엘비라)의 가창에는 어째 마음을 파고드는 것이 없다.

헤르만 프라이가 타이틀 롤을 노래한 에테르나반. 오케스트라는 베를린 가극장의 관현악단으로 추정된다. 그런데 이 레코드는 노래가 전부 독일어다. 세일품 상자에서 발견하고 집어와 바늘을 내려놓고 보니 독일어판 〈돈 조반니〉가 들려온 것이다(흠, 저렴할 수밖에). 한창 물오른 프라이가 경쾌하게 질주하고, 카를 콘의 레포렐로도 재미있고, 그뤼머의 돈나 안나도 변함없이 근사하고, 음악만으로는 매력적인데, 언어가 다르니 '왠지 평소 같지 않은걸' 하는 느낌을 떨칠 수 없어서 역시 느긋하게 감상하기 힘들다.

풀랑크 〈스타바트마테르〉

조르주 프레트르 지휘 파리 음악원 관현악단 레진 크레스팽(S) Angel 36121 (1964년)

조르주 프레트르 지휘 프랑스 국립관현악단 바버라 헨드릭스(S) EMI DS38107 (1984년)

루이 프레모 지휘 콩세르 콜론 관현악단 자클린 브뤼메르(S) West. XWN 18422 (1957년)

풀랑크가 친한 벗의 죽음을 애도하여 1950년에 작곡한 종교곡. 지난 책에서도 같은 작곡자의 〈글로리아〉를 다루었다. 풀랑크의 종교곡을 두 곡이나 선택하자니 좀 머쓱하지만, 개인적으로 좋아하는 터라…… 오토 클렘퍼러는 풀랑크의 신작을 지휘하면서 "프랑스어로 똥을 뭐라고 한댔지?"라고 중얼거렸다는데, 아마 풀랑크 음악이 그의 취향에 맞지 않았던 모양이다(알 것 같기는 하다).

풀랑크의 좋은 이해자이자 그의 많은 곡을 초연했던 프레트르는 이 〈스타바트마테르(성모의 슬픔)〉를 두 번 녹음했다. 〈글로리아〉도 그렇지만, 풀랑크 종교곡의 특징은 위僞고전적인 곡조의 재미에 있다. 형식은 고풍스럽지만 세부 곳곳이 새롭고, 짜임새는 형식적인데 때로 대담한 하모니를 펼친다. 진지함과 해학성이 공존하는 풀랑크다운 분열성—그런 점에서 포레의 종교곡과 상당히 궤를 달리한다.

첫 녹음(1964년)에서 프레트르는 그런 풀랑크적 분열성을 제법 표면에 내세워 적극적으로 현대성(동시대성)이 감도는 음악을 빚어낸다. 그 결과 완급이 잘 살아 있는 드라마틱한—때로는 거친—방향의 연주가 완성되었다. 그러나 이십 년 후 바버라 헨드릭스를 독창자로 맞아 녹음한 음반에서는 비교적 차분하고 매끄러워졌다. 드라마성은 여전하지만, 저돌적인 인상이 옅어지고 전체적으로 오히려 '준고전'에 가까운 차분함을 보여준다. 어느 쪽을 택할지는 취향에 달렸다. 헨드릭스의 가창이 워낙 훌륭한지라, 나라면 두번째를 선택할 것 같다.

　루이 프레모의 연주는 지극히 중도적이다. 기발하게 굴지 않고 너무 나서지도 않으며 담담하고 온건하게, 그러나 정감이 조금도 모자라지 않은 음악을 만들어간다. 드라마성 같은 것은 (좋건 나쁘건) 별로 느껴지지 않는다. 자클린 브뤼메르는 리릭소프라노로 이름을 알린 프랑스 가수인데, 독창도 코러스도 아름답다. 프레모는 크게 눈에 띄지 않아도 견실하고 신뢰할 수 있는 지휘자다. 십 년간 버밍엄 시립교향악단의 음악감독을 역임하며 토대를 만든 후 사이먼 래틀에게 자리를 넘겼다. 이 레코드 B면에 수록된 풀랑크의 〈가면무도회〉는 〈스타바트마테르〉와 달리 해학성이 풍부하고 경쾌한 곡이다(풀랑크가 직접 피아노 파트를 맡았다). 프레모는 가수와 피아니스트를 앞세우고 발랄하게 소리를 새겨나간다.

　덧붙여 오자와 세이지가 지휘한 〈스타바트마테르〉는 무척 담백한 분위기라, '아, 이런 것도 괜찮네' 하고 순순히 감탄하게 된다.

16-1

슈만 피아노협주곡 A단조 작품번호 54

빌헬름 바크하우스(Pf) 귄터 반트 지휘 빈 필 일본London SLC8014 (1960년)

스뱌토슬라프 리흐테르(Pf) 스타니슬라프 비슬로츠키 지휘 바르샤바 국립교향악단 Gram. 618 597 (1958년)

루돌프 제르킨(Pf) 유진 오르먼디 지휘 필라델피아 관현악단 Col. MS 6688 (1964년)

빌헬름 켐프(Pf) 요제프 크리프스 지휘 런던 교향악단 London LL781 (1958년)

디누 리파티(Pf) 헤르베르트 폰 카라얀 지휘 필하모니아 관현악단 EMI EAC-60032-38 (1947년)

'레전드'라 칭해도 손색없을, 역사에 남을 고명한 다섯 피아니스트가 연주한 슈만의 아름다운 협주곡.

바크하우스는 슈만을 자주 연주하지 않은 듯한데, 그의 연주로 들으면 이 협주곡의 풍격이 한 단 올라간 듯 느껴진다. 특히 마지막 악장의 묵직한 자세와 날카로운 안광에는 타의 추종을 불허하는 것이 있다. 귄터 반트의 반주도 거장의 흐트러짐 없는 명기名技에 부족함 없이 따라간다. 다만, 만약 이 연주에 부족한 점이 있다면 '어찌할 수 없는 청춘의 숨결' 같은 것일 테다. 이 곡에서는 그런 요소가 상당히 중요한 의미를 지니리라는 것이 내 생각이기에.

리흐테르는 마타치치와 함께한 좀더 최근의 녹음(1974년)도 있지만, 여기서는 비슬로츠키와의 (좀더 개성적인) 구반을 골랐다. 젊은 날의 리흐테르답게 청신하면서도 더없이 박력 넘치는 연주다. 이 저돌적인 외곬의 피아니즘은 바크하우스의 연주와는 대조적으로, 슈만 곡이 지니는 약동적인 측면을 힘있게 포착하고 있다. 뒤에서 무언가에 재촉당하는 듯한 분위기가 다소 느껴지긴 해도 역시 그 단도직입적인 정열을 높이 사고 싶다.

제르킨의 피아노는 솔직히 이 협주곡에는 너무 거칠다는 느낌이다. 물론 마치 고된 노동을 견디는 듯한 정면 돌파 연주 스타일은 언제고 경청할 가치가 있지만, 베토벤 피아노소나타라면 모를까, 로맨틱한 정신이 가득한, 그리고 다소 불안하게 흔들리는 정서가 깃든 이 수려한 곡에는 썩 어울리지 않는 듯하다. 물론 '그게 제르킨의 장점인데?'라고 한다면 할말이 없다.

켐프/크리프스/런던 교향악단이라는 흔치 않은 조합의 슈만. 그런데 이게 꽤 멋지다. 너무 나서지도 물러서지도 않고, 너무 정돈되지도 튀지도 않는 호흡이 정말이지 훌륭하다. 오래된 모노럴 녹음인데도 피아노 소리가 생각보다 아름답다. 크리프스의 반주에도 자양분이 그득하다. 나는 켐프의 팬은 아니지만, 이 연주는 상당히 근사하다.

서른세 살에 요절한 루마니아 출신의 천재 피아니스트 리파티가 카라얀이 지휘하는 필하모니아와 공연한 전설적인 레코드. 실로 자세가 곧고 꼿꼿한 품격 있는 연주다. 깔끔하고 강건한 터치, 부드럽게 나부끼는 약음이 지극히 자연스럽게 막힘없이 오가고, 음색은 자유자재로 변화를 거듭하며, 한줄기 선을 그린 율동이 시종일관 무너지지 않는다. 구석구석 모든 곳까지 진부함이라고는 일절 없다. 그래서 귀에 익은 곡인데도 나도 모르게 빠져들어 경청하게 된다. 이중에서 제일 오래된 녹음이지만 연주는 결코 낡지 않았다.

16-2

슈만 피아노협주곡 A단조 작품번호 54

피터 케이틴(Pf) 유진 구센스 지휘 런던 교향악단 Everest SDBR3036 (1965년)

레온 플라이셔(Pf) 조지 셀 지휘 클리블랜드 관현악단 독일CBS 61018 (1962년)

모니크 아스(Pf) 오이겐 요훔 지휘 베를린 필 미국Dec. DL9868 (1951년)

게저 언더(Pf) 라파엘 쿠벨리크 지휘 베를린 필 Gram. 138 888 (1964년)

이어서, '레전드'라고 칭하기는 좀 무리일지 모르겠지만, 제각기 역량 있는 피아니스트 네 사람이 연주한 슈만의 작품번호 54.

피터 케이틴은 라흐마니노프와 차이콥스키 '스페셜리스트'로, 생전에는 대체로 과소평가되었고 지금은 거의 잊혀가는 영국 출신 피아니스트이지만, 이 슈만 협주곡에 한해서는 상당히 높은 수준을 보여주는 뛰어난 연주가다. 계산하지 않고 정면에서 정정당당하고 성실하게 곡에 임한다. 단호하고 상쾌한, 듣고 있으면 기분이 맑아지는 슈만이다. 새로운 피아니스트가 계속 나오는 만큼 이런 예전 사람들은 좀처럼 주목받기 힘들겠지만. 커플링된 풀랑크의 〈교향적 변주곡〉도 완성도가 높다. 이 레코드는 세일품 상자에 묻혀 있던 것을 발굴해 온 것이다.

플라이셔/셸의 레코드는 고등학교 때 구해서 수도 없이 들었다. 그리그의 협주곡과 커플링된 일본반인데, 십대 시절 나의 마음에 딱 맞는 싱그러운 연주로, 이 레코드 덕분에 두 곡의 팬이 되었다. 그런데 생각해보면 벌써 한참 동안 이 음반을 듣지 않았다. 지금 들으면 어떠려나, 하는 마음으로 오랜만에 조심조심 턴테이블에 올려봤는데(지금 가지고 있는 것은 새로 산 독일반이다), '이건 현재에도 널리 받아들여질 연주'라는 사실에 조금 안도했다. 군데군데 터치가 거칠게 느껴지는 대목이 있긴 하지만, 전체를 관통하는 약동감과 청신함에 절로 호감이 간다. 베테랑 셸이 신진 피아니스트를 자애롭게, 정성껏 받쳐주고 있다.

프랑스의 재원 모니크 아스의 레코드, 원반은 도이치 그라모폰. 이 레이블에서는 라벨과 드뷔시 등 프랑스 작곡가의 작품을 주요 레퍼토리로 삼은 듯한데, 이 슈만 협주곡도 매력 있고 세련된 연주다. 그녀의 경력 중 가장 초기에 속하는 녹음인데, 요훔이 지휘하는 베를린 필을 상대로 주눅들지 않고 당당하게 자신의 음악을 펼치고 있다. 벌써 칠십 년도 지난 녹음이라 아무래도 소리는 낡은 감이 있지만 퍼포먼스의 아름다움은 시대를 초월해 전해진다. 심지가 단단한 음악이다.

게저 언더, 한창 물오른 시기인 마흔세 살의 연주. 힘으로 밀어붙이지 않는(그래도 의지는 굽히지 않는) 단정하고 깊은 터치가 이 사람의 개성인데, 그런 부분이 슈만의 이 협주곡에 제격이라 하겠다. 특히 2악장이 진국이다. 베를린 필을 지휘하는 쿠벨리크도 대체로 중용을 지키는 사람이라 언더와 궁합이 잘 맞는다. 눈길을 확 사로잡는 화려함은 없지만, 일단 마음에 들면 두고두고 차분하게 애청할 수 있는 음반이다.

차이콥스키 교향곡 2번 〈소러시아〉 C단조 작품번호 17

토머스 비첨 지휘 로열 필 Col. ML-4872 (1954년)

게오르그 솔티 지휘 파리 음악원 관현악단 London LL-1507 (1960년)

카를로 마리아 줄리니 지휘 필하모니아 관현악단 영국Col. 33CX1523 (1959년)

예브게니 스베틀라노프 지휘 USSR교향악단 EMI멜로디아 ASD-2409 (1968년)

앙드레 프레빈 지휘 런던 교향악단 영국RCA SB 6670 (1966년)

이 차이콥스키 초기 교향곡을 특별히 좋아하지는 않는다. 솔직히 말해 따분한 곡이라고 할 수도 있다고 생각한다. 1873년 모스크바 초연 당시 청중이 열광하며 절찬했다는데, 정말일까? 그런데 왜 이렇게 많은 레코드를 가지고 있는가 하면, 재킷 디자인에 이끌려서다. 러시아 민중의 즐거운 풍경이 담긴 것이 많아서, 그만 손부터 나가버린다.

내가 가진 것 중 가장 오래된 녹음인 비첨반. 수족 같은 로열필을 이끌고 있지만, 워낙 이렇다 할 긴장감이 없는 음악이다보니 제아무리 인격이 원만하고 화술 좋은 비첨이라 해도 곧이곧대로 성실하게 연주해선 따분해진다. 호감은 가고, 여백에 들어간 〈꽃의 왈츠〉는 꽤 즐겁지만.

솔티가 이 외에 파리 음악원 관현악단을 지휘한 기억은 없는데, 막상 들어보면 조합이 의외로 나쁘지 않다. 신기하게 굵직한 소리가 나온다. 시작하고 잠시 동안은 '어라' 하는 희미한 기대를 품게한다. 연주 자체는 나쁘지 않다. 그러나 '나쁘지 않다' 정도이지, 곡자체가 눈이 번쩍 뜨이게 재밌어지지도 않거니와 스케르초*쯤부터는 조금 헛도는 기미를 보인다. 내용이 없다, 라고까지 말하진 않겠지만.

줄리니의 연주는 드라마틱하다. 패시지 하나하나에 충분히 살

---

* 빠르고 격한 리듬과 해학적 분위기가 특징인 연주법 및 악곡.

69

을 붙였다. 마치 스토리가 있는 묘사음악처럼 컬러풀하고 구상적으로 곡을 풀어간다. 특히 스케르초가 훌륭하다. 이윽고 이게 같은 곡인가 묻고 싶어질 정도로 음악이 생생하게 숨쉬기 시작한다. 줄리니가 이렇게 예술성 있는 지휘자였구나, 새삼 감탄하게 된다. 표현이 좀 그렇지만, 성실한 바람둥이에게 넘어갈 것 같은 분위기가 있다.

스베틀라노프도 곡을 고조시키는 손길이 상당히 능숙하다. 줄리니에 못지않을 만큼 드라마틱하게 음악세계를 꾸려나간다. 마지막 클라이맥스는 〈1812년〉에 비견될 정도라, 당장이라도 대포 소리가 울릴 것 같다. 그러나 아무리 근육질의 연주로 분위기를 띄워도 재미나 센스가 개입할 여지가 없다. 색을 입혀 극적인 연주를 만드는 만큼, 거꾸로 곡의 '얄팍한' 만듦새가 두드러지기도 한다. 어려운 문제다.

재인才人 프레빈, 실로 능란하게 소리의 조화를 만든다. 패션 센스를 타고났다고 할까, 소재에 다소 흠이 있는 이 교향곡 〈소러시아〉도 아무렇지 않게 툭 걸쳐서 소화해버린다. 이런 건 다른 사람이 흉내내기 힘들다. 결코 드라마틱하진 않지만, 마지막까지 듣는 이를 질리게 하지 않는다. 빼어난 세련성은 대포도 능가한다. 영국 데카의 녹음(제임스 로크)도 우수하다.

〈소러시아〉, 도저히 내가 좋아하는 곡이라고는 할 수 없지만, 그래도 줄리니와 프레빈의 연주는 주저 없이 추천하고 싶다.

18

쇤베르크 〈달에 홀린 피에로〉 작품번호 21

베타니 비슬리(S) 로버트 크래프트 지휘 컬럼비아 실내합주단 일본 컬럼비아 OS-288 (1962년)

헬가 필라르치크(S) 피에르 불레즈 지휘 칠중주단 ADES 15.001 (1962년)

이본 민턴(S) 피에르 불레즈 지휘 오중주단 일본CBS SONY 25AC684 (1977년)

클레오 레인(S) 엘가 호워스 지휘 내시 앙상블 일본RCA RVP-6107 (1974년)

고등학생 시절 로버트 크래프트의 〈쇤베르크 전집 1권(두 장짜리 LP)〉을 나름대로 고생 끝에 구해서, 특히 성악곡 〈달에 홀린 피에로〉와 〈바르샤바의 생존자〉를 무언가에 씐 것처럼 몇 번이고 반복해서 들었다. 내용이나 음악사적 의미를 완벽히 이해할 순 없었지만 분명 무언가 느끼는 부분이 있었으리라. 아니면 그저 그 나이에 흔한 지적 호기심이었을까? 그뒤로는 씐 것이 떨어져나갔는지 거의 듣지 않았는데, 마침 좋은 기회이니 몇 장 꺼내와서 들어보았다.

　　이 곡은 일단 가곡이긴 하지만 가수에게 가창과 낭독의 중간체가 요구된다. 악보에 어떻게 적혀 있는지는 몰라도 레코드만 들어보면 가수에게 맡겨진 해석의 폭이 상당히 큰 듯하다. 로버트 크래프트 버전의 베타니 비슬리는 연기성 풍부한 '낭독 가창(슈프레히슈티메)'을 연극적으로 펼친다. 아름다운 목소리가 달빛 아래 떠오른 피에로의 몸짓을 그윽하게 부각시킨다. 이시도어 코헨을 중심으로 한 '합주단'의 연주도 뛰어나다.

　　불레즈는 이 곡을 여러 번 녹음했는데, 1962년반이 발표 당시 큰 화제가 됐던 모양이다. 이 음반은 뭐니 뭐니 해도 필라르치크의 '슈프레히슈티메'가 혁신적으로 훌륭하다. 연극적이라기보다 거의 낭독에 가까운데, 어감이 날카롭고 의욕적이며, 확실한 설득력을 지닌다. 다만 군데군데 '좀 지나치다' 싶은 느낌도 없지 않다.

　　불레즈의 1977년반은 주커만, 바렌보임, 해럴, 데보스트, 페이 등의 톱 플레이어를 연주자로 맞았다. 가창은 이본 민턴, 말이 필요

없는 면면이다. 여기서의 민턴은 명백히 낭독보다 가창 쪽이다. 그리고 그 노선으로 분명한 성공을 거두었다. 뒤에서 받쳐주는 올스타 합주단의 연주도 매우 출중하다. 쇤베르크의 날카로운 음악이 실로 여유롭게 들릴 정도다. 전체적으로 비슬리반이나 필라르치크반에 비해 음악적 완성도가 뛰어나다. 이 레코드를 듣는 한 〈달에 홀린 피에로〉는 결코 난해한 현대음악이 아니다.

영국의 재즈 가수 클레오 레인의 〈달에 홀린 피에로〉는 이색적이다. 굽이굽이 유연성이 풍부하고 농염하기도 한 가창이 20세기 초(이 작품이 발표된 것은 1912년이다)의 카바레 음악을 방불케 한다. 그녀의 가창을 듣고 있으면 당시 빈 음악계의 첨단이 상위문화와 하위문화의 활발한 혼합에서 귀중한 에너지를 얻었음을 실감하고 이해할 수 있다. 그곳에는 성聖과 속俗, 육肉과 지知가 긴밀히 뒤엉켜 있었던 것이다.

슈베르트 현악사중주 14번 〈죽음과 소녀〉 D단조 D.810

부슈SQ 일본Angel GR-2230 (1936년)

빈 콘체르트하우스SQ 일본West. VIC-5385 (1957년)

아마데우스SQ Gram. 138 048 (1959년)

멜로스SQ 일본Gram. MG2496 (1974년)

줄리어드SQ 일본CBS SONY 28AC1390 (1979년)

도쿄SQ VOX(Cum Laude) D-VCL 9044 (1983년)

지면 관계로 재킷을 싣진 못했지만, 우리집에 있는 것 중 가장 오래된 녹음은 카페SQ다(1928년). 녹음은 오래됐어도 음질은 절대 나쁘지 않다. 네 사람의 음악이 한데 융합되는 듯한 우아한 연주에 절로 빠져든다.

부슈SQ 역시 2차대전 전의 SP녹음인데, 카페SQ에 비해 연주가 보다 논리적이고 구축적이다. 독일적이라고 할까. 소리가 매우 치밀하다. 카페SQ처럼 연속적으로 얽혀드는 정서는 없지만, 깊이 있는 사색이 느껴진다.

부슈SQ의 연주가 독일적이라면, 빈 콘체르트하우스SQ의 연주는 그 이름대로 빈에 어울린다. 전자만큼 긴밀하고 구심적이지는 않고, 공기가 잘 통하듯 구축성이 적당히 느슨해져 있다. 프란츠 슈베르트가 살았던 호시절의 냄새가 난다(는 느낌이다). 삼인삼색, 그야말로 역사적 명연이다.

여기까지가 '고전적' 모노럴 세계이고, 이어서 스테레오 녹음 시대에 접어든다. 그에 따라 연주 스타일도 미묘하게 바뀌었다.

아마데우스SQ는 기본적으로 부슈SQ의 스타일을 계승했지만 그룹으로서의 끊김 없는 일체감보다 오히려 네 개의 현악기가 만들어내는 콘트라스트와 그것이 가져오는 긴박감을 지향하는 것처럼 들린다. 앞의 세 음반에 이어서 들으면 상당히 공격적으로 느껴지기도 한다. 그런 점이 이 〈죽음과 소녀〉라는 작품의 일면을 날카롭게 부각시키는 데 큰 역할을 한다.

멜로스SQ는 1965년 슈투트가르트에서 결성된 그룹으로, 연주 라인은 아마데우스SQ에 가깝지만 그만큼 경질은 아니며, 긴박감이 다소 누그러지고 하모니가 풍성해졌다. 소리에서 싱그러움이 느껴진다. 특히 2악장이 멋지다. 그러나 빈 특유의 정서 같은 것은 드러나지 않는다.

강경하기로 이름난 줄리어드SQ, 그러나 도입부는 '어라!' 소리가 나올 정도로 의외로 섬세하고 부드럽다. 줄리어드의 간판인 날카로운 콘트라스트를 과감히 억제하고, 네 사람이 마음을 모아 굵직한 음악의 실을 한 가닥 자아낸다. 스트레이트한 서정마저 감돈다. 그렇다고 음악이 물러진 것은 결코 아니다. 곳곳에서 소리의 깊이에 놀라게 된다.

도쿄SQ부터는 디지털 시대에 접어든다. 녹음의 질이 올라간 것도 있고, 이 그룹은 매우 아름다운 소리를 들려준다. 균형 잡힌 앙상블, 기품 있게 나아가는 소리, 거침없는 질주감…… 뛰어난 연주이긴 한데, 다 듣고 나면 문득 카페나 부슈의 연주를 듣고 싶어지기도 한다. 아마 전체적으로 너무 스마트한 탓이리라. 물론 그게 나쁘다는 말은 결코 아니지만.

브람스 〈알토 랩소디〉 작품번호 53

캐슬린 페리어(Ca) 크루트 징거 지휘 베를린 국립가극장 관현악단 일본Angel GR2158 (불명)

캐슬린 페리어(Ca) 클레멘스 크라우스 지휘 런던 필 Dec. LXT2850 (1954년)

메리언 앤더슨(Ca) 프리츠 라이너 지휘 RCA 빅터 교향악단 Vic. LM-1146 (1951년)

크리스타 루트비히(Ms) 오토 클렘퍼러 지휘 필하모니아 관현악단 일본Seraphim EAC-40118 (1962년)

밀드레드 밀러(Ms) 브루노 발터 지휘 컬럼비아 교향악단 Col. MS-6488 (1963년)

그레이스 호프먼(Ms) 카를 밤베르거 지휘 북독일 방송교향악단 Nonesuch73003 (1962년)

정식 명칭은 〈알토와 남성합창과 오케스트라를 위한 랩소디〉인데, 너무 길어서 일반적으로는 〈알토 랩소디〉로 통한다(뭐, 당연한 결과일 것이다). 가사 텍스트는 괴테의 시 「겨울 하르츠 여행」. 고뇌에 찬 젊은이의 모습을 그린 내용이라 대체로 어둡고, 기본적으로 '복잡다단한' 스타일인 브람스에게 딱 맞는 세계인지도 모르겠다. 그런 건 별로…… 하시는 분은 아마 듣지 않는 편이 좋으리라 생각한다. 귀에 익으면 제법 멋진 음악이지만.

영국의 아름다운 가수, 캐슬린 페리어가 크루트 징거의 지휘로 녹음한 에인절반은 아마 SP를 원본으로 만든 '복각판'이지 싶다. 녹음 연도 등의 데이터는 전혀 알 수 없지만(대략 1940년대) 약동감 있고 힘찬 목소리로 첫머리부터 귀를 사로잡는다. 그녀의 〈알토 랩소디〉 하면 클레멘스 크라우스와 공연한 데카반이 압도적으로 유명하지만, 나는 이 음반의 청신한 목소리 쪽이 더 매력적으로 들린다. 음질도 데카의 LP반보다 이쪽이 오히려 뛰어나다. 그러나 어느 쪽이건 변함없이 페리어의 콘트랄토는 음역이 넓고, 저음역으로 옮겨가는 방식이 무척 차밍하다. 그 청초함, 올곧음에 마음이 끌리는 가수다.

메리언 앤더슨은 목소리의 질, 혹은 가창 스타일이 브람스의 이 곡과는 잘 어울리지 않는 느낌이다. 같이 녹음된 말러의 〈죽은 아이를 그리는 노래〉에서도 느꼈지만, 독특한 비브라토가 상당히 고풍스러워 귀에 계속 남는다. 라이너의 반주 지휘도 어딘가 활기가 부족하다.

루트비히의 가창은 지극히 정통적이며, 성실하고 똑바르게 브람스 음악의 핵심으로 다가간다. 목소리도 시종일관 매끄럽고 기품 있으며 아름답다. 당시 서른네 살, 한창 물오른 전성기라 해도 될 것이다. 클렘퍼러/필하모니아도 그녀의 가창에 빈틈없이 따라붙고, 합창도 훌륭하게 어우러진다. 루트비히는 십사 년 후인 1976년 카를 뵘과 함께 다시 이 곡을 녹음했는데, 이쪽은 아직 들어보지 못했다.

발터의 차분하고 저력 있는 연주는 첫 음부터 가슴이 철렁한다. 가창보다 오히려 오케스트라에 주의해 들어야 할 듯하다. 밀드레드 밀러는 무난하고 매끄러운 가창으로 착실하고 견실하게 진행해가지만, 발터가 만드는 소리는 철저히 드라마틱하고 주도적이면서도 너무 나서지는 않으며 조용한 설득력을 발휘한다. 발터가 만년의 충실함을 아낌없이 보여주는 뛰어난 연주다.

바그너 가수 그레이스 호프먼의 가창은 차분하면서 설득력이 있다. 오케스트라와 합창의 완성도도 흠잡을 데 없다. 농도 짙은 브람스가 마음에 고요하게 스며든다. 바겐세일 때 저렴하게 구입한 레코드지만, 음악의 질이 높고 매력적이었다.

21-1

도메니코 스카를라티 건반소나타집 (현대 피아노)

알도 치콜리니(Pf) 일본Angel LT-0069 (1962년)

언드라시 시프(Pf) 일본Hungaroton SLA-6352 (1975년)

알렉시 바이센베르크(Pf) Gram. 415511-1 (1985년)

안 케펠렉(Pf) 일본Erato REL-3155 (1970년)

로베르 카자드쥐(Pf) Col. ML4695 (1955년)

블라디미르 호로비츠(Pf) 일본CBS SONY SOCL-1141 (1964년)

처음 스카를라티의 음악을 접한 것은 1960년대 중반, 호로비츠의 레코드를 통해서였다. 그전까지는 스카를라티를 들어볼 기회가 (적어도 내게는) 없었다. 이 항목에서는 현대 피아노 연주를 다룬다.

호로비츠의 앨범에 앞서 치콜리니가 스카를라티 소나타만으로 이루어진 풀 앨범을 제작했다. 스카를라티 연구자인 알레산드로 롱고에게 배운 만큼 차분하고 뛰어난 연주를 들려준다. 호로비츠처럼 눈이 번쩍 뜨이는 혁신성은 없지만, 하프시코드를 위해 쓰인 옛 시대의 음악을 현대에 유효하게 되살렸다는 공적이 크다. 그다지 대중적인 주목을 받지는 못한 모양인데, 음악은 지금 들어도 오래된 느낌이 없다.

시프의 연주도 빼어나다. 역사성보다는 어디까지나 스카를라티의 음악성에 초점을 맞추고 그것을 현대 피아노 영역에 주의깊고 현명하게 적용한다. 하프시코드의 어법에 과도하게 얽매이지 않고, 현대 피아노의 기교적 우위성을 활용해 자신만의 우아한 음악세계를 일궈낸다. 당시 시프는 약관 스물두 살. 젊은 나이로 이렇게 빈틈없고 원숙한 음악을 만들어냈다는 것에 감탄이 절로 나온다.

바이센베르크는 하프시코드 주자 란도프스카의 가르침을 받으며 바흐와 스카를라티의 훌륭함을 알았다. 페달을 거의 사용하지 않지만 그 밖의 기능(템포와 강약)을 구사해 표정을 더함으로써 스카를라티를 선명하게 현대화한다. 다만 바이센베르크의 연주는 어프로치가 매번 비슷비슷하므로 오래 들으면 조금 물릴지도 모르겠다.

케펠렉은 호로비츠를 보다 세련되게 다듬은(그 익센트리시티를 일반화한) 듯한 음악을 제공한다. 사려 깊은 음악이 시대를 초월해 생생하게 표현된다. 날카로운 센스와 적확한 리듬감이 있기에 가능한 일이다.

카자드쥐의 연주는 마음이 담겨 있고 구석구석까지 따뜻하다. 아무리 빠른 패시지를 연주할 때도 상냥한 기운이 뚜렷이 느껴진다. 열 손가락이 음악을 사랑하는 마음과 맞닿아 있는 것 같다. 1955년, 이중에서 가장 오래된 녹음이지만 현대인의 귀로 들어도 오래된 느낌이 전혀 없다.

마지막으로 주인공 등장, 호로비츠. 소리의 구두점을 철저하게 강조하고, 익센트릭할 정도로 팽팽하게 밀어붙인다. 마치 손끝이 하나하나 건반에 박히는 것처럼 특별한 소리다. 원래 하프시코드를 위해 만들어졌다는 역사적 사실은 어딘가로 사라지고 호로비츠의 독자적인 음악으로 승화되었다. One and only―그 독자성(독립성)의 울림이 무언가와 비슷하다 싶었는데, 굴드가 연주하는 바흐 〈이탈리아 협주곡〉의 그것과 닮았다.

그나저나 스카를라티와 바흐와 헨델, 세 사람 다 같은 해에 태어났다는 사실을 알고 계셨나요? 별로 중요한 건 아니지만.

도메니코 스카를라티 건반소나타집 (하프시코드 등)

반다 란도프스카(Hps) 일본EMI GR2121/2 두 장 세트 (1934/39년)

주자나 루지치코바(Hps) Supra. 50688 (1965년)

페르난도 발렌티(Hps) West. WL5116 (1952년)

조지 맬컴(Hps) London LL-963 (1954년)

트레버 피넉(Hps) CRD 1068 (1981년)

레오 브라우어(Gt) 일본Erato REL-3214 (1974년)

현대 피아노 연주로 스카를라티를 듣다보면 하프시코드 연주가 듣고 싶어지고, 하프시코드로 듣다보면 또 현대 피아노가 듣고 싶어진다. 스카를라티 음악에는 그런 다면성이 있다.

하프시코드로 스카를라티, 하면 떠오르는 란도프스카. 그녀가 2차대전 전과 전쟁중 행한 일련의 녹음은 스카를라티의 재발견에 그치지 않고 하프시코드라는 악기의 복권에 크게 기여했다. 다만 쓰는 악기가 대폭 '개량'된 것이라 옛 악기와는 음색과 기능이 상당히 다르다. 연주 스타일도 현재의 '고악기 연주'에 비하면 훨씬 폭넓게 해석하고 있어서, '좀 지나친 것 아닌가' 싶은 대목도 있다. 그럼에도 그녀가 연주하는 스카를라티를 듣고 있으면 그 자유로운 울림에 감동하곤 한다.

루지치코바는 체코 태생 하프시코드 주자. 1941년부터 1945년까지 나치 강제수용소에 수용되었고, 종전 후 연주 활동을 시작했다. 적확한 음색과 뛰어난 리듬감을 갖춘 연주가다. 궁정적인 화려함이나 경묘함보다 음악의 본질에 똑바로 다다르고자 하는 의욕이 있다. 마치 바흐 작품을 연주하는 듯한 진지함이 느껴진다. 수준 높은 연주지만, '스카를라티 풍미'를 원하는 사람이라면 약간 불만을 느낄지도 모른다.

페르난도 발렌티는 미국 태생 하프시코드 주자. 웨스트민스터 레코드에서 스카를라티 소나타집을 몇 장 냈다. 전집 완성을 목표로 했으나 음반사 사정이 기울어 실현하지 못했다. 적확한 테크닉을 발휘하며 마음을 담아 정성껏 연주하지만 경묘함이 좀 부족한 감이 있다. L.23은 상당히 사랑스러운 연주지만.

조지 맬컴은 영국의 피아니스트지만 하프시코드를 즐겨 연주했다. 란도프스카만큼 다이내믹하지 않고, 루지치코바처럼 구도적이지도 않으며, 양지바른 툇마루 같은 중용이 느껴지는 스카를라티를 들려준다. 마치 현대 피아노를 연주하는 듯한 감각으로 태연히 하프시코드를 연주해내는데, 최근에는 이런 사람이 별로 없을 듯하다.

젊은 날의 트레버 피녁이 연주하는 스카를라티는 펄떡거리는 멋진 리듬감을 보여준다. 원래도 하프시코드 주자로, 스카를라티를 무척 스마트하게 막힘없이 연주해낸다. 이 '막힘없는 느낌'이 오히려 갑갑하게 다가올 때가 있는데, 그 부분은 개인의 취향 문제이지 싶다.

쿠바의 기타리스트 레오 브라우어는 기타용으로 편곡한 스카를라티를 연주하는데, 이게 아주 훌륭하다. 어지간한 하프시코드 주자보다 훨씬 정통적이고 설득력 있는 스카를라티다. 딱히 무슨 기발한 시도를 하는 것도 아닌데 현대의 향취를 또렷이 느끼게 하는 신선함이 있다. 언제 들어도 소리가 훤칠하고 약동적이다. 어째서일까?

멘델스존 〈한여름 밤의 꿈〉

오토 클렘퍼러 지휘 필하모니아 관현악단 Angel S35881 (1960년)

카를 슈리히트 지휘 바이에른 방송교향악단 Concert Hall SMS2214 (1954년)

피에르 몽퇴 지휘 빈 필 영국RCA RB-16076 (1958년)

에두아르트 반 베이눔 지휘 콘세르트헤바우 관현악단 London LL622 (1954년)

셰익스피어 희곡이 원작인 극음악. 서곡과 그 외 열두 곡으로 구성되어 있다. 우리집에 있는 레코드는 어느 것이나 전곡반은 아니고, 클렘퍼러는 양면에 총 열 곡을 수록했다. 베이눔은 세 곡, 슈리히트는 여덟 곡, 몽퇴는 네 곡. 지금은 녹음 상태가 더 좋은 이 곡의 음반이 많이 나와 있을 테지만, 이 네 장의 레코드 중 스테레오 녹음은 클렘퍼러뿐이고 나머지는 전부 모노럴 시대의 것이다. 그래도 각기 뚜렷한 매력이 있다.

클렘퍼러반에만 여성 목소리와 코러스가 들어 있다. 헤더 하퍼(소프라노)와 재닛 베이커(콘트랄토). 꼭 그래서는 아닐 테지만, 연주에도 제일 힘이 들어가 있는 듯하다. 도입부의 첫 음부터 확실히 느껴진다. 음악도 극음악이라기보다 당당한 교향곡처럼 울려퍼진다. 딱히 교향곡이 극음악보다 위대하다는 말은 아니지만, 신기할 만큼 격조 높은 소리다. 클렘퍼러라는 사람이 기본적으로 그런 음악을 지향하는지도 모르겠다.

슈리히트의 연주는 '횡재'라고 하면 좀 그렇지만, 음악이 무척 생동감 넘쳐서 듣는 즐거움이 있다. 듣다보면 절로 잘하네, 하는 감탄이 나온다. 클렘퍼러처럼 확고한 만듦새가 보이진 않아도 양손 안에서 음악이 자유롭게 펄떡거린다. 슈리히트 하면 보통 말러나 브루크너를 떠올리는데, 이 〈한여름 밤의 꿈〉에서의 꾸밈없고 소소한 유쾌함도 꽤 멋지다.

몽퇴가 빈 필을 지휘해 빈에서 녹음한 음반. 듣기 전부터 이미

'나쁠 리가 없다'는 확신이 드는데 실제로도 근사하다. 어깨에 과하게 힘을 주지 않고, 자연스럽고 가볍게 흘려보내면서, 요소요소를 빈틈없이 장악한다. 빈 필 스스로도 자신들이 연주하는 우아한 악음을 즐기는 것 같다. 당시 뭉퇴는 이미 팔십대 중반이었는데, 노련함과 원숙함보다는 인생의 남은 불씨를 소중히 아끼는 듯 독특한 따뜻함이 느껴진다.

반 베이눔이 지휘하는 콘세르트헤바우 관현악단은 언제나 특유의 멋진 소리를 낸다. 오케스트라 전체가 한 대의 귀한 명기처럼 들린다. 베이눔은 기본적으로 중용을 지키는 사람으로, 논리적인 세계관을 항상 온당한 형태로 표명한다. 목소리가 크지 않아도 넓은 방 구석구석까지 틀림없이 가닿는다. 요훔이나 하이팅크에게도 그런 경향이 있지만, (내 생각에) 베이눔은 평균점이 대단히 높다. 이 〈한여름 밤의 꿈〉에도 그런 장점이 잘 살아 있다. 〈서곡〉〈야상곡〉〈스케르초〉세 곡밖에 실리지 않은 것이 좀 아쉽지만.

이 네 장의 오래된 레코드는 어느 것도 포기하기 힘들다.

25

생상스 교향곡 3번 〈오르간〉 C단조 작품번호 78

샤를 뮌슈 지휘 보스턴 교향악단 Vic. LSC-2341 (1959년)

샤를 뮌슈 지휘 뉴욕 필 Col. ML4120 (1949년)

폴 파레 지휘 디트로이트 교향악단 Mercury SR90331 (1957년)

주빈 메타 지휘 로스앤젤레스 필 Dec. SXL-6482 (1970년)

유진 오르먼디 지휘 필라델피아 관현악단 일본Telarc 20PC-2008 (1980년)

나는 생상스라는 작곡가에게 그렇게 흥미가 없었는데, 뮌슈의 RCA반 연주로 처음 이 교향곡을 듣고서 좋아졌다. 이 레코드는 보스턴 교향악단의 연주도 박진감 있지만 루이스 레이튼이 담당한 녹음도 못지않게 매력적이다. 2악장 후반부, 보스턴 심포니홀의 대형 오르간이 장려하게 울려퍼진다. 꼭 생상스가 스테레오 녹음의 시대가 도래하리라고 예견했던 것처럼.

뮌슈는 그전에 뉴욕 필을 지휘한 음반을 컬럼비아에서 낸 적 있다. 보스턴 상임지휘자에 취임하기 직전인데, 아주 차분하고 품위 있는 완성도를 보여준다. 모노럴 녹음이지만 오르간을 포함한 오케스트라의 음색이 아름답다. 아름다움으로는 RCA반을 넘어서는지도 모른다.

프랑스인 지휘자 파레에게 단련되어 프랑스 음악을 단골 레퍼토리로 삼고 있는 디트로이트 교향악단. 만반의 태세를 갖추고 생상스의 이 대곡에 임한다. 녹음 장소는 디트로이트 포드 오디토리엄. 초호화 오르간을 공수하고, 이 녹음을 위해 프랑스에서 명오르가니스트 마르셀 뒤프레를 초빙했다. 초기 스테레오 녹음이지만 분리도 잘되어 있고 소리를 무척 선명하게 뽑아낸 것이 놀랍다. 특히 오르간의 어택은 몇 번을 들어도 충격적이다. 연주는 매끄럽게 잘 흘러가고, 음악의 본질을 확실히 붙잡고 있으며, 과시하려는 구석이 없다. 오케스트라 소리가 조금 얌전하다고 느끼는 사람이 있을지 모르겠지만, 스테레오 장치의 볼륨을 최대로 높이면 이 정도가 딱 좋다.

우리집에는 미국 머큐리 재발매반과 프랑스 필립스반이 있는데, 쇼송 교향곡과 커플링된 특별판인 머큐리반은 소리에 약간(정말 약간이지만) 여유가 없다.

젊은 날의 메타가 지휘하는 로스앤젤레스 필은 역시 매력적이다. 당시로서 매우 훌륭한 조합이었지 싶다. 소리가 윤택하고 생동감 넘친다. 어디로 가야 할지 정확히 알고 있는 사람의 시원스럽고 적확한 걸음걸이를 떠올리게 하는 연주다. 녹음은 캘리포니아대학교 로이스홀에서 이뤄졌고, 영국 데카답게 소리의 윤곽이 뚜렷하고 깊이가 있다.

오르먼디는 수하의 필라델피아 관현악단과 함께 음반사를 바꿔가며 몇 번이나 이 곡을 녹음했는데, 이 텔락반은 뛰어난 녹음으로 좋은 평판을 받았다. 덕분에 수입반은 꽤 높은 가격이 매겨져 있어서 나는 적정한 가격의 국내반을 샀지만, 그래도 충분히 우수한 소리를 담고 있다. 오르간의 저음 페달에 방안 공기가 파르르 떨릴 정도다. 연주도 그에 못지않게 유려하고 힘차다. 오르간에 파워 빅스를 맞이해 녹음한 1962년의 CBS반도 매력적이고 출중하지만.

그나저나 이 다섯 종류의 〈오르간〉 교향곡을 스피커를 노려보면서 듣고 있으면, 귀기울일 부분이 연주의 훌륭함인지 녹음의 훌륭함인지 점점 알 수 없어진다. 아니, 그 둘이 뗄 수 없는 관계인 것처럼 느껴진다. 나는 결코 오디오 마니아라 할 순 없지만.

베토벤 바이올린협주곡 D장조 작품번호 61

지노 프란체스카티(Vn) 유진 오르먼디 지휘 필라델피아 관현악단 Col. ML-4371 (불명)

아이작 스턴(Vn) 레너드 번스타인 지휘 뉴욕 필 Col. MS-6093 (1959년)

나탄 밀스타인(Vn) 에리히 라인스도르프 지휘 필하모니아 관현악단 Angel RL-32030 (1962년?)

정경화(Vn) 키릴 콘드라신 지휘 빈 필 Dec. SXDL-7508 (1979년)

베토벤 바이올린협주곡, 셀 수 없이 많은 레코드가 나와 있지만 일단 우리집에 있는 오래된 LP 네 장을 꼽았다. 베토벤의 곡인데 정작 독주자는 네 사람 모두 비非독일-오스트리아계다. 그러고 보니 독일-오스트리아 계열의 바이올리니스트는 별로 없구나 싶다.

프란체스카티는 발터와 함께한 스테레오반이 유명한데, 이건 그에 앞서 오르먼디와 녹음한 모노럴반이다. 녹음 연도는 명확하지 않지만 1950년대 초로 추정된다. 내가 이 레코드를 좋아하는 이유는 첫째로 재킷 디자인이 멋지다는 것이다. 컬럼비아 전속 시절 스타인바이스의 아트워크는 정말 훌륭하다. 내용은? 나쁘진 않지만 지금 와서는 약간 오래된 느낌이 드는걸, 싶은 정도. 오르먼디의 반주도 어딘가 활기가 부족하다.

스턴과 번스타인의 공연반. 도입부의 뉴욕 필 소리가 충실해서 깜짝 놀란다. 소리가 농염하다. 뒤이어 나오는 스턴의 음색은 그에 뒤질세라 한결 농염하다. 그러면서도 양자가 경쟁하는 것이 아니라 시종일관 서로의 거리를 능숙히 유지하며 정성껏 음악을 만들어나간다. 머리부터 꼬리까지 물리지 않는 음악이 완성되었고, 녹음 또한 연주의 포인트를 적확히 포착했다. 스턴이 연주하는 카덴차(크라이슬러 작)도 빼어나다.

밀스타인의 음반도 녹음 연도가 확실치 않지만, 아마 1960년대 초반일 것이다. 라인스도르프가 지휘하는 필하모니아, 1악장 도입부는 지극히 평온하다. 그에 엮이는 밀스타인의 바이올린은 자유자재로, 오케스트라의 소리 속으로 날실과 씨실을 술술 엮어나간다. 잘한다, 라는 감탄이 절로 나온다. 물론 초일류 프로니까 잘하는 게 당연한데, 이 사람의 장점은 자신의 음악을 고스란히 앞으로 내놓으면서도 불필요한 에고를 드러내지 않는다는 것이다. 다만 이 레코드는 음질이 딱딱한 편이라 바이올린이 약간 금속적으로 들린다. 여기에 녹음만 좀더 좋았더라면, 싶어서 안타깝다. 카덴차는 밀스타인의 오리지널. 상당히 잘 살렸다.

이상한 비유인지 몰라도, 정경화의 바이올린 연주는 야구로 치면 '공을 끝까지 잡고 있는 투수'를 연상시킨다. 마지막 한순간까지 소리가 손가락을 떠나지 않는다. 그러므로 소리 하나하나에 영혼의 조각 같은 것이 따라붙는다. 이런 연주를 할 수 있는 사람은 흔치 않다. 마음이 뜨겁게 타올라도 의식은 그 안쪽에 단단하고 날카롭게 얼어붙어 있다. 콘드라신과 빈 필은 보기 드문 조합인데, 내용의 밀도가 매우 높고 완벽하리만치 충실하다. 독주, 반주도 모두 흠잡을 데가 없다.

레스피기 교향시 〈로마의 소나무〉 〈로마의 분수〉

언털 도라티 지휘 미니애폴리스 교향악단 Mercury MG50011 (1953년)

프리츠 라이너 지휘 시카고 교향악단 Chesky RC5 (1959년)

샤를 뮌슈 지휘 뉴필하모니아 관현악단 London SPC21024 (1967년)

프뤼베크 데 부르고스 지휘 뉴필하모니아 관현악단 일본Angel AA-8518 (1968년)

이슈트반 케르테스 지휘 런던 교향악단 Dec. SXL-6401 (1968년)

오자와 세이지 지휘 보스턴 교향악단 일본Gram. MG-1201 (1977년)

로마 가극장에서 레스피기의 가극을 본 적 있는데, 매우 길고 단조로운 회고적 사극이라 따분해서 아주 혼이 났다. 그뒤로 레스피기 음악에 약간 회의적이 되었지만, 이번에 찬찬히 다시 들어보고 교향시 '로마 3부작'은 나름대로(말하자면 의도적으로) 들을 가치가 있는 작품군이라고 새삼 생각했다. 우리집에 있는 LP는 대부분 〈소나무〉 〈분수〉의 커플링이라 그 두 곡을 다룬다.

도라티반은 모노럴 시대의 녹음이라 지금 들으면 다소 예스럽다는 인상을 지울 수 없다. 물론 모노럴 중에도 토스카니니반처럼 아주 컬러풀한 예가 있지만, 도라티반에는 아쉽게도 그만한 매력이 없다.

프리츠 라이너는 또렷한 연주를 보여주고 스테레오 녹음 상태도 양호한데, 지휘자 라이너의 자세가 기본적으로 (지나치리만큼) 올곧기에, 곡 자체가 그다지 직선적이라 할 수 없는 경우에는 음악과 연주 분위기 사이에 때로 미묘한 어긋남이 생겨난다.

샤를 뮌슈는 라이너와 달리 어느 정도 변화구를 섞을 여지가 있는 음악이 더 잘 맞는 듯하다. 직구와 변화구, 완급을 능란하게 오가는데도 계산적이거나 영악하게 들리지 않는다는 것이 이 사람의 장점이다. 센스가 좋다는 말이리라. 그런 특징이 이 레스피기 곡에서도 좋은 형태로 드러난다.

오케스트라는 마찬가지로 뉴필하모니아지만, 뮌슈에 비해 프뤼베크 데 부르고스의 연주는 한결 치밀한 인상을 준다. 정경 묘사는 세부까지 빈틈없이 그려낸 세밀화를 연상시킨다. 그러나 결코 숨막히는 느낌은 아니다. 기품 있는 정서가 흘러넘치는 뛰어난 연주지만, 오케스트라의 박력 면에서는 뮌슈의 탁월한 컨트롤 쪽에 손을 들어주고 싶다.

케르테스/런던반은 서두르는 구석이 없는 대담한 연주다. 허둥대거나 소란스럽지 않게, 빈틈없는 음악을 만들어나간다. 당시 약관 스물아홉인데도 이미 대가의 풍격을 갖추고 있다. 그러면서 '애늙은이'처럼 안주하는 부분도 없다. 어디까지나 자연스러운 형태로 매끄럽게 곡을 이끌어간다. 오케스트라도 주저 없이 그 길을 따라간다. 커플링된 같은 작곡가의 모음곡 〈새〉도 매력적이다.

오자와 세이지는 이렇게 묘사적인 음악에 실로 능하다. 이 사람의 연습 장면을 보고 있으면 무언가 특별한 지시를 내놓는 것 같지도 않은데, 결과적으로는 한눈에도 표정이 풍부한 '오자와 세이지의 소리'가 완성되어 있어서 늘 놀란다. 레스피기 '로마 3부작'은 그의 능숙한 오케스트라 컨트롤이 가장 선명히 드러난 일례가 아닐까. '고품질'이라는 표현이 딱 들어맞는다.

26

하이든 현악사중주 61번 〈5도〉 D단조 작품번호 76-2

헝가리SQ EMI 33CX-1527 (1958년)

야나체크SQ 일본London SLC-1320 (1964년)

이탈리아Q 일본Phil. 13PC-116 (1965년)

클리블랜드Q Vic. ARL1-1409 (1976년)

도쿄SQ CBS M3 35897 (1979년)

아마데우스SQ 일본Gram. 28MG0723 (1983년)

명곡이 즐비한 작품번호 76 중 한 곡. D단조라는 조성이 선명히 살아 있다. 하이든은 워낙 다작을 했기에 곡에 제목이 있으면 기억하는 데 도움이 된다. 5도 하강하는 음형이 몇 번 나온다고 해서 이런 제목이 붙었다. 아마 당시 사람들도 작품을 판별하는 데 애를 먹었던 것일 테다.

헝가리SQ, 처음부터 끝까지 얼얼하고 엄격한 소리가 울린다. 잔향은 거의 없고 정서 따위 알 게 뭐냐는 듯 네 대의 현악기가 치열하게 맞부딪친다. 베토벤이나 버르토크의 현악사중주곡 연주에 정평이 난 단체인데, 그 방법론을 하이든에도 거의 고스란히 적용한다. 굳이 그렇게까지 하지 않아도……라는 것이 나의 솔직한 감상이지만, 그 시대에는 이런 것도 어느 정도 필요했는지 모른다. 어쨌거나 연주의 밀도는 매우 높다.

야나체크SQ는 1947년 브르노(체코)에서 결성된 단체로, 당시 이웃나라의 헝가리SQ와는 완전히 대조적인 부드럽고 풍성한 소리로 이 사랑스러운 작품을 연주한다. 같은 곡인데 이렇게 인상이 다르다니, 하는 감탄이 절로 나온다. 시대를 잊게 하는 따뜻함이 흐른다. 아니, 지금 시대에는 이런 소리를 낼 수 있는 단체가 이미 존재하지 않는지도 모르겠다.

이탈리아Q는 항상 그렇듯 미음을 구사하며 빈틈없이 노래한다. 그리고 시종일관 품위를 잃지 않는다. 여타 현악사중주단과는 조금 다른 무언가를 항상 풍긴다. 그런 음악을 좋아하는 사람에게는 매력적이기 그지없겠지만, '하이든으로서는 너무 유려한 것 아닌가'라고 회의하는 사람도 있을지 모른다.

클리블랜드Q는 당시 결성한 지 몇 년 지나지 않은 신진이었다. 그런 이유에서인지, 첫머리부터 더없이 약동적이고 활발한 소리를 낸다. 음악에 생동감이 넘쳐서 당장이라도 춤추기 시작할 것 같다. 음악적 치밀함보다 오히려 자발적 흐름을 중시하는 것이리라. 그래도 전체적으로 조금 여유가 부족한 느낌이 든다. 기운 넘치는 사람이 좁은 방에 갇혀 있는 것처럼.

도쿄SQ, 아직 멤버 모두가 일본인으로 구성됐던 무렵의 연주다. 소리가 긴밀하고 조화로우면서도 편안하다—는 이 단체의 장점이 잘 드러나 있다. 개별 악기의 소리가 선명하고, 안소리도 또렷이 들린다. (당시) 현악사중주단의 새로운 형태 같은 것을 확고히 제시해준다. 야나체크SQ의 풍성한 소리가 약간 그리워지지만.

아마데우스SQ의 연주는 결성 35주년 기념 콘서트의 라이브 실황. 삼십오 년 동안 멤버가 한 명도 바뀌지 않은 보기 드문 단체다. 연주는 그야말로 원숙의 극치. 오래 묵힌 귀중한 미주美酒처럼 그윽한 맛이 있다. 다만 음악이 지나치게 번듯하다는 인상을 준다……라는 건 무의미한 트집일까.

쿠르트 바일 〈서푼짜리 오페라〉 모음곡

오토 클렘퍼러 지휘 필하모니아 관현악단 Angel S35927 (1962년)

지크프리트 란다우 지휘 웨스트체스터 교향악단 Turnabout TV34675 (1974년)

에리히 라인스도르프 지휘 보스턴 교향악단 Vic. LSC-3121 (1969년)

데이비드 애서턴 지휘 런던 신포니에타 Gram. 2530 897 (1975년)

쿠르트 바일과 베르톨트 브레히트가 함께 만든 오페라 〈서푼짜리 오페라〉, 1928년 베를린에서 초연되었다. (뭐든 가능한) 바이마르 문화의 정수라고 할 만한 작품이다. 물론 히틀러에게는 철저히 미움받았고, 공연은 나치 단체의 집요한 방해에 시달렸다. 그럼에도 오페라는 상업적으로 대성공을 거두었고, 작곡자 바일은 사람들의 열망에 부응해 오페라에서 여덟 곡을 골라 오케스트라를 위한 모음곡을 만들었다. 일반적으로는 이 콤팩트한 모음곡(Kleine Dreigroschenmusik)이 자주 연주되며 널리 알려져 있다.

클렘퍼러는 1885년 태어난 유대계 독일인. 쿠르트 바일의 열렬한 지지자로, 1929년 이 모음곡의 초연 지휘를 맡았다. 그리고 1933년 브레히트, 바일과 더불어 나치 정권에 쫓기듯 독일을 떠났다. 이 레코드의 녹음 연도는 한참 지난 1962년이지만, 그래도 여러 의미에서 가장 신뢰할 수 있는 해석이라 해도 좋을 것이다. 안정적인 연주가 역사적 증언으로서도 커다란 의미가 있다.

지크프리트 란다우는 1921년 태어난 유대계 독일인으로, 〈서푼짜리 오페라〉 초연을 직접 겪은 세대는 아니지만, 그런 만큼 연주가 클렘퍼러보다 한 단계 현대화했다. 클렘퍼러의 연주 스타일에 비하면 상당히 담백한 인상을 준다. 웨스트체스터 교향악단은 잘 들어보지 못한 이름인데, 연주의 질이 높고 충분한 설득력이 있다.

라인스도르프가 보스턴 교향악단의 멤버를 모아 지휘한 레코드. 강약을 아주 잘 살린 연주로, 1920년대의 해학적 분위기가 범람

한다. 라인스도르프는 '고지식하다'는 인상이 강하지만 여기서는 꽤 화려한 면모를 보여줘서 '오, 이런 면도 있었네' 하며 반쯤 놀라고 반쯤 감탄하게 된다. 그도 1912년 태어난 유대계 독일인이니 청춘 시절 당시 베를린의 공기를 만끽했던 셈이다. 그러고 보면 이것은 라인스도르프 개인에게 〈서푼짜리 오페라〉의 리얼하고 솔직한 울림인지도 모른다.

애서턴은 1944년 태어난 영국인. 앞의 세 사람과는 세대도 민족 배경도 다르다. 그런 만큼 매우 유니버설한 〈서푼짜리 오페라〉를 들려준다. 1920년대 바이마르 시대의 베를린을 향한 동경, 회고, 미움 같은 것은 찾아보기 힘들다. 바일 음악에서 유대인성과 시대성을 덜어내고 순수한 음악으로 되살리면 이렇게 된다, 라는 식의 울림이다. 질 좋고 즐길 수 있는 음악이기는 하다. 그러나 히틀러 추종자들이 무대에 악취 폭탄을 던졌던 난잡하고 혼란스러운 〈서푼짜리 오페라〉는 여기서 찾아볼 수 없다.

쿠르트 바일 〈서푼짜리 오페라〉 (오페라판)

테오 마케벤 지휘 루이스 루스 밴드 Tele. LGM 65028 (1930년)

브뤼크너 뤼게베르크 지휘 자유베를린 방송관현악단 Col. O2S 201 S66239 (1958년)

찰스 애들러 지휘 빈 국립가극장 관현악단 Van. VRS 9002 (1955년)

나는 예전에 뉴욕 브로드웨이에서 스팅이 매커스 역을 연기한 〈서푼짜리 오페라〉를 감상한 적 있다. 스팅은 매력적이고 뛰어난 가수지만 오페라에서 노래하기에는 성량이 좀 부족해서(확성장치가 없다), 그 탓인지 몰라도 공연은 단기간에 막을 내린 모양이다. 꽤 근사한 무대였는데.

테오 마케벤은 1928년 이 작품의 초연 당시 지휘자였다. 장소는 베를린. 1930년 이 레코드는 초연 때와 거의 같은 멤버로 녹음되었고, 로테 레냐가 폴리 역을 노래한다. 내가 가지고 있는 것은 1954년 독일 텔레풍켄이 발매한 10인치 하이라이트반. 물론 SP를 원본으로 복각한 음반이라 빈말로도 음질이 좋다고는 할 수 없지만, 당시 사람들은 이런 스타일의 가창으로 〈서푼짜리 오페라〉를 들었구나…… 하고 실감할 수 있다. 훗날에 비해 훨씬 하이 톤인 레냐의 가창은 무척 개성적이고 매력 넘친다. 반주는 오케스트라가 아니라 오리지널 댄스 밴드 편성이다.

1958년 녹음된 CBS의 전곡반(브뤼크너 뤼게베르크 지휘)에서는 레냐가 제니 역을 노래한다. 스테레오 녹음이라 한결 향상된 음질로 전곡을 찬찬히 감상할 수 있다. 텔레풍켄반에 비하면 음악 스타일이 눈에 띄게 '현대화'해서, 초연 당시의 난잡함에 가까운 해학(혹은 짓궂음) 정신은 후퇴하고, 음악작품으로서의 안정성에 보다 중점을 둔 듯하다. 어떤 의미로는 이게 정답인지도 모른다. 음악도 듣는 이도 시대에 따라 바뀌는 법이니까. 이 작품의 브레히트성보다 바일성이 더 큰 의미를 지니게 되었다―라고 표현할 수도 있을 것이다. 벤 샨의 그림을 사용한 재킷도 멋지다.

찰스 애들러가 지휘한 뱅가드반의 원반 레이블은 오스트리아의 아마데오. 당시 미국에서는 뱅가드가 아마데오의 배급권을 갖고 있었다. 재킷 해설에는 뱅가드가 빈에 출장을 가서 직접 녹음했다고 적혀 있는데, 사실은 어땠을지. 스테레오 시대 전의 녹음이라 모노럴이지만 음질은 훌륭하다. 녹음은 빈 무지크페라인홀에서 이뤄졌다고 한다.

이름을 들어본 적 없는 가수가 대부분인데도 저마다 확실한 설득력이 있다. 서두의 '모리타트'*부터 드라마에 훅 이끌려들어간다. 여기서는 CBS반보다 한층 연극성이 후퇴하고 오페라로서의 구축성을 전면에 내세우고 있다. 베를린과 거리가 꽤 있는 빈에서 녹음됐다는 점도 그런 경향의 한 요인인지 모른다. 이 〈서푼짜리 오페라〉는 딱히 공격적이지도, 퇴폐적이지도 않다. 그런 브레히트 풍미를 원하는 사람이라면 불만일지 모르지만, 바일 음악 자체를 즐기는 데는 아무런 부족함이 없다.

---

* 일종의 교훈적 공포를 불러일으키는 발라드.

모차르트 피아노협주곡 24번 C단조 K.491

솔로몬(Pf) 허버트 멘지스 지휘 필하모니아 관현악단 영국HMV ALS1316 (1955년)

로베르 카자드쥐(Pf) 조지 셀 지휘 컬럼비아 교향악단 Col. ML-4901 (1954년)

파울 바두라스코다(Pf) 펠릭스 프로하스카 지휘 빈 국립가극장 관현악단 West. WL-5097 (1951년)

파울 바두라스코다(Pf·지휘) 빈 콘체르트하우스 관현악단 West. XWN18662 (1958년)

모차르트가 쓴 두 곡의 단조 피아노협주곡 중 하나. 어느 것이나 마음에 남는 멋진 곡이다. 이번에는 1950년대에 녹음된 모노럴 반으로 범위를 좁혀 골라보았다.

우선 솔로몬. 멘지스가 지휘하는 필하모니아는 시작부터 바짝 조이며 출발한다. 거기에 솔로몬의 피아노가 자연스레 들어와 엮인다. 이 호흡이 역시나 훌륭하다. 이 곡은 도입부에서 듣는 이의 마음을 사로잡지 않으면 뒤가 잘 풀리지 않는다. 1악장의 카덴차는 보기 드물게 생상스가 만든 것을 사용했는데, 이게 상당히 재미있다. 솔로몬의 피아노는 결코 강건하지는 않아도 모호한 부분 없이 소리 하나하나에 표정을 주면서 마지막까지 질릴 일 없도록 착실히 들려준다. 녹음은 어쩔 수 없이 오래된 느낌이 들지만, 그래도 들려줘야 할 곳은 세월을 뛰어넘어 제대로 살아 있다. 솔로몬이 연주하는 단조는 긴박성보다 옅은 슬픔과 체관諦觀 같은 것을 느끼게 한다.

카자드쥐는 1966년 역시 셀과 함께 스테레오로 24번을 녹음했는데(오케스트라는 클리블랜드), 이쪽은 1954년 모노럴반이다. 당시 카자드쥐는 쉰다섯 살, 그야말로 기력이 충실한 전성기다. 셀도 박력 있는 연주를 펼치지만 카자드쥐는 한 발도 물러서지 않고 정정당당히 연주한다. 스테레오반은 들어보지 못했는데, 완성도는 분명이 모노럴반 쪽이 좋으리라는 게 나의 근거 없는 확신이다. 1악장의 카덴차는 말 그대로 불꽃이 튈 것처럼 어마어마하다. 카자드쥐가 연주하는 단조에서는 절박한 파토스가 느껴진다. 평소에는 더없이 온화해 보이는 사람이지만.

바두라스코다는 1951년과 1958년 이 24번을 같은 웨스트민스터 레코드에서 녹음했다. 1958년반에서는 직접 지휘도 했다. 둘 다 모노럴반이고, 왜 불과 몇 년 사이 같은 곡을 녹음했는지 이유는 알 수 없다. 당시 스물네 살과 서른한 살, 어느 쪽이나 꽤 젊다.

1951년반은 나쁘지 않지만 인상적인 연주라고는 할 수 없다. 품위 있고 조화로우며 짜임새 있는 음악이기는 해도, 담담한 편이라 듣는 이의 심금을 울릴 요소가 별로 눈에 띄지 않는다. 오케스트라의 연주도 딱 잘라 말하자면 평범하다. 다만 2악장(라르게토)은 마음이 담긴 단아한 연주다.

1958년반은 도입부 오케스트라 소리부터 구반과 확연히 다르게 꽉 조여져 있다. 피아노도 그에 맞춰 표정이 풍부하고 활달한 연주를 한다. 마치 과거의 밋밋한 연주 때문에 잃은 땅을 되찾으려는 양 약동적인 열의를 담아서. 그리고 이 연주에서 지휘와 연주를 함께 맡은 시도는 명백히 좋은 성과를 거둔 듯 보인다. 바두라스코다는 1973년에도 프라하 실내관현악단을 지휘해 이 K.491 협주곡을 연주했는데, 이건 아직 들어보지 못했다. 그나저나 빈 콘체르트하우스 관현악단이라는 오케스트라는 다른 데서 들어본 적이 없는데. 레코딩을 위해 임시로 붙인 이름이었을까?

버르토크 바이올린소나타 1번

아이작 스턴(Vn) 알렉산드르 자킨(Pf) Col. Y34633 (1951년)

아이작 스턴(Vn) 알렉산드르 자킨(Pf) Col. M30944 (1967년)

예후디 메뉴인(Vn) 아돌프 발러(Pf) Vic. LM-1009 (1950년)

다비트 오이스트라흐(Vn) 스뱌토슬라프 리흐테르(Pf) 일본Vic. MKX-2008 (1972년)

세르지우 루카(Vn) 폴 쇤필드(Pf) Nonesuch(DB79021) (1981년)

샨도르 베그(Vn) 피터 페팅거(Pf) Tele. 6.42417 (1979년)

스턴은 1951년 자킨과 함께 1번을 모노럴로, 1967년 1, 2번을 스테레오로, 1997년 브론프만과 함께 역시 1, 2번을 디지털로 녹음했다. 이 곡을 꽤 좋아했던 모양이다. 1951년의 연주는 첫 음부터 눈이 번쩍 뜨이는 화려함이 있다. 처음부터 끝까지 팽팽한 긴장감을 유지하는, 그야말로 직구로 승부하는 연주다. 특히 3악장에서 헝가리풍 멜로디를 열정적으로 연주하는 스윙감이 훌륭하다.

그에 비해 1967년 스테레오 녹음은 강약, 완급의 콤비네이션이 돋보이는 이지적이고 원숙한 연주다. 표정도 풍부하다. 그래도 나는 솔직히 말하면 모노럴 시대의 강속구 연주 쪽에 더 호감이 간다. 물론 개인적인 취향 탓도 있을 테지만, 후기의 스턴은 때때로 너무 기교에 치우치는 경향이 있다.

메뉴인은 스턴만큼 공격적이지는 않다. 온화하고 정성껏 버르토크의 멜로디를 건져올린다. 발러는 십오 년간 메뉴인의 전속 반주자를 맡았던 인물인데, 이 레코드에서는 피아노 소리의 크기가 바이올린과 거의 같아서, 주종 관계가 뚜렷한 스턴/자킨 조합에 비해 피아노의 발언력이 보다 강하게 느껴진다. 그 때문에 바이올린이 연주하는 주선율이 종종 피아노의 발언에 가로막히는 모양새가 되어 어째 차분하지 못하다. 피아니스트의 역량이 장해물이 되었다고 할까.

오이스트라흐와 리흐테르, 이 두 사람도 음량 면에서는 거의 대등하게 겨룬다. 메뉴인/발러에 뒤지지 않을 정도다. 아마 홀 공연의 라이브 녹음반인 탓도 있을 것이다. 그러나 희대의 명인 두 사람인 만큼 서로 방해하는 부분은 일절 없다. 오이스트라흐는 상대의 칼끝을 끝까지 지켜보고 자신의 연주로 확실히 넘어선다. 리흐테르도 밀리미터 단위의 거리를 냉정하게 읽어낸다. 과연 다르다. 마치 진검을 사용한 검도 모범경기를 보는 느낌이다. 손에 땀을 쥐게 한다고 할까. 3악장에서 리흐테르의 어택은 압권이다. 그걸 수월하게 받아내는 바이올리니스트도 굉장하지만.

루카는 루마니아 출신 바이올린 주자로, 매끄럽고 독특한 매력이 있는 소리를 낸다. 꽤 근사하고 마음을 사로잡는 연주지만, 유감스럽게도 상대하는 피아노가 그 문체와 잘 맞지 않는 것 같다. 군데군데 위화감을 느끼게 한다. 파트너 고르기란 간단한 일이 아니다. 오이스트라흐/리흐테르에 이어서 들으면 특히 그런 생각이 든다.

버르토크와 같은 헝가리 출신 베테랑인 베그는 실내악에서 이름을 날린 사람이다. 그래서인지 매우 기품 있으면서도 이해하기 쉬운 버르토크를 들려준다. 파트너인 페팅거도 절도 있는 고품질 반주를 더한다. 오이스트라흐/리흐테르 같은 박력은 찾아보기 힘들지만 정서가 풍부한 뛰어난 연주라 처음부터 끝까지 자연히 호감이 간다.

51-1

베토벤 피아노협주곡 3번 C단조 작품번호 37

빌헬름 바크하우스(Pf) 카를 뵘 지휘 빈 필 Dec. ACL148 (1950년)

빌헬름 바크하우스(Pf) 한스 슈미트 이세르슈테트 지휘 빈 필 일본London SLC1572 (1958년)

파울 바두라스코다(Pf) 헤르만 셰르헨 지휘 빈 국립가극장 관현악단 West. XWN18799 (1955년)

클라라 하스킬(Pf) 이고르 마르케비치 지휘 라무뢰 관현악단 Phil. A02043 (1959년)

이 곡은 레코드 수가 무척 많지만 여덟 장만 추려 두 편으로 나눈다. 먼저 1950년대에 녹음된 것을 모았다.

바크하우스는 모노럴반과 스테레오반이 있다. 모노럴반의 바크하우스는 한 점 한 획도 허투루 하지 않는 철저히 정통적인 연주(운지도 정확 그 자체다)인데, 그러면서도 듣는 이를 한순간도 지루하게 하지 않는 기백이 있다. 특히 최종악장의 고조감이 빼어나다. 뵘의 지휘는 군데군데 예스럽게 느껴지기도 하지만.

스테레오반에서는 이세르슈테트의 지휘가 위력을 발휘한다. 바크하우스 선생을 맞아들일 자세를 도입부부터 빈틈없이 마련해 두고 있다. 피아니스트는 이미 칠십대 중반을 맞았으나 그 피아니즘은 두말할 나위 없이 확실하다. 모노럴 시대의 정신이 번쩍 드는 날카로움은 없어도, 그만큼 서두르거나 소란스럽지 않고 당당하면서도 차분하다. 십대 시절 바크하우스가 연주하는 3번과 4번(스테레오반)을 셀 수 없이 들었다. 3번 2악장을 들으면 왠지 매번 드넓은 초원을 떠올리게 된다. 초록 풀이 바람에 흔들리는 초원.

바두라스코다(당시는 아직 스물일곱 살)의 연주는 '딱히 대단할 건 없습니다만' 하는 자세가 시종일관 느껴지는 것이 좋다. 베토벤의 C단조 협주곡이니까…… 하는 마음으로 힘을 주지 않는다(주는지도 모르겠지만, 그런 것 같진 않다). 셰르헨의 지휘도 마찬가지인데, 두 사람 모두 꼭 '그냥 일상적인 업무입니다' 하는 느낌이라, 자연 상태 그대로라고 할까, 힘이 들어가지 않은 모습에 듣는 입장에서도 신기하게 편안해진다. 만반의 준비로 임하는 바크하우스의 연주와는 대극점일지도 모르겠다. 개인적으로는 이쪽을 좋아한다. 피아노의 터치도 아주 힘차고.

　　하스킬의 연주를 '남자보다 낫다'라고 표현하면 혼날 것 같은데, 모르는 상태에서 음악만 듣자면 여성 피아니스트의 연주라고 짐작할 수 있는 사람은 아마도 많지 않을 것이다. 마치 손도끼를 내리찍는 듯한 강건한 터치가 이 협주곡이 지닌 비장한 경향을 남김없이 부각시킨다. 마르케비치도 어딘지 음산한 1악장의 주제부를 구덩이 밑바닥에서 끌어올리듯 기탄없이 부각시킨다. 바두라스코다반과 달리 독주자, 지휘자 모두 기백이 충분하고 기술도 더할 나위 없다. 그리고 2악장의 고요한 아름다움은 그녀가 힘만 좋은 피아니스트가 아님을 말해준다. 정적이면서도 힘차다. 이윽고 3악장에서 한순간의 보류도 없는, 등을 똑바로 편 반듯한 자세란!

　　하스킬은 이때 육십대 중반이었는데, 이 레코드만 들으면 연주가로서 거의 절정이라고 해도 좋을 정도다. 그러나 이듬해 브뤼셀역에서 사고로 갑자기 세상을 떠났다.

베토벤 피아노협주곡 3번 C단조 작품번호 37

글렌 굴드(Pf) 레너드 번스타인 지휘 컬럼비아 교향악단 Col. MS 6090 (1959년)

스뱌토슬라프 리흐테르(Pf) 쿠르트 잔덜링 지휘 빈 교향악단 일본Gram. MGW 5122 (1962년)

다니엘 바렌보임(Pf) 오토 클렘퍼러 지휘 뉴필하모니아 관현악단 일본Angel AA 8795 (1970년)

아르투르 루빈스타인(Pf) 다니엘 바렌보임 지휘 런던 필 일본Vic. RX 2304 (1975년)

굴드의 음반만 1959년이고, 나머지는 1960년대와 1970년대에 녹음된 것.

굴드의 이 레코드는 십대 시절 자주 들었다. 당시 절대적인 호평을 받고 있던 바크하우스의 스테레오반과 몇 번씩 비교해가며 듣기도 했다. 같은 곡인데 왜 이렇게 인상이 다를까 하면서. 굴드반에서 제일 먼저 놀라운 것은 오케스트라와 피아노가 거의 싸울 듯이 연주를 시작한다는 점이다. 양쪽 다 '내가 주도권을 쥘 거야!' 하는 느낌이다. 그리고 어느 쪽도 결코 뒤지지 않는다. 그러나 그 싸움은 에고이스틱한 동기에서 비롯한 것이 아니라, 어디까지나 음악관의 낙차가 필연적으로 가져오는 것이다(결과적으로는 에고도 조금 들어갔는지 몰라도). 그런 대립의 스릴이 재미있다고 생각하는 사람이 있는가 하면, 피상적이라고 싫어하는 사람도 있을 것이다. 나는 항상 서로 다른 규칙을 따르며 게임을 해나가는 듯한 양자의 멋진 엇갈림에 감탄하며 열심히 듣게 되지만.

당시 굴드와 더불어 신진 기예 피아니스트로 주목받았던 리흐테르. 그런데 이 연주는 솔직히 썩 재미있지 않다. 잔덜링의 지휘도 그렇고, 어딘가 즉물적이라고 할까, 생명력이 느껴지지 않아 감정이 잘 전달되지 않는다. 테크닉은 뛰어난데 소리가 냉랭한 느낌이다.

지난 책의 모차르트 협주곡 편에서 썼다시피 나는 오토 클렘퍼러의 지휘로 젊은 바렌보임이 연주한 협주곡 시리즈(모차르트와 베토벤)를 좋아한다. 클렘퍼러의 차분하고 노련한 반주와, 기교를 부리지 않은 신예 피아니스트의 올곧은 소리가 실로 잘 어우러져 있다(두 사람의 나이 차는 오십칠 세다). 훗날 바렌보임이 연주와 지휘를 겸한 모차르트 협주곡 시리즈는 빈틈없고 조화롭긴 하지만, 그만큼 예정조화豫定調和적인 경향이 너무 부각되어 재미가 좀 덜했다(물론 이 부분은 취향의 문제일 것이다).

운명의 만남이라고 할까, 그로부터 오 년 후 바렌보임이 지휘를 맡고 루빈스타인(당시 여든여덟 살)을 독주자로 맞아 이 C단조 협주곡을 녹음했다. 바렌보임이 노인들의 각별한 사랑을 받는 걸까? 루빈스타인은 만물에 자비를 베풀듯 음악을 연주한다. '깨달음의 경지'라고 하면 좀 과장이겠지만, 이 담담하고 아름다운 경묘함이 예사롭지 않다. 마치 '이 곡을 녹음하는 것도 이번이 마지막일 테지' 하는 애틋한 마음이 담긴 것처럼 들린다. 피아니스트이기도 한 바렌보임은 거장을 향한 각별한 경의를 드러내며, 뒷받침하는 데만 집중한다.

1944년 녹음된 루빈스타인과 토스카니니의 〈3번〉 실황반은 스타일이 다른 두 사람의 호흡이 딱 맞아서 '역시' 하며 감탄하게 된다.

52

멘델스존 교향곡 4번 〈이탈리아〉 A장조 작품번호 90

존 바비롤리 지휘 할레 관현악단 Vic. LBC-1049 (1955년)

샤를 뮌슈 지휘 보스턴 교향악단 Vic. AOL1-5278 (1958년)

볼프강 자발리슈 지휘 빈 교향악단 Phil. 836215(10인치) (1960년)

로린 마젤 지휘 베를린 필 Gram. 138 684 (1961년)

레오폴드 스토코프스키 지휘 내셔널 필 일본CBS SONY 25AC408 (1977년)

클라우스 텐슈테트 지휘 베를린 필 Angel AM-34743 (1980년)

바비롤리의 연주는 철두철미하게 단정하다. 그러나 지난 시절 영국 신사의 패션이 그렇듯, 기품 있고 멋지다 싶긴 해도 현재 일상 생활에서 크게 쓸모 있을 성싶지 않다. 뭐, 음악의 목적을 '쓸모 있다, 없다'로 따질 수 없을 테지만.

샤를 뮌슈의 연주는 바비롤리만큼 젠틀하게 점잔 빼지 않는다. 치고 들어와야 할 곳에선 과감하게 치고 들어온다. 다만 전체적으로 어딘지 모르게 무리해서 에너지를 끌어내는 인상이 없지 않다. 이상하게 조급하고 차분하지 못하다. 좀더 '숨을 고르는' 부분이 있어도 좋지 않을까.

자발리슈의 연주에는 그 '숨고르기'가 잘 살아 있다. 특히 2악장의 정확하고 품위 있는 통솔이 감탄스럽다. 세간에서 별로 화제에 오르지 않는 음반이지만, 나는 항상 푹 빠져서 듣는다. 자발리슈는 이른바 '중용을 지키는 사람'인데, 이렇다 할 '간판 무기'가 없었던 탓에(혹은 적극적으로 내세우지 않았던 탓에), 나아가 처세가 그다지 능란하지 못했던 탓에 마지막까지 두드러지는 일이 없었기에 판매는 그다지 좋지 못했던 모양이다. 그래도 설득력 있고 성실한 연주를 많이 남겼다. 이 〈이탈리아〉도 그중 하나임이 틀림없다.

베를린 필을 이끄는 젊은 시절 마젤의 연주는 통쾌하기 그지없다. 일단 마음을 정하면 곁눈질하지 않고 음악 속으로 직진한다. 그러면서도 소리가 거칠어지지 않는다. 물러서야 할 곳에서는 확실하게 물러서서 곡을 아우른다. 4악장의 질풍 같은 전개는 엄청나다.

군이 불평을 말하자면, 통쾌한 건 좋은데 다 듣고 나서 참잠히 깊은 여운 같은 것이 남진 않는다. 콘서트라면 "브라보!"의 폭풍 속에서 성공적으로 막을 내릴 테지만.

스토코프스키가 지휘하는 내셔널 필하모닉은 런던에 본거지를 둔 레코딩 전문 관현악단이다. 스토코프스키는 당시 아흔다섯 살, 몇 달 후 세상을 떠났다. 마지막 녹음이었던 셈인데, 그 싱그러움과 늠름함이 압도적이다. 이 사람의 몸에는 구석구석 혈액처럼 음악이 흐르고 있었다는 것을 실감한다. 나이들어도 도무지 시들 줄 모르는 사람이었다. 녹음이 좀더 깔끔했더라면 좋았을 텐데.

동독 출신의 텐슈테트, 그가 연주하는 〈이탈리아〉는 대단히 올곧고 정통적이다. 화려한 몸짓도, 에고의 발로도, 불필요하게 강조되는 개성도 없다. 모범적인 연주라 평해도 좋을 테지만, 결코 딱딱해지지는 않는다. 베를린 필도 '역시'라고 말하고 싶어지는 천하일품의 소리를 낸다. 특히 3악장에서 티내지 않는 상냥한 울림은 꼭 짚어두고 싶다. 그뒤에 이어지는 노도 같은 4악장!

거슈윈 가극 〈포기와 베스〉

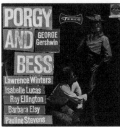

로버트 쇼 지휘 RCA 빅터 교향악단 합창단 리제 스티븐스(Ms) 로버트 메릴(Br) (하이라이트)

Vic. LM-1124 (1951년)

폴 벨란저 지휘 오페라 소사이어티 관현악단 브록 피터스(Br) 마거릿 타인즈(S) (하이라이트)

Concert Hall SMS-2035 (1955년)

케네스 올윈 지휘 뉴월드 쇼 오케스트라 로런스 윈터스(Br) 이사벨 루카스(Ms) 레이 엘링턴

Ariola S-70245 (1961년)

로린 마젤 지휘 클리블랜드 관현악단 + 합창단 윌러드 화이트(Bs) 레오나 미첼(S) (전곡) Dec. 6.35327 (1975년)

나는 오랫동안 엘라 피츠제럴드와 루이 암스트롱이 노래하는 재즈판 〈포기와 베스〉를 애청해왔다. 레이 찰스와 클레오 레인의 음반도 색다른 맛이 있어 매력적이었다. 오페라 본래의 형태로 들은 것은 상당히 훗날이고, 심지어 발췌가 아니라 전곡반을 들은 것은 최근 들어서다. 그러고는 '흐음, 이게 이렇게 본격적인 오페라 작품이었구나' 하고 새롭게 인식했다. 솔직히 세 시간에 이르는 전곡을 쭉 이어 듣는 것은 꽤나 중노동이지만, 이런 대작을 만들어낸 거슈윈의 열의에는 그저 감탄할 수밖에 없다.

RCA에서는 베스 역의 레온틴 프라이스를 비롯해 흑인이 모든 배역을 맡은 〈포기와 베스〉(1963년 스테레오)가 정평이 나 있지만, 1951년 로버트 쇼가 녹음한 이 모노럴반의 연주도 충실하다. 이쪽은 (거의) 모든 배역이 백인으로, 그런 점은 지금 보면 '정치적 올바름'에서 벗어나버렸기에 재평가되기 어려울 테지만, 음악 자체를 즐기는 데는 아무런 불편이 없다.

벨란저반은 '오페라 소사이어티'라는 단체에서 낸 레코드인데, 1962년 대형 통신판매 기업인 '콘서트홀'이 권리를 사들여 재발매했다. 세세한 사정은 전혀 알 길이 없으나 포기 역의 피터스, 베스 역의 타인즈를 필두로 한 가수들은 (알아볼 수 있는 한) 모두 흑인이다. 벨란저라는 지휘자는 전혀 모르는 이름이었는데 연주도 가창도 확실하고, 음악은 '캣피시로路'*의 생활감을 생동감 있게 살렸다. 특히 〈도붓장수의 노래〉는 최고로 멋지다.

케네스 올윈은 영국의 지휘자. 라이트 클래식 음악을 주요 레퍼토리로 삼았다. 레코드 겉면만 보면 저렴한 느낌이지만 이름난 흑인 가수가 대부분이며 음악의 질도 높다. 한번 들어볼 가치가 있다. 정보를 찾아보았는데 아마 통신판매용 레코드로 영국에서 녹음된 모양이다……라는 정도밖에 알 수 없다. 이것과 벨란저반은 세일품 상자에서 발견하고 거의 거저나 다름없는 가격에 집어 왔다.

마지막으로, 주인공이라 할 수 있는 마젤반은 영국 데카가 만반의 태세로 임한 만큼 충실한 음악극으로 완성되었다. 하나부터 열까지 소홀히 한 부분이 없고 녹음도 우수하다. 가수는 모두 일류 흑인 가수, 항구도시 찰스턴의 분위기가 눈앞에 떠오른다. 나아가 마젤이 지휘하는 오케스트라는 거슈윈의 음악세계를 지극히 충실하게 재현한다. 너무 가벼워지지도, 너무 무거워지지도 않는다. 쾌활함과 슬픔이 가려내기 힘들게 동거한다. 마젤의 재기가 건재하다고나 할까.

어쨌거나 뉴욕 출신 유대인 조지 거슈윈이 이토록 근사한 '순수' 흑인음악의 세계를 만들어냈다는 데는 그저 경탄할 따름이다.

---

* 극중 아프리카계 미국인이 거주하는 가상의 마을.

모차르트 클라리넷오중주 A장조 K.581

알프레트 보스코프스키(Cl) 빈 팔중주단원 London CS-6379 (1956년)

레오폴트 블라흐(Cl) 빈 콘체르트하우스SQ 일본West. VIC5237 (1956년)

카를 라이스터(CL) 베를린 필 솔리스텐 Gram. 138 996 (1965년)

자비네 마이어(Cl) 필하모니아SQ 베를린 DENON OS-7190 (1982년)

종류가 많아서 '독일-오스트리아 연주가' 편과 '그 밖의 연주가' 편으로 나눈다. 홈 앤드 어웨이. 우선 홈인 독일-오스트리아 편이다. 저마다 뛰어난 연주라 어느 것 하나를 고르기가 어렵다.

보스코프스키는 블라흐를 뒤이어 빈 필 클라리넷 수석주자를 맡은 사람이다. 두 사람은 신기하게도 거의 때를 같이해 악단 동료들과 함께 이 곡을 녹음했다. 비교해서 들어보면 블라흐의 연주가 보다 유려하고 싱그럽고 차밍하며, 보스코프스키는 그에 비해 소박하고 내추럴한 느낌이다. 현弦 섹션은 확실히 말해 콘체르트하우스 SQ 쪽이 더 매력적이다. 빈 팔중주단의 현이 뒤떨어진다는 말은 결코 아니다. 다만 이 레코드 속 콘체르트하우스SQ가 워낙 두드러지게 훌륭하다. 블라흐의 클라리넷과 네 사람의 현이 말할 수 없이 아름답게 엮인다. 마치 서로의 마음을 읽는 것처럼 소리의 움직임이 일치한다. 그에 비해 보스코프스키 쪽은 아무래도 형세가 불리하다. 그들의 연주에도 그들만의 장점이 충분하지만, 그럼에도. 참고로 소리는 런던반 쪽이 좋다(내가 가지고 있는 웨스트민스터반은 일본에서 재발매된 버전이라 소리가 다소 열화되었을 가능성이 있긴 하다).

라이스터는 베를린 필 수석주자였던 만큼 악단 동료들과 팀을 꾸렸다. 그들이 내는 소리는 빈파派와는 꽤 다르게 들린다. 소리가 견고하다고 할까, 음악 형식이며 구조가 보다 선명하게 눈에 들어온다. 그러나 그만큼 끊김 없는(혹은 나긋한) 빈 정서 같은 것은 찾아보기 힘들다. 어디까지나 개성의 차이다. 가랑비 내리는 오후에는 블라흐를 듣고, 상쾌하게 맑은 아침에는 라이스터를 듣는다……고 나눌 수도 없는 노릇이고.

다음으로, 카라얀이 결연히 자리를 박차고 나가 베를린 필에서 멀어지는 원인이 된 미인 자비네 마이어. 공연하는 필하모니아SQ 베를린은 베를린 필이 모체다. 이 레코드는 1982년 6월에 녹음되었는데, 그 직후 마이어는 베를린 필의 악단원 투표에서 가입을 부결당한다. 그쪽으로 이런저런 복잡한 사정이 있는 모양이다.

그녀의 클라리넷 음색에는 한줄기 단단한 심이 보이지만 결코 투박하지는 않다. 그런 만큼 동작이 부드럽고, 표정이 섬세하며, 미묘한 움직임을 보인다. 그러면서도 무르게 흘러가는 일은 없다. 요컨대 모차르트 음악에 제격이라는 말일지도 모른다. 필하모니아SQ의 울림도 매우 아름답고, 특히 마지막 악장에서 다섯 명이 보여주는 음악의 흐름은 절묘하다. 녹음도 뛰어나다.

모차르트 클라리넷오중주 A장조 K.581

리처드 스톨츠먼(Cl) TASHI RCA AGL1-4704 (1978년)

데이비드 오펜하임(Cl) 부다페스트SQ Col. ML 5455 (1958년)

자크 란슬로(Cl) 바르헤트SQ Erato ERA2079 (1959년)

게이스 카르텐(Cl) BUSQ SABA 15036 ST (1965년)

독일-오스트리아 이외 연주가들의 모차르트 클라리넷오중주. 딱히 국적을 구분할 필요는 없지만 한 번에 담을 수 없어서 나누었다.

1970년대에 피터 제르킨과 스톨츠먼 등 미국의 젊은 연주가가 모여서 만든 연주 단체 '타시.' 티베트어로 '행운'이라는 뜻이다. 스톨츠먼의 연주는 지극히 스무스하게, 매끄럽고 기분좋게 흘러간다. 유닛도 조화롭다. 호감 가는 근사한 모차르트다. 클라리넷이라는 악기를 각별히 사랑했던 모차르트가 인생의 마지막 시기에 다다랐던 지복의 경지를 미국의 (당시) 젊은이들이 내추럴하고 활달하게 노래한다.

데이비드 오펜하임은 1922년 태어난 미국인. 클라리넷 주자인 동시에 프로듀서로서도 유능해서 컬럼비아 레코드 클래식 부문 부장으로 활약했다. 본인이 프로듀서인 만큼 의도한 것인지도 모르지만(신즉물주의라든가), 잔향이 거의 들리지 않을 만큼 극단적으로 자제한 녹음이라, 첫 음부터 날카롭고 건조한 인상이 든다. 살을 붙이지 않은, 일종의 스켈리턴 상태다. 아무리 생각해봐도 이건 모차르트 실내악을 감상할 만한 소리가 아니다. 연주가 이렇다저렇다 말하기 앞서서 듣다가 지치고 만다. 같은 멤버로 녹음한 브람스 오중주에서는 이렇게까지 극단적이지 않은데, 어째서일까?

란슬로는 프랑스인이지만 여기서는 독일 남서부의 바르헤트 SQ와 함께했다. 란슬로의 클라리넷 음색은 그 누구와도 닮지 않았다. 다소 금속적인 울림이 있는 윤택한 미음이다. 그리고 프레이징, 소리를 움직이는 방식도 상당히 독자적이다. 개성을 넘어 개인주의적 기개 같은 것까지 느껴진다. 현 섹션은 그에 맞추어, 엮여들기보다 오히려 배후에서 받쳐주는 듯한 형태로 음악을 자아나간다. 좀 별난 화법의 모차르트지만, 마지막까지 재미있게 들을 수 있다.

게이스 카르텐은 네덜란드 출신의 클라리넷 주자로, 텔아비브의 오케스트라에서 수석주자를 맡았다는 정도밖에 알려져 있지 않다. 그의 이름으로 나온 레코드도 이것 한 장뿐인 모양이다. 물론 나도 그전에 이름을 들어본 적 없었는데, SABA라는 독일 음반사를 옛날부터 좋아했기에(소리가 훌륭하다) 중고가게에서 발견하고 바로 사버렸다. BUS Quartett라는 사중주단도 정체불명이다. 그러나 내용은 꽤 뛰어나다. 클라리넷의 음색이 야무지고 직선적이며, 기술적으로는 불만이 없다. 현악사중주단도 음이 탄탄하다. 전체적으로 낭비 없이 깨끗한 연주로, 세부까지 눈길이 닿아 있다. 그리고 기대한 대로 소리도 훌륭하다(다행이다!).

쇼팽 전주곡 작품번호 28

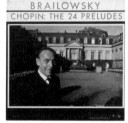

알프레드 코르토(Pf) EMI SH-327 (1933년)

할리나 체르니스테판스카(Pf) Tele. SMT-1179 (1955년)

알렉산더 브라일로프스키(Pf) Col. ML-5444 (1960년)

피에트로 스파다(Pf) 일본Vic. SHP-2338 (1963년)

블라도 페를뮈테르(Pf) Musical Masterpiece MMS-2207 (1960년)

이반 모라베츠(Pf) Connoisseur CS-1366 (1965년)

〈전주곡집〉, 수가 많아서 두 번으로 나눈다. 먼저 1970년 이전에 녹음된 여섯 장.

코르토의 쇼팽. 늘 그러듯 흑백의 건반으로 멋진 '이야기'를 자아낸다. SP복각판이지만 오래된 느낌이 전혀 들지 않는 소리다. (쇼팽이 일생을 보냈던) 19세기 유럽의 음악적 공기를 마침맞은 형태로 20세기에 옮겨왔다. 〈전주곡〉 연주의 어떤 정점으로 꼽는대도 이상할 것 없다.

스테판스카는 1922년 폴란드에서 태어났다. 파리에서 코르토를 사사하고, 1949년 쇼팽 콩쿠르에서 우승한 후 쇼팽 스페셜리스트로 이름을 알렸다. 지극히 예리하고 강한 터치를 지닌 피아니스트다. 소리 하나하나가 손에 만져질 듯 생동감이 넘친다. 특히 14번(E♭ 단조, 약 삼십 초)에서 강렬히 용솟음치는 소리가 눈부시다.

브라일로프스키는 키이우 출신, 라흐마니노프의 눈에 띄어 세상에 나왔다. 이윽고 미국으로 망명해 쇼팽 연주자로서 명성을 확고히 했다. 그가 연주하는 〈전주곡집〉은 실로 우아하고 유창하다. 몸짓이 과하지 않은 점이 좋다. 차밍한 운지가 그야말로 일품이다. 무심코 넋을 놓고 듣고 만다. 코르토의 '이야기'하는 듯한 말투가 바람직한 형태로 계승되었다.

피에트로 스파다는 1935년 태어난 이탈리아인 피아니스트로, 그리 많은 녹음본을 남기지 않았고 지금은 이름도 별로 알려지지 않은 모양인데, 이 쇼팽은 한번 들어볼 가치가 있다. 이탈리아 피아니스트의 쇼팽……? 하면서 고개를 갸웃하지 말고, 혹시 기회가 된다면 귀기울여보기 바란다. 등을 똑바로 편, 섬세하면서도 명료한 연주다. 폴란드의 흙냄새 같은 것은 기대하기 힘들지 몰라도.

페를뮈테르가 Musical Masterpiece Society라는 마이너 레이블에서 녹음한 이 〈전주곡집〉은 관련 자료가 거의 없다. 어디로 보나 페를뮈테르답게 온화하고 기품 있는 연주지만, 전체적으로 힘이 좀 약하지 싶다. 어쩌면 후일 녹음한 버전이 더 뛰어날지도 모르겠다.

모라베츠는 체코의 피아니스트인데, 미국의 작은 음반사 코노셔와 계약을 맺고 여러 장의 고음질 LP를 발매했다. 쇼팽과 드뷔시 작품이 특기다. 무게가 있고 견실하게 연주하는 타입의 피아니스트다. 서정적이더라도 기분에 따라 흘러가는 데가 없다. 뛰어난 연주이긴 하지만, 군데군데 소리에 너무 의미를 담은 게 아닐까…… 하는 느낌이 든다. 이 곡집에서는 좀더 가볍게 접근해도 좋지 않을까.

55-2

쇼팽 전주곡 작품번호 28

클라우디오 아라우(Pf) 일본Phil. FH-25 (1973년)

크리스토프 에셴바흐(Pf) Gram. 2530 231 (1972년)

머리 퍼라이아(Pf) Col. M-33057 (1975년)

마르타 아르헤리치(Pf) Gram. 2530 721 (1977년)

블라디미르 펠츠만(Pf) Col. M-39966 (1984년)

쇼팽은 바흐의 〈평균율 클라비어곡집〉을 모델로, 모든 조성調性을 사용해 이 스물네 곡의 곡집을 썼다. '연습곡'이나 '왈츠'와 다르게 따로따로 연주되는 일은 별로 없고 종합적인 곡집으로 구성하는 것이 보통이다. 여기서는 1970년대 이후에 녹음된 다섯 장의 레코드를 다룬다.

아라우는 과연 원숙한 베테랑답게(당시 일흔 살) 차분하고 뛰어난 연주를 한다. 명쾌한 터치, 설득력 있는 화법. 그러나 작은 동물을 다루는 듯한 상냥함도 확연히 엿보인다. 다만 이따금 '너무 능숙하다'는 느낌을 주고 마는 것이 이 사람의 (소소한) 약점인지도 모르겠다.

에셴바흐는 독일-오스트리아 작곡가의 작품을 주요 레퍼토리로 삼기에 쇼팽을 연주하는 건 드문 편이다. 그래도 무척 단아하고 품위 있는 쇼팽을 들려준다. 젊고 핸섬한 피아노의 프린스, 한창때의 에셴바흐에게 참으로 걸맞은 음악이다(당시 서른두 살). 절대 비꼬는 말이 아니라, 이 상쾌한 연주에서는 부정적인 요소가 조금도 눈에 띄지 않는다.

퍼라이아는 쇼팽을 즐겨 연주하는 모양인데, 이 전주곡집은 특히 뛰어난 완성도를 보여준다. 테크닉은 확실하지만 여봐란듯 내세우지 않고 지적이며 탁 트인 음악세계를 만들어낸다. 그러나 냉랭하게 들리는 일은 없다. 퍼라이아는 이때 아직 스물다섯 살, 젊을 때부터 정말 실력이 좋았구나, 하며 깊이 감탄하게 된다.

아르헤리치, 서른여섯 살 때의 연주. 〈전주곡〉의 베스트반을 꼽자면 어김없이 등장하는 '명반'이다. 이 연주를 들으면 아르헤리치가 '정이 많은 사람'이란 걸 잘 알 수 있다. 기술은 물론 천하무적에 두말할 나위 없지만, 자신의 감정을 고스란히 음악에 옮겨놓기 위해선 '아직도 모자라다'는 양 이 뛰어난 테크닉이 한 치의 남김도 없이 활짝 열려 있다. 그런 각오는 평범한 피아니스트에게서는 찾아보기 힘든 부분이다. 물론 듣는 사람도 나름대로 마음의 준비를 해야한다.

블라디미르 펠츠만은 소비에트의 피아니스트지만 정치적 이유로 국내 연주 활동을 금지당해 팔 년간 전혀 녹음을 하지 못했다. 그런 가운데 모스크바 미국대사관 내에서 이 레코딩이 감행되었다. 여러 해 쌓였던 울분을 해소하려는 듯 힘있고 출중한 연주다. 거의 완벽하다, 고 말해도 좋을 것이다. 다만 그 진지한 음색과 대대적인 자세가 쇼팽의 이 곡집에는 미묘하게 맞지 않는 느낌이 들기도 한다. 감탄하며 들으면서도 코르토의 세계가 문득 그리워진다.

56

J. S. 바흐 B단조 미사 BWV.232

헤르베르트 폰 카라얀 지휘 빈 악우협회 관현악단 + 합창단

엘리자베트 슈바르츠코프(S) 니콜라이 게다(T) EMI 2909743 (1954년)

프리츠 레만 지휘 라디오 베를린 관현악단 + 합창단 군틸트 베버(S) 헬무트 크렙스(T) Urania UR-RS2-1 (불명)

로린 마젤 지휘 베를린 방송교향악단 + 리아스 합창단 테레사 스티흐랜달(S) 에른스트 헤플리거(T)

일본Phil. PL-1350/1 (1985년)

미셸 코르보 지휘 로잔 실내관현악단 + 합창단 이본 페렝(S) 올리비에 뒤프르(T) Erato DUE 20244 (1970년)

1980년대의 일인데, 런던의 콘서트홀에서 네빌 매리너가 아카데미를 지휘해 연주한 〈B단조 미사〉를 들었다. 상당히 정갈한 〈B단조 미사〉로군, 하며 묘하게 감탄했던 걸 기억한다. 해묵은 때를 정성껏 닦아내는 것처럼 클린한 바흐였는데, 불상의 먼지가 그렇듯 너무 말끔하면 조금 감동이 덜해지는 건지도 모르겠다.

카라얀의 〈B단조 미사〉는 매우 이해하기 쉬운, 거침없고 탁 트인 연주다(나쁜 의미가 아니라). 이 사람은 우선 머릿속에서 자신의 음악을 탄탄히 구축한 뒤 구체적으로 현실에서 소리를 만들어나가는 능력이 탁월하다. 그런 의미에서 혼란이라는 것이 일절 없다. '흠흠, 역시' 하고 고개를 끄덕이며 끝까지 듣게 된다. 분명 날카로운 귀와 우수한 두뇌를 겸비한 사람이었으리라. 모노럴 녹음이지만, 일급 가수를 갖춘 곡의 완성도는 두말할 필요 없이 훌륭하다. 다만 이 작품에 보다 깊은 종교성을 원하는 사람은 약간 실망할지도 모르겠다.

뮌헨에서 〈마태수난곡〉을 지휘하던 도중 심장발작으로 숨을 거둔 프리츠 레만. 당시 아직 쉰한 살, 말 그대로 바흐의 종교곡에 목숨을 바친 사람이었다. 헬무트 크렙스(T), 군틸트 베버(S) 등 뜻이 잘 통하는 가수들과 함께 바흐의 성악곡을 열심히 작업했다. 대단히 엄격하고 춫대 있는 지휘자였다고 한다. 이 〈B단조 미사〉도 스트레이트하고 열정이 담긴 연주다. 정확한 녹음 연도는 알 수 없는데, 1950년대 중반으로 짐작된다. 확실히 소리는 그리 선명하다고 할 수 없지만 연주가 명료한 덕분에 일단 듣기 시작하면 오래된 느낌이 신경쓰이지 않는다.

마젤의 연주는 지극히 약동적이다. 아직 서른 살, 속속들이 파악하고 있는 베를린 방송교향악단을 이끌며 자신의 음악을 시원스럽게 펼쳐나간다. 쉽지 않은 대곡이지만 무서울 게 없다고 할까, 전혀 주눅들지 않는다. 굉장하다. 듣다보면 기분이 좋아진다. 젊은 야심과 우뚝 솟구친 예술의 진검승부, 라고 할까.

미셸 코르보는 늘 그렇듯 차분한 음악세계를 만들어낸다. 소리가 다이내믹하게 움직이는 대목에서도 결코 자극적인 음을 내지 않는다. 잔향도 풍부해서 연주회장이 아니라 교회에 앉아 듣고 있는 기분이 드는 음악이다. 이런 음악을 들으면 마음이 치유된다는 사람도 있을 테고, 좀더 구조가 명확히 드러나는 음악을 듣고 싶다는 사람도 있을 것이다. 취향은 저마다 다르다. 이런 대규모 종교곡은 그 안에서 사람들이 무엇을 원하느냐에 따라 어떤 연주를 선택할지 절로 결정될 것이다.

리스트 〈메피스토 왈츠〉 피아노 편

게저 언더(Pf) 영국Col. 33CX1202 (불명)

아르투르 루빈스타인(Pf) Vic. LM-1905 (1956년)

존 오그던(Pf) 일본Vic. SX-2037 (1972년)

나카무라 히로코(Pf) 일본CBS SONY SONC-16002 (1968년)

프랑수아 뒤샤블(Pf) 일본Angel EAC-80308 (1974년)

어느 레코드나 비교적 대중적인 리스트의 소품을 모아두었다. 그중에서도 〈메피스토 왈츠〉는 〈라 캄파넬라〉와 더불어 인기곡이다. 어딘가 불온한 선술집 악사들의 조현調絃 소리로 시작되어, 음악 이야기가 화려하고 악마적으로 전개된다.

언더의 앨범은 녹음 연도가 불명이지만 오리지널 재킷의 분위기를 보건대 1950년대 초반이지 싶다. 아직 신예 시절인데도 반짝이는 재능이 확실히 드러나는, 차분한 연주다. 언더는 동향인 버르토크의 스페셜리스트로 알려졌지만, 마찬가지로 헝가리 출신인 리스트에게도 역시 애착이 있을 것이다. 소리에서 작곡자에 대한 경의와 애정이 엿보인다. 괜한 기교를 부리지 않고, 무뚝뚝한 구석이 없어서 좋다.

루빈스타인은 리스트 음악의 포인트를 과연 잘 알고 있다. 큼직큼직한 동작으로, 세부까지 빈틈없이 채워넣는다. 섬세한 운지가 절묘하다. 〈장송곡〉의 완성도는 뛰어나다고 생각하지만, 정작 〈메피스토 왈츠〉는 아무래도 연주 자세가 가볍고, 기술적으로 흠잡을 데 없음에도 의도가 헛도는 느낌이라 몇 번을 들어도 차분하게 즐길 수 없다. 루빈스타인의 연주에는 때로 그런 구석이 있다. 뭐든 잘 소화해버리기 때문이 아닐까.

영국인 피아니스트 존 오그던은 리스트 곡집을 여러 장 냈지만, '리스트 사랑'을 표방하는 만큼, 일본 방문 당시 녹음한 이 앨범의 내용이 단연 훌륭하다. (이 사람으로서는) 드물게 인기곡을 모은 프로그램인데, 어이없을 정도로 완벽한 테크닉과 풍요롭게 용솟음치는 시심이 듣는 이를 압도한다. 이 레코드가 세간에서 잊혀간다는 (듯 보이는) 것이 안타깝다.

나카무라 히로코는 당시 아직 스물네 살. 놀랄 만큼 명철한 소리에 풍부한 표정을 실어 리스트를 연주해낸다. 〈메피스토 왈츠〉는 종횡무진으로 테크닉을 구사해 사람을 놀라게 하는 대형 퍼포먼스는 아니지만, 숙고했음이 느껴지는 지적이고 스마트한 연주다. 조화롭고 청량해서 절로 호감이 간다. 돌진하는 전차戰車 같은 오그던의 파워풀한 연주와 좋은 대조를 이룬다.

프랑스인 피아니스트 프랑수아 뒤샤블이 연주하는 〈메피스토 왈츠〉는 처음 듣고서 '어라!' 했을 정도로 리스트답지 않다. 작곡자 특유의 큼직한 제스처가 그림자를 감추고, 슈만을 연상시키는 낭만과 에스프리 가득한 세계가 펼쳐진다. 테크닉은 뛰어나지만 피아니스트는 되도록 과시하지 않기 위해 미묘하게 억제하고 있다. 여봐란듯 전투적인 부분은 찾아볼 수 없다. 이런 리스트도 프랑스답고 세련돼서 꽤 멋진걸…… 하며 감탄하게 된다. 이 레코드에는 딱하게도 아직 '100엔'이라는 가격표가 붙어 있다.

리스트 〈메피스토 왈츠〉 관현악 편

헤르만 셰르헨 지휘 빈 국립가극장 관현악단 West. XWN-18730 (1958년)

야노시 페렌치크 지휘 헝가리 국립관현악단 West. EST-14151 (1961년)

폴 파레 지휘 몬테카를로 국립가극장 관현악단 일본 Concert Hall SMS2648 (1970년)

프랑스 클리다(Pf) 장 카자드쥐 지휘 룩셈부르크 방송교향악단 Forlane UM3141 (1985년)

리스트는 이 〈메피스토 왈츠〉를 피아노 독주판과 관현악판 두 종류로 발표했다. 어느 쪽이 오리지널이고 어느 쪽이 트랜스크립션인지 순서는 명확하지 않다고 한다. 관현악판에도 소란스럽게 끝나는 버전과 조용히 끝나는 버전 두 종류가 있는데, 대부분의 지휘자는 전자를 채용하는 듯하다. 악마 메피스토가 선술집 악단 악사의 바이올린을 빌려 연주하며 파우스트를 교활하게 유혹한다. 파우스트는 그 소리에 매료되고 아름다운 마을 여인에게 빠져 열렬히 왈츠를 추기 시작한다. 그런 내용인고로, 관현악판에서는 바이올린 독주가 특히 부각된다.

셰르헨의 연주는 철저히 정통적이라고 할까, 프란츠 리스트 같다기보다 독일-오스트리아의 색채가 매우 짙다. 왈츠 리듬은 마치 요한 스트라우스를 연상시키고, 도무지 시골 선술집 농민의 춤으로 느껴지지 않는다. 그래도 셰르헨 씨는 그런 건 알 바 아니라는 양 자신의 음악을 당당히 연주한다. 그것도 그것대로 재미있지만.

페렌치크는 헝가리 지휘자. 솔티, 도라티 같은 헝가리 출신 지휘자가 고국을 벗어나 국외에서 눈부신 성공을 거둔 것과 달리, 그는 줄곧 헝가리에 머물면서 공산당 정권의 엄격한 통제 하에 성실하게 연주를 계속했다. 그가 지휘하는 헝가리 국립관현악단은 잘 연마된 빼어난 일체감을 보여주며 깊고 아름다운 소리를 연주한다. 현란한 구석은 전혀 없다. 〈메피스토 왈츠〉가 한 단계 훌륭한 음악으로 들릴 정도다. 눈에 띄지 않는 지휘자와 수수한 오케스트라의 조합이지만 음악의 질은 높다. 함께 녹음된 〈스페인 광시곡〉 역시 뛰어난 완성도를 보여준다.

폴 파레는 오랫동안 디트로이트 교향악단의 상임지휘자를 맡으며 악단을 일류 오케스트라로 키워냈다. 프랑스로 돌아간 뒤로는 타계할 때까지 몬테카를로를 중심으로 활동했다. 몬테카를로 국립 가극장 관현악단은 마르케비치에게 단련된 터프한 오케스트라로, 파레의 지휘 하에 생동감 있고 위세 넘치는 〈메피스토 왈츠〉를 들려준다. 이때 이미 여든네 살이었지만 파레는 다른 누구보다 자유롭고 활달한 소리를 만들어낸다. 마지막 광란의 춤은 박력이 넘친다. 같은 앨범에 수록된 교향시 〈오르페우스〉 〈마제파〉도 힘있는 연주다.

장클로드 카자드쥐라는 지휘자는 로베르 카자드쥐의 조카다. 그가 지휘하는 〈메피스토 왈츠〉는 중용을 지키는 호감 가는 연주지만, 이렇다 할 결정타가 부족하다는 느낌도 든다. 다만 피아니스트 프랑스 클리다를 독주자로 맞은 〈죽음의 무도〉와 〈헝가리 환상곡〉 트랙은 매력적이다.

59

시벨리우스 바이올린협주곡 D단조 작품번호 47

다비트 오이스트라흐(Vn) 식스텐 에클링 지휘 스톡홀름 음악제 관현악단 Angel 35315 (1956년)

지노 프란체스카티(Vn) 레너드 번스타인 지휘 뉴욕 필 일본SONY 13AC97 (1963년)

야샤 하이페츠(Vn) 월터 헨들 지휘 시카고 교향악단 Vic. LSC-2435 (1959년)

우시오다 마스코(Vn) 오자와 세이지 지휘 일본 필 일본Angel AA-8873 (1971년)

이시카와 시즈카(Vn) 이르지 벨로흘라베크 지휘 브루노 국립 필 Supra. 1110 2289 (1979년)

세 명의 명인과 두 명의 (당시) 신진 일본인 바이올리니스트가 연주하는 시벨리우스의 명성 높은 협주곡. 집에 있는 이 곡의 LP를 늘어놓고 보니 꽤 흥미로운 조합이 되었다.

오이스트라흐는 이 곡을 장기로 삼은 만큼 여러 상대와 몇 번이나 녹음했는데, 아마 에를링과 공연한 버전이 가장 처음일 것이다. 식스텐 에를링은 스웨덴의 지휘자로, 폴 파레를 뒤이어 디트로이트 교향악단 상임지휘자가 되었다. 이 음반에서는 기본적으로 오이스트라흐의 윤택한 미음이 주인공으로 무대 전면에 나서고, 에를링은 북유럽적인 중후한 배경을 깔아주는 겸허한 서포트 역할에 충실하다. 독주 악기와 오케스트라의 진검승부…… 같은 분위기는 전혀 없다.

프란체스카티도 역시 미음의 연주자지만 번스타인은 독주자를 존중하면서도 나서야 할 곳에선 확실히 나선다. 그렇게 서로 밀고 당기는 호흡이 때로 흐트러지는 건지, 군데군데 음악이 답답하게 느껴진다. 이 조합은 적어도 여기서는 썩 성공했다는 생각이 들지 않는다.

그에 비해 하이페츠는 한 단계 격이 떨어지는(죄송) 지휘자를 만나, 사양 않고 자유로이, 마음껏 명인의 기예를 발휘한다. 오케스트라의 연주가 약하다는 게 아니라, 주연과 조연의 차이가 명확하다는 얘기다. 오케스트라는 숨죽이고 주연을 방해하지 않기 위해 유의한다. 우리집에 있는 LP는 이 한 곡만으로 사치스럽게 양면을 사용하기에(대다수의 LP는 브루흐의 협주곡과 커플링되어 있다), 초기 스테레오 녹음이면서도 음질이 놀랄 만큼 선명하다. '역사적 명반'이라고 단언해도 무방하리라.

우시오다 마스코 스물아홉 살, 오자와 세이지 서른여섯 살 때의 연주. 우연히도 두 사람 다 만주 봉천에서 태어났고, 2차대전 후 도호가쿠엔에서 교육을 받았다. 두 사람의 재능을 높이 산 영국 EMI의 명프로듀서 피터 앤드리가 도쿄까지 찾아와 도시바와 협력해 녹음을 진행했다. 오케스트라는 오자와와 연이 깊은 일본 필. 당시로서는 전대미문의 사건이었다. 이 레코드를 듣고 제일 먼저 드는 생각은 '오케스트라가 훌륭하다!'라는 것이다. 우시오다의 바이올린도 두말할 나위 없이 뛰어나지만(실로 풍요롭게 뻗어나간다), 절묘하게 엮여드는 오케스트라의 솜씨가 예사롭지 않다. 물론 오자와 세이지의 컨트롤이 결정적인 키를 쥐고 있다.

이시카와 시즈카는 당시 스물다섯 살. 열여섯 살에 체코 유학길에 오른 뒤로 프라하를 본거지 삼아 연주 활동을 하고 있다. 매끄러운 미음을 들려주기보다 음악의 구조를 파고들어 명료히 만들어가는 타입의 연주가다. 음악에 늘 적당한 긴장감이 감돈다. 하이페츠나 프란체스카티보다 시게티나 셰링의 음악세계에 가까운지도 모른다. 하이페츠의 화려한 연주에 이어 이 레코드를 들으면 '흐음' 하고 무언가 느끼게 되는 것이 있다.

Pergolesi: Stabat Mater

페르골레시 〈스타바트마테르〉

마리오 로시 지휘 빈 국립가극장 관현악단 테리사 스티치랜들(S) 엘리자베트 횡겐(A)
Van.(Bach Guild) BG-549 (1955년)

로린 마젤 지휘 베를린 방송교향악단 에벌린 리어(S) 크리스타 루트비히(A) 일본Phil. 13PC-97 (1963년)

클라우디오 시모네 지휘 이 솔리스티 베네티 실내합주단 일레아나 코트루바스(S) 루치아 테라니(A)
Erato STU 71179 (1978년)

에토레 그라치스 지휘 나폴리 스카를라티 관현악단 미렐라 프레니(S) 테레사 베르간사(A) Archiv MA5095 (1972년)

클라우디오 아바도 지휘 런던 교향악단 마거릿 마셜(S) 루치아 테라니(A) Gram. 415 103 (1985년)

1950년대, 1960년대, 1970년대, 1980년대, 네 시대에 걸쳐 녹음된 다섯 장의 LP 〈스타바트마테르〉가 우리집에 있었다. 나는 옛날부터 이 곡을 좋아해서, 일하면서도 곧잘 듣는다.

로시는 이탈리아 가극 스페셜리스트로 유명하지만 한편으로는 종교곡도 적극적으로 녹음하고 있다. 페르골레시 〈스타바트마테르〉는 오래된 녹음이 의외로 적고, 특히 1950년대에 녹음된 것은 드물다. 녹음(잔향 전혀 없음)이나 스타일(붙임성 거의 없음)이나 지금 들으면 상당히 '고색창연'하지만, 매우 간소하고 꾸밈없는 분위기에 호감이 간다. 지금 와서는 찾아보기 힘든 소리의 풍경이다.

내내 담담한 로시에 비해 마젤의 연주는 젊은 날의 그답게 야심적으로, 시종일관 공격적인 자세를 고수한다. 슬픔에 감싸인 청아한 종교곡이라기보다 영혼 밑바닥에서 올라오는 절규의 음악처럼 들린다. 오케스트라가 적극적으로 달려나가고(고故 프리처이에게 단단히 단련된 악단이다), 뛰어난 실력의 두 가수가 확실히 부응한다. 다만 다 듣고 나면 다소 앞쪽으로 기울어져버린 자세에 조금 피로를 느낄지도 모른다.

시모네가 이끄는 소편성 오케스트라의 연주는 마젤에 비하면 지극히 청신하고 단아하다. 스물여섯 살에 요절한 천재 작곡가가 남긴 아름다운 음률이 조용히 재현된다. 가수도 상냥하고 낭랑하게 노래한다. 잔향이 깔끔하게 남는 녹음이 마치 교회 안에 있는 듯한 분위기를 자아낸다(잔향이 좀 과한가 싶기도 하지만). 연주자의 에고가

드러나지 않는다는 것이 장점인 동시에, 듣는 이에 따라서는 모자라게 느껴질지도 모른다. 그래도 마음이 씻긴 기분이 드는 것은 확실하다.

그라치스반은 뭐니 뭐니 해도 미렐라 프레니와 테레사 베르간사라는 두 명가수의 가창이 백미다. 이 음반에서는 시모네와 달리 종교성보다 오히려 순수한 음악성 쪽을 한결 강하게 추구한 것 같다. 나폴리 음악원에서 이뤄진 녹음은 잔향이 적당히 억제되어 있고, 아르히프다운 '고지식함'이 곳곳에서 느껴진다. 자꾸 같은 말을 하는 것 같지만, 프레니의 소프라노와 베르간사의 알토의 조합은 정말로 멋지다. 아무튼 넋을 놓고 듣고 만다.

클라우디오 아바도가 지휘하는 연주를 들으면 이 사람이 얼마나 총명하고 감각적이며 구성력이 탄탄한 지휘자인지 잘 알 수 있다. 모든 면에서 밸런스가 훌륭해서, 듣다보면 절로 반하고 만다. 억지로 밀어붙이지도 않고, 표현이 모자라지도 않는다. 가창도 걸리는 곳이 없다. 테라니가 알토를 노래하는 건 시모네반과 마찬가지인데, 같은 가수라도 이렇게 인상이 달라지고 생동감 넘치게 들린다는 것에 감탄을 금할 길 없다. 이렇듯 흠잡을 구석이라고는 없지만, 음악이 너무 우등생 같아서 살짝 피곤해진다……라는 말은 가혹하려나? 이런 곡은 설령 조금 흐트러지는 데가 있더라도 마음에 한줄기 빛이 스며드는 듯 특별한 순간이 필요하지 않나 생각하는데.

41

모차르트 바이올린소나타 25번 G장조 K.301

아르튀르 그뤼미오(Vn) 클라라 하스킬(Pf) 일본Phil. X-8552 (1958년)

조지프 시게티(Vn) 미에치슬라프 호르소프스키(Pf) Van. SRV262 SD (1968년)

라파엘 드루이안(Vn) 조지 셸(Pf) Col. MS-7064 (1968년)

헨리크 셰링(Vn) 잉그리트 헤블러(Pf) 일본Phil. X-8632 (1972년)

세르지우 루카(Vn) 맬컴 빌슨(Pf) Nonesuch 79070 (1983년)

모차르트는 여러 곡의 '바이올린소나타'를 썼는데, 대다수가 '바이올린 반주를 곁들인 피아노소나타'에 가깝다. 후기에 이르면 두 악기가 대등한 위치에서 대화하게 되지만, 그래도 여전히 피아노의 역할이 크다. 어떤 경우에는 바이올린보다 더. 여기서는 K.301 소나타를 다룬다. 흐르듯 아름다운 멜로디로 시작하는 G장조.

그뤼미오와 하스킬 콤비는 그 유려함을 조금도 손상시키지 않고 뛰어난 연주를 펼친다. 그뤼미오의 내추럴한 미음을 서포트하는 것은 하스킬의 강한 터치와 흔들림 없는 내재적 리듬감이다. 하스킬은 그뤼미오보다 스물여섯 살 연상. 그뤼미오의 연주도 훌륭하지만, 이 소나타 연주에 요구되는 높은 정신성은 분명 하스킬에게 많은 부분을 빚지고 있다.

시게티의 연주는 첫 음부터 신기할 만큼 듣는 이의 마음을 차분하게 해준다. 솔직하면서도 간결한, 더없이 성실한 소리다. 미음을 원하는 사람에게는 맞지 않을지도 모르지만, 시게티는 모차르트 음악의 심장부 같은 것을 오로지 자신에게만 가능한 각도에서 날카롭고 상냥하게 꿰뚫는다. 베테랑(당시 일흔여섯 살) 미에치슬라프 호르소프스키의 꾸밈없고 철두철미하게 센스 좋은 반주도 특기할 만하다.

라파엘 드루이안은 셸이 지휘하는 클리블랜드 관현악단에서 오랫동안 콘서트마스터를 역임했다. 그래서(라고 해야 할지) 키를 쥐고 있는 것은 대장의 피아노인 셈이다. 원래 피아니스트로 출발해

'피아노의 신동'이라 불린 사람답게 실로 능숙한 피아노다. 바쁜 지휘의 사이사이 동료들끼리 이런 합주를 즐겼지 싶다. 그러나 완성된 음악에 '화기애애'한 분위기는 별로 느껴지지 않는다. 셀의 지휘가 그렇듯 참으로 정확하고 적확한 연주다. 좀더 느긋해도 좋지 않았을까?

그뤼미오/하스킬 조합에 대응하는 존재가 셰링/헤블러다. 같은 여성 모차르트 연주가여도 하스킬과 헤블러는 개성이 다르다. 헤블러의 단정한 소리는 '정조正調 모차르트'라고 할 만한 것으로, 망설임 없이 모차르트의 세계를 만들어나간다. 셰링의 스타일은 그보다 약간 매운맛이지만, 혼합의 정도가 꽤 멋지다. 하스킬의 경우와 마찬가지로 굳이 따지자면 피아노가 주도권을 쥐고 나아가는데, 결과적으로는 좋게 작용했다.

세르지우 루카와 맬컴 빌슨 콤비도 역시 포르테피아노*를 연주하는 빌슨이 중심을 맡는다. 포르테피아노의 부드러운 울림을 즐기기에 최적의 앨범이다. 루카의 바이올린은 '대체로 불만 없음' 정도.

좀더 최근 것 중에서는 힐러리 한과 나탈리 주의 연주가 청신하고 자연스러워 매우 근사했다.

---

* 초기 피아노.

슈베르트 교향곡 8번 〈미완성〉 B단조 D.759

브루노 발터 지휘 뉴욕 필 일본 컬럼비아 XL5041 (1953년)

스타니스와프 스크로바체프스키 지휘 미니애폴리스 교향악단 Mercury SR90218 (1960년)

프리츠 라이너 지휘 시카고 교향악단 Vic. LSC-2516 (1961년)

레너드 번스타인 지휘 뉴욕 필 영국CBS 61051 (1963년)

카를 뵘 지휘 빈 필 일본Gram. 92MG0650/3 세 장 세트 (1975년)

로린 마젤 지휘 베를린 필 Gram. 133221(10인치) (1959년)

발터의 〈미완성〉 하면 1936년 빈 필과 녹음한 SP반, 1958년 뉴욕 필을 지휘한 스테레오반이 '명반'으로 칭송받는데, 이 1953년 모노럴반은 거의 잊혀가고 있는 모양이다. 그렇다면 연주의 내용은 어떨까? 음, 아닌 게 아니라 잊힐 법하다고 해야 할지…… 물론 나쁘지 않은 연주지만, 발터다운 깊이가 어째 잘 느껴지지 않는다. 음질도 상당히 고풍스럽다. 그래도 이 음반은 소중히 간직하려 한다. 거북을 구해주는 우라시마 다로*처럼.

스크로바체프스키는 폴란드 출신의 지휘자. 1960년부터 1979년까지 미니애폴리스 교향악단의 음악감독을 역임했다. 세부의 나사를 꽉 조인, 말하자면 고지식하고 타이트한 〈미완성〉이다. 악보를 엄격히 따라서 연주하는 분위기다. 그에 더해 머큐리의 녹음도 상당히 경질이라 현의 소리가 곤두서 있다. 전체적으로 좀더 서정적인 분위기여도 좋지 않았을까.

강경파로 이름을 날린 프리츠 라이너/시카고 교향악단의 〈미완성〉은 예상외로(라고 할까) 시종일관 온화하고 상냥하다. 질이 높고 뛰어난 연주라고 생각하지만 다 듣고 나서 무언가 부족하다는 기분이 든다. 좀더 독기 같은 것이 추출되었다면 좋았을 것이다. 슈베르트의 음악은 아무리 아름답게 들려도 그 안쪽에 모순을 품은 어둠이 한 움큼 도사리고 있는 법이다. 라이너반에서는 그것이 들리

---

* 바닷가에서 아이에게 괴롭힘을 당하는 거북을 구해주고 용궁에 초대된 설화의 주인공.

지 않는다.

번스타인의 〈미완성〉은 빈틈이 보이지 않는, 기력이 충실한 연주다. 내게는 이즈음이 번스타인의 전성기라고 할까, 가장 선명하게 박력을 느낀 시기였다. 물론 완성도가 좋은 것과 그렇지 않은 것이 있긴 하지만, 당시 그가 만들어내는 음악에는 그렇듯 딱딱한 비평의 기준을 초월하는 자유롭고 활달한 반짝임이 있었다. 이 레코드를 듣고 있으면 셀 수 없이 들어왔을 〈미완성〉이 다시 한번 신선하게 되살아난다.

1975년 뵘이 빈 필을 이끌고 일본을 방문했을 때의 실황 녹음반. 나는 뵘의 열성 팬이라고는 할 수 없지만, 이 세 장짜리 음반은 두말할 것 없이 훌륭하다. 어느 것을 들어봐도 그야말로 심혼을 기울인 연주다. 〈미완성〉도 처음부터 끝까지 팔짱을 낀 채 넋을 놓고 듣고 만다. 슈베르트와 빈 필이 일체화되어버렸다, 고 할까. 아무튼 아름다운 소리다. 그러나 아름답기만 한 것이 아니다. 깊다.

뵘이 다녀가고 오 년 후, 마찬가지로 빈 필을 이끌고 일본을 찾은 로린 마젤이 같은 〈미완성〉을 라이브로 녹음했다. 완성도는? 확실히 말해서 재미없다. 빈틈없고 대단히 질 높은 연주지만 마음이 거의 끌리지 않는다. 마젤에게 무슨 일이 있었던 걸까? 그에 비해 젊은 마젤이 녹음한 이 〈미완성〉에는 청년의 진지한 설렘이 느껴진다. 때로는 자유롭고 때로는 비장하게, 이 곡을 정면에서 선명하게 노래한다.

J. S. 바흐 〈영국 모음곡〉 3번 G단조 BWV.808

헬무트 발햐(Cem) 일본Angel AA-8823/4 (1959년)

소노다 다카히로(Pf) 일본 컬럼비아 OS-10039-40 (1968년)

글렌 굴드(Pf) 일본CBS SONY 46AC 645/6 (1974년)

스뱌토슬라프 리흐테르(Pf) 일본Vic.(신세계) (1948년)

이보 포고렐리치(Pf) Gram. 415 480 (1986년)

비교적 최근의 연주로는 퍼라이아와 시프가 낸 전곡반이 마음에 들지만, 그전까지는 현대 피아노를 사용한 〈영국 모음곡〉 전곡 앨범을 좀처럼 구할 수 없었다. 여기서는 3번을 비교해 들어본다. 발햐(쳄발로) 외에는 모두 현대 피아노로 연주한다.

〈영국 모음곡〉은 본래 쳄발로 연주를 염두에 두고 쓰인 곡이라 발햐의 연주를 듣고 그 울림을 머릿속에 넣어두면 좋은 참고가 되거니와, 연주 자체도 매우 뛰어나다. 발햐가 사용하는 것도 오리지널 악기는 아니고 현대적으로 개량된 아머 쳄발로라는 것으로, 소리의 굵기가 현대 피아노에 상당히 가깝다. 그러나 바흐 음악의 커다란 흐름에 몸을 맡기고 있으면 악기가 어쩌니저쩌니 하는 문제는 전혀 신경쓰이지 않는다. 역사에 남을 명연이다.

굴드보다 앞서 1960년대에 소노다 다카히로가 〈영국 모음곡〉 전곡을 녹음했다는 사실에는 경의를 표할 만하다. 불필요한 장식, 자의적 해석을 배제한 순수하고 정직한 바흐다. 아고긱*도 최소한으로 억제되어 있지만, 그렇다고 듣는 이를 따분하게 만들지도 않는다. 자세가 실로 반듯하다. 그러나 현대의 감각—굴드 이후—으로 보자면 다 듣고 난 후의 감동 같은 것은 좀 담백한지도 모른다.

굴드의 〈영국 모음곡〉, 이 음반은 꽤 여러 번 되풀이해서 들었다. 몇 번을 들어도 그때마다 새로운 발견을 한다. 소노다의 경우와

---

* 정해진 속도에서 벗어나 느리거나 빠르게 연주해 음 길이에 변화를 주는 연주법.

다르게 '굴드도度'가 만개한 연주로, 오른손과 왼손의 절묘하고 독특한 분열적 협업에 귀기울이는 것만으로 머리가 어질어질해진다. 세계의 조성이 바뀌어가는 듯한 감각이다. 그러나 굴드는 바흐 음악의 중추를 단단히 붙들고 있기에, 아무리 '굴드도'가 기세를 더해도 본래의 음악이 지니는 높은 정신성이 손상되는 일은 없다.

리흐테르의 젊은 시절(서른세 살) 연주. 자신의 피아니즘 안으로 끌어들이는 모양새로 마음껏 바흐 음악을 연주해간다. 템포를 잡고 강약을 더하고 색채를 입히는 방식이 지금 감각으로는 다소 밀어붙이는 것처럼 들리는 부분도 있겠지만, 강건한 내성부가 음악을 단호히 조이고 있기에 강조해야 할 대목을 놓치지 않는다. 과연 다르다 싶은 부분이다.

포고렐리치는 〈영국 모음곡〉의 2번과 3번만 녹음했다. '포스트 굴드' 시대 피아니스트의 바흐 연주 특징은 이런 다이너미즘일 것이다. 바흐 음악을 고전적 '장식품'으로서가 아니라 '살아 있는 것'으로, 동적으로 파악하는 것. 포고렐리치는 그런 퍼스펙티브 속에서 물 만난 고기처럼 팔팔하게 튀어오른다. 현대 피아노의 특성을 좋은 의미에서 충분히 살린, 현대에 바흐의 건반 음악이 어떻게 자리잡을 수 있을지 선명하게 알려주는 연주다.

44-1

브루크너 교향곡 7번 E장조

에두아르트 반 베이눔 지휘 콘세르트헤바우 관현악단 Dec. CX2829/30 (1954년)

오토 클렘퍼러 지휘 필하모니아 관현악단 Col. 33CX1808/9 (1960년)

카를 슈리히트 지휘 헤이그 필 일본 Concert Hall SMS-2394 (1964년)

쿠르트 잔덜링 지휘 덴마크 방송교향악단 Unicorn RHS-356 (1979년)

브루크너의 교향곡 중 어느 것을 다룰까 꽤 고민한 끝에 결국 7번으로 결정했다. 특히 열성적인 브루크너 신자라고 할 수 없는 리스너에게는(뭐, 나도 그중 한 사람이지만) 이 정도가 입문으로 좋지 않을까. 브루크너 교향곡은 도중에 점점 알쏭달쏭해져서 '뭐가 어떻게 된 거지' 하고 고개를 갸웃할 때가 간혹 있는데, 이 7번에서는 절대 그럴 일이 없다. 처음부터 끝까지 나름의 논리대로 흘러간다(라고 생각한다).

베이눔은 브루크너 음악이 대중에 널리 퍼져 적잖은 붐을 일으키기 전인 1950년대부터 콘세르트헤바우 관현악단과 더불어 적극적으로 녹음 활동을 했다(3, 5, 7, 8, 9). 이 7번이 그 시리즈 중 첫 녹음에 해당하는데, 참으로 베이눔답게 겸허하고 질 좋은 연주다. 2악장이 특히 아름답다. 이제는 '역사적 녹음'에 속할지 모르지만, 듣고 있으면 낡았다는 느낌이 전혀 없다. 균형 잡히고 흐름이 좋은 연주로, 처음부터 끝까지 푹 빠져서 듣고 만다. 깊은 정념 같은 것은 기대하기 힘들지 몰라도 확고한 생명력을 지닌 음악이다. 어쨌거나 베이눔/콘세르트헤바우의 연주는 듣고 실망한 적이 거의 없는 것 같다.

클렘퍼러/필하모니아가 연주하는 브루크너는 '준엄하다'는 표현이 딱 어울린다. 갖가지 불순물을 걷어내고, 속세의 비위를 맞추지 않고, 음악과 똑바로 마주한다―그런 늠름한 분위기가 구석구석까지 감돈다. 지극히 정통적이고 정석인 7번. 망설임이라는 것이 없다. 다만 개인적으로는 좀더 긴장을 푸는 부분이 있어도 좋지 않았을까……라는 생각도 든다만.

카를 슈리히트의 〈7번〉은 통신판매 레이블 '콘서트홀'용으로 제작되어 1965년도 ACC 대상을 획득했다. 당시 여든네 살의 슈리히트는 이 대곡을 맞아 빈틈없이 컨트롤된, 긴박감 감도는 음악을 만들어냈다. 2악장 후반, 현의 깊은 울림에는 흠칫하게 된다. 격이 떨어지는 레이블, 저렴해 보이는 레코드 재킷, 일류라고 하기는 힘든 오케스트라 탓인지 이따금 중고가게 세일품 상자에서 발견하게 되는데, 이 레코드를 사두어서 손해볼 건 없다고 생각한다.

잔덜링은 의외로 브루크너 녹음본이 적고, 내가 아는 한 3번과 7번밖에 남아 있지 않다. 어째서일까? 7번은 슈투트가르트 방송교향악단과의 연주가 대중적으로 알려진 모양인데, 이 덴마크 방송교향악단과의 연주도 상당히 충실하다. 잔덜링은 기본적으로 솔직하고 밸런스가 좋고 색을 더하지 않은 연주를 하는 지휘자로, 괜한 힘을 과시해 사람을 놀라게 하지 않는다. 그러나 조용한 파토스를 차츰차츰 느끼게 해주는 경우가 많다. 이 7번도 그렇듯 호감 가는 연주의 일례다.

브루크너 교향곡 7번 E장조

브루노 발터 지휘 컬럼비아 교향악단 일본CBS SONY 30AC319/20 (1961년)

헤르베르트 폰 카라얀 지휘 베를린 필 일본Angel EAC-47059/60 (1970년)

유진 오르먼디 지휘 필라델피아 관현악단 RCA LSC3059 (1969년)

아사히나 다카시 지휘 오사카 필 일본Vic. KVX3501/2 (1975년)

발터는 1960년 전후로 브루크너의 '4, 7, 9'번을 컬럼비아에서 정규 녹음했다. 적극적으로 전집을 구성하려는 자세는 아니었던 모양인데, 남겨진 세 곡의 연주만으로도 높은 평가를 받는다. 이 7번도 매우 격조 높은 연주다. 도입부터 음악 속으로 절로 끌려들어가고 만다. 빈틈없이 우아한 음악이 펼쳐진다. 오케스트라도 훌륭하다. 다만 강한 질주감 같은 것은 별로 느껴지지 않아서, 그 점에 불만을 느끼는 사람이 있을지도 모르겠다.

카라얀은 브루크너를 적극적으로 작업했던 사람으로, 1970년대 후반 그라모폰에서 교향곡 전집을 완성했다. 그전에 베를린 필을 지휘한 이 7번(에인절반 1970년 녹음)은 마치 고급 테일러의 맞춤양복처럼, 디자인이고 감촉이고 실로 흠잡을 데가 없다. 다만 너무 스타일리시한지라 진성(원리주의적) 브루크너 팬은 받아들이기 힘들어할지도 모른다. 나 같은 사람은 '이렇게까지 나간다면 별수없지 뭐' 하며 즐겁게 들었지만. 탐미적이기는 해도 과연 베를린 필답게 나사를 조여야 할 곳은 빡빡하게 조였다. 그로부터 오 년 후 녹음된 그라모폰반(역시 베를린 필)에서는 보다 성숙하고 빈틈없는 연주를 들려주지만, 그래도 매끄럽고 화려한 이 에인절반을 버리기는 힘들다.

오르먼디의 브루크너? 하며 얼굴을 찡그릴 사람이 있을지도 모르겠다. 오르먼디는 1960년대 후반부터 1970년대 초반에 걸쳐 브루크너 교향곡을 세 곡 녹음했다(4, 5, 7). 그전에는 브루크너 녹음에 크게 주의를 기울이지 않았던 듯하다. 아마 시장의 수요에 응해 '슬슬 해볼까' 하고 무거운 마음으로 일어난 게 아닐까(상상). 그런 브루크너 초심자 오르먼디에게는 4, 5, 7번 정도가 다루기 좋았던 모양이다. 그런데 이 오르먼디의 7번, 막상 들어보면 나쁘지 않다. 전체적으로 상당히 순한맛이기는 해도(유약한 녀석! 하며 클렘퍼러 스승이 꾸짖을 것 같다) 과연 명인에 명악단, 나름대로 잘 어우러져 있다. 이것도 맛이라고 생각하고 들으면 충분히 즐길 수 있는 음악이다. 녹음 상태는 양호한 편.

오르먼디? 장난하나, 싶은 분은 아사히나 다카시를 들어주시라. 브루크너 전문가인 아사히나/오사카 필은 유럽 연주 여행 중 브루크너의 유해가 잠든 성플로리안수도원에서 이 녹음을 진행했다. 뛰어난 연주가 홀의 풍부한 울림과 더불어 이 음반에 담겼다. 군데군데 독주 악기가 허술하게 느껴지긴 하지만, 이 정도로 꾸밈없이 아름다우며 뜨거운 감정이 담긴 7번은 다른 데서 보기 힘들 것이다. 몇 번을 들어도 심금을 울린다. 감동한 청중의, 팔 분에 걸친 열렬한 박수도 마지막에 수록되어 있다. 두 장짜리 세트 LP, 한 면에 한 악장씩 여유롭게 커팅된 것도 아날로그 팬으로서 반가운 부분이다.

쉰베르크 세 개의 피아노곡 작품번호 11

글렌 굴드(Pf) 일본CBS SONY (1958년)

마우리치오 폴리니(Pf) Gram. 2530 531 (1974년)

장루돌프 카르스(Pf) 일본Vic. VX-92 (1975년)

에드워드 스토이어만(Pf) Col. ML-5216 (1957년)

무조 시대에서 12음 시대로 옮겨가기 전의 시기(1909년)에 쇤베르크가 작곡한 피아노 작품……이라고 하면 왠지 다가가기 힘든 인상인데, 후기 낭만파의 잔해 같은 울림도 있어서 절대 난해한 곡은 아니다. 세련된 카페의 BGM으로는 그다지 적합하지 않을 테지만.

이 곡이 새삼 대중적으로 주목받게 된 것은 아마 굴드의 연주 덕분일 것이다. 초기의 굴드는 바흐와 쇤베르크에게 깊이 경도되어 있었다.

폴리니의 연주가 예리하게 벼려진 칼날 같은 날카로움이 특징이라면, 굴드의 연주는 물체를 일단 해체하고 새롭게 재조립한 듯한 콤비네이션의 재미가 특징이다. 양쪽 다 매우 뛰어난 연주이며 제각기 장점이 있다고 생각하지만, 만약 꼭 하나를 골라야 한다면 나는 굴드 쪽을 선택하고 싶다. 폴리니가 제공하는 칼날의 예리함은 흠잡을 데 없이 출중하지만 '요기 서린 검' 같은 신비성은 희박한 까닭이다. 싹둑싹둑 선명하게 잘리지만 불안감 같은 것은 별로 느껴지지 않는다. 그에 비해 굴드의 피아니즘에는 사람의 마음을 구조적으로 뒤흔드는, 혹은 마음을 빼앗는 것이 있다.

장루돌프 카르스는 이제는 이름을 거의 들을 일이 없지만 재능이 우수한 신진 피아니스트였다. 인도에서 태어난 유대계 오스트리아인인데 프랑스에서 자라서 전통적 지연이 없는 사람이다. 그런 점이 영향을 주었는지, 자신이 하고 싶은 말을 보편적으로, 명쾌하게 표현하는 이지적 피아니즘을 지니고 있다. 그러나 결코 즉물적이지는 않다. 폴리니처럼 '예리한' 연주는 아니고, 굴드의 독특한 게임 감각 같은 것도 없다. 정면에서 똑바로 음악과 맞버틴다―굳이 말하자면 그곳에 있는 것은 '자기 탐구' 같은, 내적 세계를 향한 빠져듦이다. 이 사람은 유대교에서 가톨릭으로 개종하고 성직자의 길을 걷기 위해 젊은 나이에 음악계에서 은퇴했는데, 그런 사색적 측면도 이 연주에서 엿보이는 듯하다.

스토이어만은 쇤베르크의 수제자로 그의 많은 피아노곡을 초연했다. 이른바 가장 '정통적'인 쇤베르크 연주자라 해도 좋을 것이다. 더없이 정확하고 직선적으로, 악보에 적힌 음악을 단호하게 재현한다. 20세기 초엽 빈의 난숙함이나 까닭 모를 불안감을 암시하는 울림은 없다. 정념도, 지적 유희 같은 것도 눈에 띄지 않는다. 불필요한 부속물이 들러붙지 않은 만큼 음악의 구조가 말끔히 들여다보이기에, 그런 의미에서는 오히려 재미를 느낄 수 있는 연주다. 약간 교본의 색채가 짙은 느낌도 들지만.

46

차이콥스키 피아노삼중주 〈위대한 예술가의 추억을 위해〉
A단조 작품번호 50

아르투르 루빈스타인(Pf) 야샤 하이페츠(Vn) 그레고르 퍄티고르스키(Vc) Vic. (1950년)

수크 트리오(수크, 후흐로, 파넨카) 일본DENON OX-7067 (1976년)

수크 트리오(수크, 후흐로, 파넨카) Supra. SUA-10485 (1963년)

이츠하크 펄먼(Vn) 블라디미르 아시케나지(Pf) 린 해럴(Vc) EMI ASD-4036 (1981년)

운노 요시오(Vn) 나카무라 히로코(Pf) 쓰쓰미 쓰요시(Vc) 일본CBS SONY SOCL-1145 (1974년)

'위대한 예술가'란 19세기 러시아의 명피아니스트 니콜라이 루빈시테인을 뜻하는 말로, 차이콥스키는 맹우라 할 수 있는 그의 죽음을 애도하며 이 곡을 썼다. 아름다운 멜로디가 곳곳에 흐르지만 변형적 구성의 긴 삼중주곡이라 연주가에 따라서는 두서없이 범용한 음악이 되어버리기도 한다.

이 곡의 명연으로 가장 유명한 것은 2대 '백만불 트리오'의 연주일 것이다. 루빈스타인, 하이페츠, 퍄티고르스키, 이 다망한 솔로 연주가 세 사람이 캘리포니아의 스튜디오에 모여 '합주'의 하룻밤을 즐겼다. 1950년 8월의 일이다. 원숙기의 명인 셋이 모인 만큼 흠잡을 데 없이 음악을 소화한다. 저마다 맡은 바를 훌륭하게 완수하고, 결과적으로 하나로 합쳐져 비길 데 없는 음악을 만들어낸다. 하이페츠의 바이올린도 매우 아름답지만 루빈스타인의 피아노가 들려주는 섬세한 기예에는 절로 한숨이 나온다. 나설 때는 나서고 물러날 때는 물러나는 미묘한 들고남이 정말 근사하다.

수크 트리오는 같은 멤버로 이 곡을 두 번 녹음했다. 첼로에 후흐로, 피아노에 파넨카. 체코 올스타즈라고 할 만큼 화려한 면면이다. 그러나 비교해서 들어보면 1976년의 새 음반(일본에서 녹음) 연주가 한결 충실하다. 1963년반은 어딘지 '힘이 남아돌아서 앞으로 기운' 느낌이 드는데, 새 음반은 적당히 어깻심이 빠져서 음악이 보다 원활히 흐른다. 피아노에 중점을 둔 (듯한) 녹음도 밸런스가 좋다. 연주자들 모두 십삼 년 사이 멋지게 나이들고 성숙해진 것이리라.

펄먼, 아시케나지, 해럴, 당시(1981년) 기세 좋은 중견으로 활약하던 세 사람이 모여 트리오를 꾸렸다. 완성도가 나쁠 리 없다. 다만 음색이 풍부한 펄먼이 들어가면 전체적으로 소리가 확 밝아지는 면이 있다. 그 영향력(설정력)이 상당하다. 아시케나지와 해럴은 그 설정 속에 무난히 발을 들여놓은 모양새다. 그렇기에, 연주는 질이 높고 빈틈없이 조화롭지만 나로서는 왠지 약간의 미련이 남는다. 이래서야 마치 '펄먼 트리오' 아닌가 싶어서.

운노, 나카무라, 쓰쓰미 트리오는 무난하고 절도 있게, 지적이고 격조 높은 연주를 들려준다. 적극적인 개성의 표출은 다소 미흡할지 몰라도, 앞서 언급한 제각기 개성 강한 세 조합의 레코드를 듣고 나서 이 연주를 들으면 마지막에 맛있는 오차즈케*를 먹은 기분이라 왠지 마음이 놓인다. 긴 곡이지만, 일본을 대표하는 세 연주가가 호흡을 맞춰 친밀한 대화가 오가는 내실 있는 음악을 전해준다. 연주의 축은 나카무라의 피아노인데, 쓰쓰미의 첼로가 음악 전체의 나사를 꼼꼼히 조인다.

---

* 밥에 차를 부어 간단히 먹는 요리.

베토벤 삼중협주곡 C장조 작품번호 56

오이스트라흐(Vn) 크누셰비츠키(Vc) 오보린(Pf) 맬컴 사전트 지휘 필하모니아 관현악단 EMI 29 0630 (1956년)

슈나이더한(Vn) 푸르니에(Vc) 언더(Pf) 페렌츠 프리처이 지휘 베를린 방송교향악단 Gram. 19 236 (1960년)

스턴(Vn) 로즈(Vc) 이스토민(Pf) 유진 오르먼디 지휘 필라델피아 관현악단 Col. D2L-320 (1965년)

오이스트라흐(Vn) 로스트로포비치(Vc) 리흐테르(Pf) 헤르베르트 폰 카라얀 지휘 베를린 필

일본Vic. VIC-9013 (1969년)

셰링(Vn) 스타커(Vc) 아라우(Pf) 엘리아후 인발 지휘 뉴필하모니아 관현악단 Phil. 6500 129 (1970년)

그다지 깊이 있는 곡이라고 생각하진 않지만, 재미있는 솔리스트의 면면에 끌려 자꾸 손이 간다.

사전트가 지휘하는 필하모니아 관현악단이 오이스트라흐 트리오를 고스란히 솔리스트로 맞이한 녹음. 이렇게 되면 트리플 콘체르토라기보다 '반주가 들어간 피아노 트리오'라고 표현하는 편이 좋을 성싶다. 그 때문인지 대단히 차분한 연주로 완성되었다. 음악이 매끄럽게 흘러간다. 그러나 흐름이 원활한 만큼 콘체르토에 따라오기 마련인 '화사함' 같은 것은 어째 좀 부족한지도 모른다.

프리처이는 (당시) 한창 전성기인 중견 솔리스트 세 명─마침맞은 중용을 지키는 사람들이다─을 모아, 휘하의 베를린 방송교향악단과 녹음에 임했다. 그 결과 충실한 연주가 완성되어 세 솔리스트가 저마다 개성을 발휘한다(특히 슈나이더한이 멋지다). 무거움을 걷어낸 경쾌한 풋워크로 음악이 시종일관 막힘없이 나아간다. 그러면서도 자세가 앞으로 쏠리지 않는 것은 지휘자의 미묘한 컨트롤 덕분이리라. 당시 프리처이는 고질병인 백혈병과 싸우면서도 꾸준히 활동을 이어가고 있었다.

스턴, 로즈, 이스토민도 반半상설 '스턴 트리오'의 멤버. 모두 사십대, 연주가로서 기력이 충실했던 시기라 활달한 음악을 들려준다. 오르먼디의 연주도 충분한 에너지로 단순한 반주 이상의 역연을 보여준다. 이 레코드는 음질이 선명하고 독주 악기 각각의 표정이 또렷이 드러나 있어 협주곡의 재미를 맛볼 수 있다. 이스토민과 로즈도 건투한다.

오이스트라흐와 리흐테르와 로스트로포비치, 그리고 카라얀/베를린 필, 이만한 면면이 한자리에 모이면 작품 그 자체가 한 단계 격상한 것처럼 들린다. '사공이 많으면 배가 산으로 간다'는 속담은 이 경우 해당되지 않는다. 물론 솔리스트도 흠잡을 데 없이 우수하지만, 가장 상찬해야 할 것은 카라얀이 발휘하는 강건한 구축 능력일 것이다. 일단 커다란 구조를 탄탄하게 세우고, 솔리스트들을 위한 공간을 여유롭게 설정해 자유로운 솔로를 펼치게 한다. 보통 협주곡에서는 솔리스트와 지휘자(카라얀)의 에고가 일대일로 부딪칠 때가 있는데, 이런 '합주협주곡' 형식은 그 부분이 집단적으로 해소된다. 솔리스트 중에서는 리흐테르의 연주가 인상적이다.

젊은 날의 인발이 지휘하는 〈트리플〉. 모두 자신보다 한 단계 위인 솔리스트와 함께하면서도 주눅드는 일이 없다. 중기 베토벤의 소리가 누가 들어도 고결하게, 빈틈없이 울려퍼진다. 카라얀반의 매력이 큰 몸집에 있다면, 이쪽의 매력은 시원스러움이다. 멤버도 매력적이니 이 레코드는 더 높은 평가를 받을 만하다 싶은데, 어째서인지 그런 말이 별로 들리지 않는다.

48

브람스 바이올린소나타 1번 〈비의 노래〉 G장조 작품번호 78

아르튀르 그뤼미오(Vn) 죄르지 세뵉(Pf) Phil. 6570 880 (1976년)

아이작 스턴(Vn) 알렉산드르 자킨(Pf) Col. ML-5922 (1963년)

다비트 오이스트라흐(Vn) 프리다 바우어(Pf) 일본Vic. VIC-3049 (1974년)

딜라나 젠슨(Vn) 새뮤얼 샌더스(Pf) 일본RVC RCL-8353 (1982년)

호리고메 유즈코(Vn) 장클로드 반덴 아인덴(Pf) 일본Gram. MG0117 (1980년)

'비의 노래'라는 근사한 제목이 달린 소나타 1번(일본에서 말고는 거의 쓰지 않는 모양이지만). 멜로디도 단아하고 아름답다.

그뤼미오는 클라라 하스킬과 함께 탁월한 바이올린소나타 레코드를 여러 장 남겼는데, 하스킬이 사고로 세상을 떠난 후로는 다른 여러 피아니스트와 공연하고 있다. 여기서는 헝가리 출신의 뛰어난 피아니스트 죄르지 세복과 팀을 이루었다. 브람스의 〈비의 노래〉는 그뤼미오에게 딱 맞는 음악이다. 상냥하고 온화하고 깊다. 기교보다 마음을 담는 방식이 중요하다. 그뤼미오의 자유롭고 거침없는 활의 움직임에 넋을 놓고 듣게 된다.

아이작 스턴은 1951년에도 자킨과 함께 〈비의 노래〉를 모노럴 녹음했다. 그로부터 십이 년 후의 재녹음. 스턴은 그뤼미오처럼 흐느끼는 듯한 미음을 가지고 있진 않지만 적확하고 힘찬 소리로 조탁하듯 브람스의 음악을 만들어나간다. 스턴의 연주는 가끔 힘에 맡겨버리는 경향이 있는데, 여기서는 그렇게 '힘이 옆으로 새는 일'이 없도록 잘 억제하고 있다. 특히 3악장의 차분한 마무리에 호감이 간다.

오이스트라흐, 만년—이라지만 당시 아직 예순한 살—의 연주. 빈에서 녹음했다. 소중하고 정성스럽게 연주한 브람스다. 아름답고 서정적이지만, 오이스트라흐의 의도는 서정보다 오히려 보다 깊은 마음을 들여다보는 쪽으로 향한 듯하다. 고담枯淡의 경지라고 하면 표현이 과할지 모르겠지만, 그에 가까운 분위기다. 젊을 무렵이라면 아마도 한결 낭랑하게 소화했을 것이다.

177

딜라나 젠슨은 1978년, 열일곱 살로 차이콥스키 콩쿠르에서 은상을 수상해 주목을 받았다. RCA에서 몇 장의 레코드를 냈지만 그뒤 (복잡한 사정으로 인해) 애용하던 명기 과르네리를 압수당하는 바람에 정신적 충격을 받고 한동안 일선에서 물러나게 되었다. 이 레코드에서 들리는 것은 몽상하는 듯한 젊은 브람스다. 선이 약간 가늘기는 해도 음색이 아름답고, 감정이 충분히 담겨 있다. 연주가로서 막 시작한 경력이 돌발 사태로 중단되고 만 것이 안타깝다.

호리고메 유즈코는 스물두 살에 퀸 엘리자베스 국제음악콩쿠르에서 1위를 차지했다. 그 직후 녹음된 이 브람스 소나타는 실로 완성도가 뛰어나다. 크고 길게 숨을 쉬듯 자연스러운 표현. 아름답고 내성적인 프레이징. 갓 데뷔한 신인이라고는 정말이지 생각할 수 없다. 그저 감탄하며 귀기울일 따름이다. 음악과는 무관하지만, 이 사람도 2012년 독일 공항 세관에서 1억 엔 상당의 바이올린을 압수당했고 되찾기까지 꽤 고생했다고 한다. 음악가도 여러모로 힘들다.

49-1

모차르트 협주교향곡 E♭ 장조 K.364

앨버트 스폴딩(Vn) 윌리엄 프림로즈(Va) 프리츠 슈티드리 지휘 뉴프렌즈 관현악단
Camden CAL-262 (불명)
야샤 하이페츠(Vn) 윌리엄 프림로즈(Va) 아이즐러 솔로몬 지휘 관현악단 RCA AGL 14929 (1956년)
발터 바릴리(Vn) 파울 독토르(Va) 펠릭스 프로하스카 지휘 빈 국립가극장 관현악단
West. XWN18041 (1951년)
장자크 캉토로프(Vn) 블라디미르 멘델스존(Va) 레오폴트 하거 지휘 네덜란드 실내관현악단
일본DENON OX-7170 (1984년)
제라르 자리(Vn) 세르주 콜로(Va) 장프랑수아 파야르 지휘 파야르 실내관현악단
일본DENON OX-7022 (1974년)

앨버트 스폴딩은 1888년 태어난 미국의 바이올린 주자, 스포츠용품 브랜드 스폴딩사의 창업자가 삼촌이다. 녹음 자료는 명확하지 않은데, 1953년 세상을 떠났으니 당연히 그전인 셈이다. 처음 듣는 이름의 지휘자와 악단이지만 연주는 견실하다. 어쩌면 어느 유명 오케스트라의 가명인지도 모르겠다. 스폴딩의 연주도 실로 생동감 있고, LP 초기의 오래된 녹음이라는 느낌이 없다. 촉촉하고 자유롭고 활달한 음색으로, 비올라의 명인 윌리엄 프림로즈와의 궁합도 두말할 나위 없다. 스폴딩이라는 사람의 연주를 들은 것은 처음인데, '흠, 20세기 초 미국에 이렇게 뛰어난 바이올리니스트가 있었다니' 하는 감탄이 나온다.

하이페츠도 역시 주로 20세기 초 미국에서 활약했던 명장이다. 스폴딩반과 마찬가지로 프림로즈가 비올라를 맡았다. 스폴딩의 연주와 비교하면, 녹음 탓인지 몰라도 하이페츠의 바이올린 소리가 귀에 조금 강하게 남아서 왠지 조화롭지 못하다. 하이페츠가 연주하는 모차르트를 들을 때마다 느끼는 점인데, 그지없는 정확함도 좋지만 좀더 여유 같은 것이 있어도 괜찮지 않을까. 커플링된 글라주노프 협주곡은 무척 즐거운 연주인데.

발터 바릴리가 독주를 담당한 〈협주교향곡〉, 더없이 아름다운 바이올린 음색과 명인 파울 독토르의 촉촉하고 차분한 비올라가 자연스럽게 녹아든다. 기품 있고 질이 높다. 논리도 해석도 필요치 않은, 그야말로 빈에서 태어나 빈에서 자란 음악이다. 이런 음악은 흠잡을 데가 없다. 그저 잠자코 듣고 그대로 받아들이는 수밖에. 오래된 모노럴 녹음인데 소리가 놀랄 만큼 군더더기 없고 아름답다. 몇 번을 들어도 물리지 않는다. 그만큼 꼼꼼하게 세부까지 손을 본 것이리라.

네덜란드 실내관현악단은 독일-오스트리아 같지도 프랑스 같지도 않은 뉴트럴한 울림을 가지고 있다. 프랑스인 캉토로프의 섬세하고 풍부한 음색이 그 위에 무리 없이 녹아든다. 장자크 캉토로프는 내가 옛날부터 꾸준히 좋아하는 바이올린 주자인데, 여기서도 기대를 저버리지 않고 젊고 차밍한 모차르트를 들려준다. DENON의 녹음도 훌륭하다. LP시대 끝물에 가까운 1984년, 기술적으로도 성숙의 극치에 다다라 아름다운 소리가 아주 명료하게 커팅되어 있다.

제라르 자리가 파야르 실내관현악단에 참여해 연주한 K.364. 이쪽은 한층 프랑스에 가까운 모차르트다. 매우 거침없고 부드러운 자리의 바이올린은 하이페츠와는 완전히 대극점에 있는 듯한 음색이다. 다만 전체적으로 파야르가 관리하는 느낌이 짙어 그 점에서 호불호가 갈릴 것이다.

모차르트 협주교향곡 E♭ 장조 K.364

다비트 오이스트라흐(Vn) 루돌프 바르샤이(Va · 지휘) 모스크바 실내관현악단

일본Vic. VICX-1027 (1971년)

아이작 스턴(Vn · 지휘) 발터 트람플러(Va) 런던 교향악단 Col. MS7062 (1967년)

아이작 스턴(Vn) 핀커스 주커만(Va) 주빈 메타 지휘 뉴욕 필 Col. 37244 (1981년)

네빌 매리너 지휘 아카데미 관현악단 London STS15563 (1964년)

라파엘 드루이안(Vn) 에이브러햄 스커닉(Va) 조지 셀 지휘 클리블랜드 관현악단 Col. MS6625 (1963년)

우리집에는 오이스트라흐의 〈협주교향곡〉이 전부 세 장 있었는데, 나는 가장 오래된 이 모노럴 녹음이 제일 마음에 든다. 우선 첫째, 오이스트라흐의 바이올린 음색이 훌륭하기 그지없다(나머지 두 장에선 아들 이고리에게 바이올린을 맡기고 비올라를 연주한다). 둘째, 모스크바 실내관현악단이 실로 생동감 있고 윤택한 모차르트의 소리를 낸다. 루돌프 바르샤이의 비올라 연주와 지휘도 탁월하다. 비올라 주자로서 오이스트라흐와 현악 트리오를 결성한 적도 있는 만큼 연주 호흡이 딱 맞는다.

아이작 스턴도 〈협주교향곡〉을 여러 번 녹음했다. 우리집에 있는 것은 각각 발터 트람플러와 핀커스 주커만이 비올라를 맡은 것. 전자는 스턴이 직접 런던 교향악단을 지휘하고, 후자는 주빈 메타가 뉴욕 필을 지휘했다(스턴의 예순 살 기념 공연). 결론부터 말하면 전자의 연주 쪽이 조화롭고 듣기 편하다. 바이올린 소리가 깨끗하고 자연스럽게 뻗어나간다. 모차르트 협주곡에서도 느낀 점인데, 스턴이 연주와 지휘를 겸하면(자주 그러지는 않지만) 꽤 좋은 결과물이 나온다. 적당히 어깻심이 빠져서 그런지도 모르겠다. 메타와의 라이브 실황반은 연주 자체는 뛰어나지만 바이올린 소리가 약간 옹색하게 느껴진다(고음을 잘 내지 못하게 된 테너 가수처럼). 비올라도 트람플러가 더 능란한 느낌이다.

매리너의 음악을 들으면 나는 항상 개운하게 목욕하고 나온 사람이 연상된다. 때가 말끔히 씻겨나가고 피부 구석구석까지 반질거린다. 이 〈협주교향곡〉도 그야말로 그런 음악으로 완성되었다. 거침 없이 술술 기분좋게 나아가고, 정신 차리고 보면 어느새 끝나 있다. 그러자면 고도의 기술이 필요하다는 건 주지의 사실이고 이런 스타 일이 딱인 음악도 있지만(이를테면 비발디의 관악기협주곡집), 이 〈협주교향곡〉에서는 너무 흘러가버리는 느낌이 아닌가 싶다. 독주 자의 이름은 재킷에 적혀 있지 않다. '알 필요 없다'는 말인지도.

셸 역시 매리너와 마찬가지로 악단 수석주자들을 솔리스트로 발탁해 〈협주교향곡〉을 연주했다. 숙련된 실력자들인 만큼 물론 연 주에 허술함은 없다. 오케스트라도 더할 나위 없이 완벽하다. 1악장 도입부만 듣고도 이것이 오케스트라를 중심으로 들어야 하는 음반 임을 바로 깨달을 수 있다. 셸의 모차르트는 기본적으로 근육질의 소리와 흔들림 없는 템포가 특징인데, 그러면서도 거침없이 멜로디 를 노래하는 것을 결코 두려워하지 않는다. 독주자들도 익숙한 환경 에서 눈에 익은 동료들과 더불어 자유롭고 유쾌한 솔로를 펼친다. 나의 애청반 중 하나다.

J. S. 바흐 〈커피 칸타타〉 BWV.211

쿠르트 토마스 지휘 라이프치히 게반트하우스 관현악단 테오 아담(Br) 아델 스톨테(S) Archiv 191 161 (1960년)

카를 포르스터 지휘 베를린 필 디트리히 피셔디스카우(Br) 리자 오토(S) EMI CFP-4516 (1960년)

니콜라우스 아르농쿠르 지휘 빈 콘첸투스 무지쿠스 막스 반 에그몬트(Br) 로트라우트 한스만(S)

DAW. SAW 9583 (1968년)

콜레기움 아우레움 합주단 제럴드 잉글리시(Br) 엘리 아멜링(S) 일본Harmonia ULS-3147 (1967년)

1960년대에 녹음된 〈커피 칸타타〉 네 장. 어느 음반이나 〈농민 칸타타〉와 커플링되어 있다. 이른바 '세속 칸타타'인데, 음악 구조를 보면 교회 칸타타와 그다지 차이가 없다. 코랄이 없고 가사 내용이 알기 쉽게 바뀌었을 뿐. 부지런한 바흐 씨가 늘 하던 일을 여느 때처럼 가뿐하게 소화할 따름이다. 그는 평생에 걸쳐 이백 곡(현존하는 것)의 교회 칸타타와 이십 곡이 넘는 세속 칸타타를 만들었다. 참으로 작업량이 엄청난 사람이다.

쿠르트 토마스가 지휘한 게반트하우스 관현악단의 연주는 정통적이라고 할까, 격조 높다고 할까, 구석구석까지 눈길이 닿아 있기에 안심하고 들을 수 있다. 테오 아담(베이스)과 아델 스톨테(소프라노) 부녀의 가창도 훌륭하다. 특히 스톨테가 매우 사랑스럽다. 이 곡은 원래 라이프치히에서 작곡되어 그곳 커피 하우스에서 공연된 것이니, 과연 '그 고장' 연주진의 본령이 발휘되었다고 하겠다.

카를 포르스터가 지휘한 베를린 필, 토마스 버전보다 전체적으로 오페라성이 강하고 코믹한 표정이 두드러진다. 다만 피셔디스카우(바리톤)의 가창에 비해 리자 오토(소프라노)의 소리가 약간 얇은 것이 아무래도 신경쓰인다. 베를린 필의 이름에 기대하는 바와 달리 오케스트라 반주의 존재감도 좀 흐릿하다.

빈 콘첸투스 무지쿠스는 아르농쿠르 부부를 주축으로 빈 교향악단 멤버들이 1950년대 중반 결성한, 고악을 지향하는 오케스트라다. 전부 오리지널 악기를 사용했고 가창도 한결 심플하게 들린다.

앞서 말한 두 버전에 비해, 오케스트라가 전체를 리드하고 가창이 그 흐름에 따라가는 느낌이 강하다. 그래도 로트라우트 한스만(소프라노)의 가창은 매력적이다.

콜레기움 아우레움 역시 고악 부흥을 꾀하는 오케스트라인데(지휘자를 두지 않는다는 전통적인 방침을 지금껏 지켜오고 있다), 일단 들어보면 알 수 있듯 콘첸투스 무지쿠스만큼 철저하지는 않고, 악기도 주법도 말하자면 절충적, 과도적인 선에 머문다. 그런 면이 미흡하다고 느끼는 사람도 있을 테지만, 원리원칙을 고리타분하게 따르지 않는 부분(소리가 얄팍해지지 않는 부분)에 호감이 갈 수도 있다. 어쨌거나 엘리 아멜링(소프라노)의 가창은 이 '절충적 고악 악단'이 자아내는 분위기에 무리 없이 배어들어 있다. 예술세계의 폭이 넓은 사람인데, 특히 이런 유의 고악에 제격이다.

51-1

리스트 피아노소나타 B단조

시몬 바레르(Pf) Remington R.198.15 (1947년)

게저 언더(Pf) 영국Col. 33CX-1202 (1954년)

클리퍼드 커즌(Pf) London CS-6371 (1963년)

존 오그던(Pf) EMI ASD-600 (1963년)

하나의 악장만으로 이루어진 'B단조 소나타', 원형은 마찬가지로 단일악장 소나타인 슈베르트의 〈방랑자 환상곡〉이다. 그렇다면 대체 소나타의 정의란 뭐냐고 묻고 싶어지는데, 결과적으로는 둘 다 상당한 인기곡이 되었다. 그만큼 레코드 수가 많아서 두 번으로 나눈다. 여러 의미에서 상당히 어려운 곡이지만, 내로라하는 피아니스트가 한번쯤 도전해보고 싶어지는 곡인지도 모르겠다. 우선 1940년대에서 1960년대 초반 사이에 녹음된 네 장.

시몬 바레르, 1947년 카네기홀에서의 전설적인 콘서트 실황 녹음. 아니, 이게 라이브라고? 하며 고개를 갸웃할 정도로 빈틈이라고는 없는, 거의 완벽에 가까운 연주다. 빠른 패시지도 실로 가뿐히, 몹시 즐겁다는 양 끊김 없이 매끈하게 연주해버린다. 만약 이 연주를 (행운이 따라주어) 현장에서 들었더라면 한 삼십 분은 넋이 나가 입을 다물지 못했을 것이다. 굉장한 테크닉으로 유명한 사람이지만, 이 B단조 소나타는 매우 깊이 있는 음악으로 완성되었다. 결코 기술에 매몰되지 않는다. 바레르는 1951년, 역시 카네기홀에서 그리그 협주곡을 연주하던 도중 뇌경색으로 급사했다. 아직 쉰다섯 살이었지만, 여한이 없을 죽음이지 않았을까.

젊은 날의 게저 언더, 경력을 쌓기 시작하던 시기의 연주인데도 이미 자신의 음악세계가 확립되어 있다. 기교에도, 이론에도 치우치지 않는다. 음악의 흐름을 파악하고 그에 거스르지 않는, 완급의 포인트를 잘 살린 지적이고 뛰어난 연주다. 다만 녹음 상태가 썩

189

좋지 못한 점이 아쉽다.

클리퍼드 커즌의 연주는 '교통정리'가 잘되어 있어 음악 구조가 한눈에 들어온다. 말이 소나타지만 정해진 형식이 있는 게 아니라 변환이 자유로워서, 혹은 변덕스러워서 전체 상을 좀처럼 파악하기 힘든 곡인데, 영국 신사 커즌은 그런 부분을 능숙하고 우아하게 해부해나간다. 짜임새가 견고하며 뛰어난 연주라고 생각하지만, 리스트 음악이 지니는 어떤 수상쩍음, 위태로움, 혹은 '몽상 기질'은 옅어진 듯하다. 바레르의 '리스트 통째로 삼키기' 식 연주와는 대조적이다. 어쨌거나 이 곡은 연주하는 사람에 따라 인상이 많이 달라진다.

리스트를 편애한 자, 존 오그던. 같은 영국인 피아니스트라도 커즌과는 감성이 사뭇 다르다. 교통정리 같은 건 거의 염두에 두지 않고, 이 곡에 담긴 '리스트성性'을 마음 가는 대로 실컷 맛보는 데 신경을 집중한다. 마치 봄날 오후 꽃잎에 내려앉은 나비가 꿀을 빠는 것처럼. 그의 흔치 않은 테크닉과 음악성을 그 달콤한 추출 작업에 오롯이 기울인다. 그런 편애적인 연주를 사람들이 얼마나 이해하고 평가해줄지 나야 알 수 없지만, 뭐, 이런 연주가 있어도 나쁠 것 없지, 하는 생각이 든다.

51-2

리스트 피아노소나타 B단조

아르투르 루빈스타인(Pf) Vic. LSC-2871 (1965년)

마르타 아르헤리치(Pf) 일본Gram. MG-2332 (1971년)

데죄 란키(Pf) DENON OX-7029 (1975년)

얼 와일드(PF) Etcetra ETC-2010 (1985년)

1960년대 중반 이후에 녹음된 네 장. 그나저나 이 곡은 시작과 마무리가 상당히 비범하다. 의미심장하다고 할까, 이래도 되나…… 싶은 느낌이다. 하고 싶은 것을 마음껏 하면서 살았던 천재 리스트에게 참으로 걸맞은 음악이다.

루빈스타인의 B단조 소나타는 솔직히 말해 그다지 리스트답지 않다. 소리를 움직이는 악센트가 리스트의 것이라기보다 루빈스타인의 것에 가깝다. 루바토*는 군데군데 쇼팽스럽기까지 하다. 그는 이 막연한(혹은 막연해 보이는) 음악을 자기 스타일로 해석하고 재구축해, 자기 스타일로 손쉽게 요리해버린다. 매우 유려하고 이해하기 쉬운 음악이라 듣고 있으면 기분은 좋지만, 리스트다운 독기가 희박한 탓에 우리가 아는 'B단조 소나타'와는 뭔가 다른데……라는 생각이 든다. 재미있다고 한다면 나름대로 재미있는 연주다. 그러나 이 레코드만 듣고 리스트의 'B단조 소나타'란 이런 것이군, 하고 믿게 되는 사람이 있다면 조금 문제일지도.

아르헤리치의 'B단조 소나타'는 도입부부터 곡의 중심을 향해 신속하고 예리하게 치고 들어간다. 잘 벼린 손도끼를 휘둘러 뒤엉킨 덤불숲을 베어내며 미지의 땅으로 들어가는 듯한 스릴이 있다. 그렇다고 난폭하지는 않다. 영롱한 아름다움도 곳곳에 엿보인다. 이런 타입의 'B단조 소나타'는 이 레코드 전에는 존재하지 않았고, 이후

---

* 해당 부분에서는 연주자가 독자적으로 해석해 템포를 바꾸어도 된다는 뜻.

에도 (아마) 존재하지 않았으리라 생각한다. 눈이 번쩍 뜨일 만큼 통쾌하고 스케일이 큰 피아니즘이다.

헝가리 출신의 귀재 데죄 란키(당시 스물네 살). 일본을 방문했을 때 남긴 스튜디오 녹음이다. 포스트 아르헤리치의 연주라 할 수 있는데, 아르헤리치에 비하면 훨씬 서정적인 방향으로 기운 연주다. 아르헤리치의 분방함을 란키의 세련된 연주에서는 엿볼 수 없다. 운지가 지극히 섬세하고, 화려한 기교는 앞으로 나서지 않도록 조심스럽게 안쪽 깊숙이 넣어두었다. 젊은 나이에 이미 완성된, 센스가 좋은 피아니스트였음을 실감할 수 있다. 그러나 아르헤리치를 경험하고 나서 이 연주를 들으면 아무래도 선이 가늘다고 느끼기 마련이다. 물론 저마다 개성이 다른 법이니 나쁠 건 없지만, 아르헤리치의 연주가 너무 엄청난 걸 어쩌겠는가.

얼 와일드, 펜실베이니아에서 태어난 미국 토박이 피아니스트, 일흔 살 때의 연주다. 와일드는 평생 라흐마니노프와 리스트의 초절기교 연주를 주요 레퍼토리로 삼았다. 그렇기에 이 사람의 리스트는 화려한 비르투오소성性에 초점을 맞추고 있다. 그것도 그것대로 재미있는 시도인데, 요즘의 젊은 피아니스트는 이 정도는—기술적으로 그렇다는 말이지만—어려움 없이 손쉽게 연주해버리니까, 이제 와서 이걸 들어야 할까…… 하는 느낌은 있다. 와일드, 개인적으로는 꽤 좋아하지만.

슈만 교향곡 3번 〈라인〉 E♭ 장조 작품번호 97

페르디난트 라이트너 지휘 베를린 필 Gram. LP16084(10인치) (1953년)

폴 파레 지휘 디트로이트 교향악단 Mercury SR-90133 (1958년)

카를로 마리아 줄리니 지휘 필하모니아 관현악단 Angel S35753 (1959년)

라파엘 쿠벨리크 지휘 베를린 필 Gram. SLPM138908 (1964년)

볼프강 자발리슈 지휘 드레스덴 국립가극장 관현악단 EMI 063-02 420 (1973년)

로베르트 슈만이 남긴 네 곡의 교향곡 중 가장 인기 있는 곡일 것이다. 1850년, 첼로협주곡과 같은 해에 작곡되었다. 느긋하고 자연스러운 마음가짐이 공통적으로 깔려 있다. 바깥을 향해 밝게 열리는 분위기가 엿보인다. 드레스덴을 떠나 라인 강변의 뒤셀도르프로 이주한 것이 기분전환으로 작용해, 막 마흔 살을 맞이한 슈만의 정신질환도 제법 차도를 보인 시기다—설령 일시적이었을지라도.

독일 고전음악을 전문으로 하는 지휘자 라이트너, 몇 번 일본을 찾아 NHK교향악단 연말 공연에서 〈9번〉을 지휘한 적도 있지만, 아는 사람만 알 법한 평범한 이름이다. 여기서는 베를린 필을 지휘했는데, 화려한 연출을 억제한 '사려 깊은 슈만'의 세계가 펼쳐진다. 연주 스타일은 다소 고풍스럽지만 수준이 높다. 따뜻한 분위기의 2악장이 멋지다. 다만 녹음이 약간 낡은 느낌을 준다.

파레/디트로이트는 평균점이 상당히 높은 콤비인데, 이 〈라인〉은 아무래도 크게 와닿지 않는다. 물론 연주의 질 자체는 나쁘지 않지만 전체적으로 마음을 울리는 부분이 없다. 왠지 기계적이라고 할까, 헛돈다고 할까, 슈만 음악에 필요한 요소가 무언가 빠져 있다는 인상을 마지막까지 지울 수 없다.

그에 비하면 줄리니/필하모니아는 빈틈없이 기백이 넘친다. 소리가 팽팽하고 질주감도 제대로 살아 있다. 그리고 무엇보다 음악을 통해 무언가를 이야기하고자 하는 건전한 마음이 느껴진다. 줄리니가 슈만을 대신해 많은 이야기를 들려주고 있는 듯한, 내실 있는

195

연주다. 이 시기 줄리니는 필하모니아와 전속 계약을 맺고 EMI에서 좋은 레코드를 여러 장 냈다. 이탈리아인 지휘자와 영국 오케스트라의 조합이지만, 꽤 설득력 있는 슈만이다.

쿠벨리크는 1970년대에 바이에른 방송교향악단과 함께 슈만 교향곡 전집을 냈는데, 이 레코드는 첫번째 전집에 들어간 것이다. 쿠벨리크는 여느 때처럼 '중용의 미덕'이라 할 수 있을 것을 힘껏 발휘한다. 나는 늘 그의 연주에서 보헤미아의 초원을 가로지르는 온화한 바람 같은 것을 떠올리는데, 그렇듯 자신의 컬러에 물든 음악을 무리하지 않고 매끄럽게 완성해내는 것이 이 사람의 장기다. 그러나 호소력이 느껴지는 부분은…… 좀 약한지도 모른다.

뽐내지 않고 올곧은 연주를 기본으로 하는 호인 자발리슈가 전통적인 독일의 기풍을 간직하고 있는 드레스덴 국립가극장 관현악단과 함께 더없이 자세가 바른, 품격 있는 슈만을 만들어낸다. 여기 꼽은 다섯 장의 레코드 중에서는 가장 최근 녹음으로, 그만큼 소리가 선명하고 질감이 살아 있다. 그리고 연주는 두말할 것 없이 훌륭하다. 상쾌한 소리인데도 동시에 흙냄새가 난다. 자발리슈는 독일 땅을 가로질러 흐르는 라인강의 정경을 우리 눈앞에 새롭게 그려 보인다.

페르골레시 〈콘체르토 아르모니코〉

안젤로 에프리키안 지휘 빈터투어 교향악단 West. XWN18587 (1954년)

카를 뮌힝거 지휘 슈투트가르트 실내관현악단 일본London L18C-5120 (1962년)

토머스 퓌리 지휘 카메라타 베른 일본Archiv 28MA 0014 (1980년)

이 곡은 꽤 오래전부터 '아마 페르골레시가 작곡하지 않았을 것'이라는 말이 계속 나왔는데, 그럼 누가 작곡했느냐는 질문에 아무도 구체적으로 대답하지 못했기에 '페르골레시로 전해짐'이라는 말로 통용되어왔다. 최근 연구에서 작자의 정체가 마침내 판명됐다고 하는데, 일반 음악 애호가에게 그런 학술적 탐구는 큰 의미가 없기에, 나는 한참 전부터 이 사랑스러운 여섯 곡의 협주곡을 '페르골레시의 콘체르토 아르모니코'로서 즐겨왔고, 아마 앞으로도 계속 그러지 싶다. 1950년대, 1960년대, 1980년대에 녹음된 세 장의 LP를 다뤄본다.

빈터투어 교향악단은 1875년 창설된, 스위스에서 가장 오래된 오케스트라다. 이탈리아인 음악학자이자 지휘자인 에프리키안 휘하에서 격조 높은 〈아르모니코〉를 연주한다. 고풍스러움이 물씬하다고 할까, 빈틈이 거의 없는 유려한 연주로, (설령 누가 작곡했건) 이곡의 뛰어난 음악성을 생생히 실감할 수 있다. 현대 고악 연주의 기준으로 보면 소리가 '너무 유려하다'고 할 수 있을지 몰라도, 이것도 이것대로 멋진 스타일의 음악이다. 1954년 녹음이지만 소리는 훌륭하다.

뮌힝거의 〈아르모니코〉는 옛날부터 자주 들어서 귀에 익은 레코드다. 1960년대 '바로크음악 부흥'의 개척자 중 한 명인 뮌힝거와 슈투트가르트 실내관현악단의 연주는 빈터투어 교향악단의 연주보다 콤팩트하고 뉴트럴한 울림을 지닌다. 그러나 '오리지널 고악기'

일파는 아니기에 소리와 연주 스타일 모두 온건하고 프렌들리하다. 음악 이론 같은 것을 잘 몰라도 안심하고 느긋한 기분으로 귀기울일 수 있다(실제로 오랜 세월 안심하고 느긋한 기분으로 귀기울여왔다). 나에게는 변함없이 소중한 애청반이다.

카메라타 베른은 1964년 열네 명의 현악 주자가 모여 만든 스위스 실내합주단인데, 바로크음악 전문은 아니다. 그러니까 그들이 연주하는 〈아르모니코〉는 이른바 '고악풍'은 아니다. 뮌힝거만큼 덮어놓고 풍성한 소리를 만들진 않아도 선율을 충분히 살려 연주한다. 다만 그런 포지셔닝은 지금 와서는 '절충적이다'라고 할 수 있을지도 모른다. 양심적이고 뛰어난 연주이기는 하지만.

카메라타 베른의 레코드에는 이 곡의 작곡자가 바세나르 백작 유니코 빌헬름이라는 네덜란드 귀족이라고 분명히 (그렇지만 약간 조심스럽게) 기재되어 있다. 그러나 나로서는 이 정도로 고도의 음악을 무명의 아마추어 귀족이 작곡했다고는 좀처럼 믿기 어려운데, 어쩌려나? 그런 연유로 몇몇 연주가는 지금도 이 곡집을 페르골레시의 〈콘체르토 아르모니코〉라는 이름으로 연주해오고 있다.

바그너 〈뉘른베르크의 명가수〉 1막을 위한 전주곡

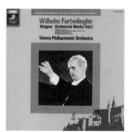

오이겐 요훔 지휘 바이에른 방송교향악단 Epic LC-3485 (1958년)

볼프강 자발리슈 지휘 필하모니아 관현악단 영국Col. 33CX1655 (1960년)

한스 크나퍼츠부슈 지휘 뮌헨 필 일본West. VIC5203/4 (1962년)

라파엘 쿠벨리크 지휘 베를린 필 Gram. LPEM19228 (1963년)

피에르 불레즈 지휘 뉴욕 필 Col. MQ32296 (1973년)

빌헬름 푸르트벵글러 지휘 빈 필 일본Angel WF-60028 (1949년)

이 곡을 들을 때마다 몇 년 전 바이로이트 음악제에서 관람한 〈명가수〉 무대를 떠올린다. 지하에서 솟구치는 듯한 오케스트라의 땅울림에서 강렬한 박력이 느껴졌다. 말할 필요도 없이, 레코드나 CD로는 절대 그 소리를 재생할 수 없다. 현장에서 귀에 똑똑히 새겨두고 떠올리는 수밖에 없다.

내가 기억하는 한 요훔의 바그너 연주가 세간의 호평을 받은 적은 거의 없지 싶은데, 이 앨범에 수록된 연주는 어느 것이나 확실한 매력이 있다. 바이에른 방송교향악단의 소리는 늠름하고 갤런트하며 망설임이 없다. 요훔다운, 당당하고 곧은 연주다.

자발리슈는 영국 필하모니아 관현악단을 지휘하는데도, 왠지 처음부터 '아, 독일 한복판의 소리다' 하는 감탄이 든다. 아마 지휘자의 혈관에 그런 피가 짙게 흐르고 있기 때문이리라. 품위 있고 겸손한, '뽐내는' 느낌 없이 무척 자연스럽고 매력적인 사운드다.

크나퍼츠부슈가 뮌헨 필을 지휘한 스테레오반. 당시 일흔다섯 살. 여유 있고 차분한 〈명가수〉다. 허둥대지 않고 소란스럽지 않게, 자신의 음악을 유유히 펼친다. 자, 지금부터 즐거운 무대가 시작되겠군―하는 설렘이 음악에서 느껴진다. 어딘지 소박하고 솔직한 소리의 울림은 그의 의도일까, 아니면 이 오케스트라의 특징일까? 1950년 녹음(빈 필) 전곡반의 〈전주곡〉은 그야말로 압권이었는데.

베를린 필을 지휘하는 쿠벨리크, 당시 아직 사십대로 이른바 중견이었던 셈인데, 여유와 풍격이 느껴지는 당당하고 정통적인 음악을 펼친다. 듣고 있으면 '흠잡을 데 없다'는 생각이 든다. 그런데 '흠잡을 데 없다'고 느끼면 뭐든 좋으니 흠을 찾아내고 싶어지는 것이 사람 마음이다(나 같은 사람만 그러는지도 모르지만). 그래도 눈앞에서 실제로 이런 연주를 들으면 '아이고' 하며 절로 두 손을 들고 싶어지지 않을까.

불레즈의 앨범은 이 여섯 장의 LP 중 가장 녹음이 우수해서 첫 음부터 흠칫하게 된다. 어디로 보나 불레즈다운 영리하고 단정한 연주다. 빈틈이 없지만 그런 만큼 설레는 축제의 느낌은 맛보기 어려운지 모른다. 기분 탓인지 몰라도 어딘지 '위에서 내려다보는 시선' 같은 것을 느끼고 만다.

불레즈에 이어서 푸르트벵글러의 〈명가수〉를 들으면 왠지 마음이 놓인다. 꽉 조이는 의상을 벗고 편한 옷으로 갈아입은 느낌이다. 좋은 음악이란 이런 것이지, 하고 통감한다. 소리는 낡았어도 음악은 깊다. 자꾸 같은 말을 하는 것 같지만, 불레즈를 듣고 나서 들으면 푸르트벵글러의 진가를 열 배는 더 잘 알 수 있다.

바그너 〈발퀴레의 기행〉

한스 크나퍼츠부슈 지휘 빈 필 London LD-9064(10인치) (1954년)

오토 클렘퍼러 지휘 필하모니아 관현악단 영국Col. 33CX1820 (1960년)

조지 셀 지휘 클리블랜드 관현악단 일본CBS SONY 20AC-2044 (1968년)

에리히 라인스도르프 지휘 로스앤젤레스 필 Sheffield Lab.7 (1977년)

솔직히 말해서 바그너의 LP는 가지고 있는 게 많지 않다. 평소에는 CD로 들을 때가 많아서다. 특히 영화 〈지옥의 묵시록〉으로 일약 유명해진 이 〈발퀴레의 기행〉처럼 스펙태큘러한 곡은 새로운 녹음본을 눈치볼 것 없이 그때그때 CD로 사서 듣는 편이 어울리지 싶다. 그렇지만 오래된 녹음을 담은 LP에도 물론 그 나름대로 좋은 점이 있다.

크나퍼츠부슈는 1950년대를 꼬박 바쳐 빈 필과 함께 바그너와 브루크너 음악을 영국 데카에서 녹음했다. 그의 바그너를 듣고 있으면 '이 사람은 바그너를 지휘하기 위해 태어났는지도 모르겠다'는 생각이 문득 들고 만다. 그 정도로 자연스러운 설득력을 갖추고 있다. 말 그대로 '오래되고 멋진' 레코드다.

클렘퍼러는 천성이 고지식하다고 할까, 중후하다고 할까, 거리낌없다고 할까, 연주를 듣다보면 때로 마치 덤벼드는 듯한 뾰족한 모서리가 느껴진다. 음악에 따라서 확고한 효과를 발휘할 때가 있는가 하면, 듣다가 왠지 모르게 지쳐버릴 때도 있다. 이 바그너는 말하자면 '지치는' 쪽으로 기울어 있는 듯하다. 음질도 상당히 딱딱하다. 자발리슈의 지휘로 들었던 같은 필하모니아(앞 챕터)의 사운드는 아주 멋졌는데……

셀도 어느 쪽인가 하면 고지식한 타입인데, 클렘퍼러처럼 공격적인 모서리는 없다. 오히려 '객관성에 기초한 냉정한 열의' 같은 것이 대들보처럼 서 있다. 그래서 듣다보면 '잘하네' 하고 늘 감탄하는

데, '셀의 이 연주에 완전히 반했다!' '와, 이번엔 크게 당했는걸!' 하는 감상은 잘 생기지 않는다. 그러나 이 〈반지 관현악곡집〉 앨범에서는 바그너 음악에 대한 셀의 애착 같은 것이 은은하게 느껴지기에 나는 꽤 마음에 든다. 특히 〈지그프리트〉 중 〈숲의 속삭임〉은 뛰어난 완성도를 보여준다.

라인스도르프는 보스턴 교향악단의 음악감독을 그만둔 후 프리랜서 신분으로 여러 오케스트라를 지휘했던 모양이다. 원래 오페라 지휘를 장기로 삼은 사람이라 바그너가 주요 레퍼토리였다. 메트로폴리탄 가극장에서도 종종 객연을 맡는다. 이 레코드에서는 흔치 않게 로스앤젤레스 필을 지휘한다. 음반사는 테이프를 사용하지 않고 직접 래커반*을 컷하는 '다이렉트 커팅'을 간판으로 내세운 '셰필드 랩', 이른바 '오디오파일'**의 레코드다. 아닌 게 아니라 음향은 뛰어나지만 정작 그 내용은 오케스트라의 소리가 고르지 못하다고 할까, 약간 거칠다. 힘에 맡기는 인상이 있다. 딱 한 번 만에 녹음한 탓도 있을까? 기대하고 산 레코드인데 유감이다.

---

* 음반 제작 과정 중 제일 먼저 소리를 새기는 반.
** 오디오 애호가.

모차르트 피아노소나타 14번 C단조 K.457
+ 환상곡 C단조 K.475

루돌프 피르쿠슈니(Pf) Col. ML4356 (1950년)

빌헬름 바크하우스(Pf) 일본London MX-9019 (1955년)

글렌 굴드(Pf) 일본CBS SONY 00AC 47-51 (1973/4년, 1966년)

피터 제르킨(Pf) Vic. LSC-7062(2LP) (1969년)

우치다 미쓰코(Pf) Phil. 412 617-1 (1984년)

K.457과 475, 둘 다 C단조, 처음부터 짝을 이루도록 만들어진 곡이라 〈소나타〉 앞에 〈환상곡〉을 전주곡처럼 연주하는 형식이 정착했다. 그렇기에 여기서 다루는 디스크도 전부 475, 457을 연이어 들을 수 있도록 배열되어 있다. 모차르트가 지은 C단조 곡은 많지 않은데, 하나같이 훌륭한 명곡이다.

피르쿠슈니는 체코 출신 피아니스트, 드보르자크나 스메타나 같은 체코 음악가의 작품을 장기로 삼는데, 독일-오스트리아 음악 연주로도 높은 평가를 받는다. 이 모차르트도 특이한 시도를 하지 않는 매우 올곧은 연주다. 불필요한 것은 무엇 하나 더하지 않았다. 그러면서도 연주자의 따스한 마음 같은 것이 분명히 느껴진다. 요즘에는 이런 연주를 은근히 듣기 힘들지도 모르겠다.

바크하우스는 기본적으로 베토벤 연주자인지라, 모차르트는 상당히 신중하게 곡을 선택해 연주한다. 그런 만큼 이 사람의 모차르트에는 이 사람만의 맛이 있다. 상냥함 같은 것은 기대하기 힘들지만, 더없이 반듯한 해서체의 아름다움이 있다. 특히 457번 2악장(안단테 칸타빌레)의 자애 가득한 단아함이란.

글렌 굴드의 피아니즘은 망설임 없이, 모차르트의 음악세계를 열 손가락으로 확실히 붙들어둔다. 어느 누구의 연주와도 다른, 굴드가 재구성한 모차르트다. 왼손과 오른손 사이에 오가는 유기적 대화. 언뜻 제멋대로인 아티큘레이션과 템포 설정―그래도 전혀 제멋대로처럼 들리지 않는다. 흔들림 없이 일관된 세계관이 굴드의 그곳에 존재하기 때문이다.

이 당시 피터 제르킨(스물두 살)은 강력한 두 선배 피아니스트의 그림자에서 벗어나려고 고투한 듯 보인다. 한 사람은 아버지 루돌프, 또 한 사람은 글렌 굴드다. 그는 그 둘의 인력권에서 빠져나와 자신의 음악적 정체성을 확립해야 했다. 이 모차르트 앨범은 그런 힘든 싸움의 절실한 기록인지도 모른다. '그렇게까지 머리를 싸맬 건 없잖아'라고 말해주고 싶어지는, 깊고 내향적인(그리고 약간 숨막히는) 모차르트다. 젊은 피터 제르킨의 격렬한 고민의 흔적이 담겨 있다.

우치다 미쓰코의 모차르트는 그야말로 철벽의 홈그라운드. 차분히 자세를 잡고 숙고한 475/457이다. 굴드의 분방함과 정반대에 있는 연주인지도 모른다. 그러나 현명하고 신중하게 고민할지언정 숨막히는 느낌은 없다. 신기하게(라고 할까) 바람이 잘 통한다. 그 부분이 우치다 미쓰코라는 피아니스트가 타고난 뛰어난 자질일 것이다. 곡을 확실히 장악하고 있다. 물론 좀더 직설적이고 스트레이트한 모차르트를 원하는 사람도 있을 테지만.

힌데미트 교향곡 〈화가 마티스〉

야샤 호렌슈타인 지휘 런던 교향악단 Unicorn RHS 312 (1970년)

헤르베르트 케겔 지휘 드레스덴 필 Eterna 827542 (1980년)

콘스탄틴 실베스트리 지휘 필하모니아 관현악단 Angel S35643 (1958년)

헤르베르트 폰 카라얀 지휘 베를린 필 Angel S35949 (1961년)

파울 힌데미트 지휘 베를린 필 Gram. 2536 820 (1955년)

파울 힌데미트 지휘 베를린 필 Tele. LB6002(10인치) (1934년)

'화가 마티스'란 16세기 독일의 종교화가 마티스 그뤼네발트를 칭하는 것으로, 으스스한 분위기의 대표작 〈성 안토니우스의 유혹〉을 재킷에 사용하는 경우가 많다. 힌데미트는 이 작품을 1934년 베를린에서 발표해 나치 진영의 노여움을 샀다. 푸르트벵글러는 작곡가를 옹호하며 논진을 쳤고, 그 결과 베를린 필 음악감독 자리에서 물러나기에 이르렀다. 이른바 '힌데미트 사건'이다. 음악 내용이 문제된 것이 아니라, 이 작품의 원작 격인 오페라 〈화가 마티스〉의 줄거리가 뚜렷하게 '반反나치'적이기에 본보기로 탄압을 받은 것이다.

말러 스페셜리스트로 알려진 호렌슈타인의 연주는 다이내믹하고 표정이 풍부하다. 마치 두루마리 그림을 보는 것처럼 음악이 막힘없이 펼쳐진다. 고조되는 부분에서 런던 교향악단의 포효가 우렁차다.

헤르베르트 케겔은 동독 시절 오랫동안 라이프치히 방송교향악단과 드레스덴 필의 상임지휘자를 맡았다. 그도 말러를 장기로 삼은 사람이다. 일본에도 여러 번 방문해 좋은 평을 받았는데, 동서독일 통일의 혼란기에 세상을 비관해 권총 자살했다. 그가 연주하는 〈화가 마티스〉는 호렌슈타인에 비하면 내성적인 색채가 한결 짙다. 소리를 전면에 내세우기보다 오히려 표현을 억제하고 안소리를 부각시키려는 것처럼 들린다. 아마 화려함을 꺼리는 사람이지 싶다.

실베스트리는 영국적인 어프로치라고 할까, 부드러운 중용이라고 할 수 있을 음악을 무난하게 자아나간다. 필하모니아 관현악단도 시종일관 차분하고 매끄러운 소리를 내기에 '그렇구나, 이게 이렇게 듣기 편한 곡이었구나' 하는 생각을 안겨준다. 무척 명쾌하게 전달한다고 할까, 이런 것도 한 가지 방법이라 하겠다.

카라얀이 베를린 필을 지휘한 음반. 기력, 실력 모두 충실하던 시기로(당시 쉰세 살), 역시 잘하는군 하는 경탄이 나온다. 음악이 한덩어리로 통합되어 움직이고, 음색은 선명하고 허술함이 없다. 원하는 대로 오케스트라를 몰고 나간다. 그러면서 적당한 긴박감도 일관되게 유지한다. 카라얀이 남긴 수많은 레코드 중에서도 명반으로 꼽을 만하다.

마지막으로 작곡가가 직접 지휘한 〈화가 마티스〉. 우리집에는 1934년 초연으로부터 한 달 후 베를린 필을 지휘한 것(텔레풍켄)과, 1955년 역시 베를린 필을 지휘한 것(그라모폰) 두 종류가 있다. 힌데미트는 지휘자로도 정평이 나 있었던 만큼 1934년의 연주는 들어볼 만하다. 작곡가가 자기 작품을 연주했을 때 가장 설득력을 가진다는 법은 없지만, 이 텔레풍켄반 〈화가 마티스〉만 놓고 보면 그렇게 말해도 좋을 듯하다. 눈앞에 닥친 상황의 기압 같은 것이 느껴진다. SP를 원본으로 삼아 만든 복각판인데, 소리가 결코 빈약하지 않다.

그러나 1955년의 재연은 어째 썩 와닿지 않는다. 빈틈없는 음악이고 이렇다 할 단점이 보이진 않지만 이상하게 마음을 파고들지 못한다. 초연 당시의 시대적 긴박감 같은 것이 음악에도 나름의 자극을 주었던 걸까?

슈만 〈크라이슬레리아나〉 작품번호 16

카를 엥겔(Pf) Phil. A77.406 (불명)

외르크 데무스(Pf) West. 5142 (1952년)

게저 언더(Pf) Angel 35247 (1955년)

이브 나트(Pf) Discophiles Français 730.074 (1954년)

죄르지 샨도르(Pf) VOX PL11.630 (1959년)

매력적인 멜로디로 가득한 슈만의 피아노곡 〈크라이슬레리아나〉, 소설가 E. T. A 호프만이 만든 인물, 크라이슬러를 모델로 삼아 자유자재로 구성한 음악적 이야기다. 오직 슈만만이 만들 수 있는 특이한, 그리고 매력적인 음악이다.

우선 1950년대에 녹음된 다섯 장. 전부 모노럴반이지만 뛰어난 연주가 포진한다. 고양이 그림이 들어간 레코드 재킷이 많은 것은 호프만의 책에서 영감을 얻은 곡이라서인 듯하다.

카를 엥겔의 〈크라이슬레리아나〉, 녹음 연도는 명확하지 않지만 음반의 모양새로 미루어보아 1950년대 중반이지 싶다. 기품 있고, 아무튼 느낌이 좋은 슈만 연주다. 균형이 잘 잡혔으며 듣는 이에게 무언가를 억지로 떠맡기는 구석이 없다. 그러면서도 연주는 표정이 풍부하고 긍정적이며 위트가 넘친다. 녹음도 결코 나쁘지 않다.

슈만 연주에 정평이 나 있으며 피아노곡 전집을 완성하기도 한 외르크 데무스. 아직 스물네 살 때의 연주다. 오래된 녹음이지만 피아노(뵈젠도르퍼로 추정) 소리가 독특한데, 울림이 청량하고 아름답다. 방울져 떨어지는 것 같은 낭만파 정서라고 할까, 꿈꾸듯 환상적인 슈만의 측면을 젊은 피아니스트가 바라보고 있다. 고양이 재킷도 훌륭하다. 여러 의미로 소중히 하고 싶은 한 장이다.

서른네 살의 게저 언더, 젊을 때부터 이미 나름대로 완성된 피아니스트였다. 그리고 쉰다섯 나이에 세상을 떠날 때까지 그 완성도가 떨어지는 일이 없었다. 너무 앞으로 나서지 않고, 음악을 자기 마음속으로 불러들여 소화한 뒤 원숙한 형태로 밖에 내놓는다. 다만 이 연주는 빠른 피스(5번과 7번)에서 조급하게 서두르는 느낌이 들어서 그 부분은 감점이다. 테크닉에 부족함이 있었던 것 같진 않은데, 무슨 일일까?

이브 나트는 프랑스인 피아니스트지만 슈만, 베토벤 등 독일 고전음악을 깊고 진지하게 추구한 사람이었다. 독일-오스트리아 연주가에 비하면 나트의 슈만은 낭만파 특유의 이야기성을 좇지 않고 소리의 세세한 울림을 중요시하는 것이 특징이다. 줄거리보다 오히려 문장의 움직임에 신경쓰는 타입이다. 그런 만큼 (좋은 의미로) 어깨에 힘이 들어가지 않은 인상이 든다. 다만 이 사람도 5, 7번에서는 좀 허둥대는 것이 아쉽다.

샨도르는 헝가리 출신, 1912년 태어났다. 버르토크에게 피아노를 배운 사람이다. 버르토크 음악의 스페셜리스트로 이름이 높은데, 이 슈만도 예상외로 훌륭하다. 매우 자세가 반듯한 연주다. 빠른 피스에 돌입해도 차분함을 전혀 잃지 않는다. 음악을 멋지게 컨트롤한다. 대중적으로 잘 회자되지 않는 음반이지만, 들어볼 가치가 있다. 낭만적 정감은 약간 부족할지 몰라도 연주는 틀림없는 일급이다.

58-2

슈만 〈크라이슬레리아나〉 작품번호 16

블라디미르 호로비츠(Pf) 일본CBS SONY SOCL-1096 (1962년)

아르투르 루빈스타인(Pf) Vic. LSC-3108 (1964년)

아니코 세게디(Pf) Hungaroton HLX-90010 (1960년대 전반?)

마르타 아르헤리치(Pf) Gram. 410 653-1 (1984년)

내가 처음으로 들은 〈크라이슬레리아나〉는 호로비츠의 CBS반이었다. 시기는 1960년대 중반. 이때의 인상이 은근히 강했던 터라 그뒤로 내 머릿속에는 그가 연주하는 〈크라이슬레리아나〉가 기본형으로 남았다. 화롯불 앞에서 이야기를 들려주듯, 마음이 담긴 훌륭한 연주다. 연주가 훌륭한 것은 당연하고, 그에 더해 연주자의 인간미(여기에는 명암이 공존하는 인간의 업業도 포함된다)를 얼마나 두텁게 덧붙일 수 있는가, 하는 부분이 호로비츠가 연주하는 슈만의 요점이라 할 수 있다. 물론 이런 스타일을 '너무 무겁다'고 느끼는 분들도 계실 테지만.

루빈스타인의 〈크라이슬레리아나〉에는 그런 정서적 애착=파토스가 희박하다. 그는 음악을 자신의 문맥으로 충분히 곱씹어본 다음, 세련되고 수준 높은 '나의 음악'으로 만들어낸다. 무슨 새로운 제안을 하지는 않는다. 루빈스타인의 음악은 어디까지나 루빈스타인의 음악일 뿐, 새로운지 낡았는지, 앞인지 뒤인지 의미가 없다. 그나저나 잘하긴 정말 잘한다…… 특히 6번 '매우 느리게'부터 7번 '매우 빠르게', 그리고 마지막 8번의 '빠르게, 그리고 즐겁게'로 옮겨가는 부분은 해당 지시를 따르는 세밀한 운지에 홀려서 듣게 된다. LP 여백에 수록된 〈예언의 새〉〈아라베스크〉도 훌륭하다.

아니코 세게디는 1938년 태어난 헝가리 피아니스트. 1963년 로베르트 슈만 국제 피아노 콩쿠르에서 3위를 차지했다. 1960년대부터 1970년대까지 헝가리 레이블에서 베토벤, 슈만 등의 레코드를 냈다. 재킷 사진에서 알 수 있듯 당시 상당한 미모의 소유자였던 모양이다. 완성도는 결코 나쁘지 않지만, 호로비츠와 루빈스타인의 연주를 듣고 나면 이렇다 할 특색 없는 '평범한' 연주처럼 들리고 만다.

호로비츠와 루빈스타인을 들은 후에도 그 선명함에 눈이 번쩍 뜨이는 마르타 아르헤리치의 쾌연. 호로비츠의 뜨거운 애착, 루빈스타인의 화려한 기교를 간단히 뒤로 물러나게 만드는, 쿨하고 첨예한 기세를 담은 연주다. 물론 선인의 업적을 부정하는 것은 아니고, 또 다른 맛이 있는 새로운 〈크라이슬레리아나〉를 만들어냈다는 얘기다. 완벽한 테크닉과 높은 음악성, 먼 곳까지 선명히 내다보는 또렷한 시야, 눈에 띄게 맥박치는 혈기. 이 연주에는 그 모든 것이 갖춰져 있다.

만약 〈크라이슬레리아나〉라는 곡이 마음에 들었다면 호로비츠와 루빈스타인과 아르헤리치, 세 장은 구비해두시기를. 이 세 장의 디스크를 비교해서 들어보면 뛰어난 음악 연주의 주요한 샘플 몇 가지가 어렴풋이 보이기 시작할 것이다.

드뷔시 관현악을 위한 〈영상〉 중 〈이베리아〉

앙드레 클뤼탕스 지휘 파리 음악원 관현악단 일본Angel AA7194 (1964년)

샤를 뮌슈 지휘 프랑스 국립관현악단 Festival Classique FC437 (1966년)

프리츠 라이너 지휘 시카고 교향악단 Vic. LSC-2222 (1958년)

앙드레 프레빈 지휘 런던 교향악단 일본Angel EAC-80569 (1979년)

피에르 불레즈 지휘 클리블랜드 관현악단 Col. 32988(BOX) (1969년)

드뷔시의 〈영상〉은 〈지그〉〈이베리아〉〈봄의 론도〉 세 곡으로 이루어져 있는데, 이중 〈이베리아〉만 세 악장으로 나뉜다. 이 곡만 따로 연주될 때도 많다. 드뷔시는 한 번도 이베리아반도에 발을 들인 적이 없었는데, 머릿속에 있는 스페인의 이미지를 좇아 지극히 '스페인풍'의 영상을 만들어냈다. 소설가도 종종 비슷한 일을 한다만.

클뤼탕스와 뮌슈. (당시의) 프랑스를 대표하는 지휘자가 프랑스를 대표하는 오케스트라를 지휘한, '왕도'라고 할 수 있을 드뷔시다. 클뤼탕스반을 듣고 있으면 무척 컬러풀하게 눈앞에 펼쳐진 아름다운 풍경화 한 폭을 감상하는 것처럼 기분이 풍요로워진다. 소리의 숨결도 왠지 프랑스식 악센트 같다. 말 그대로 오케스트라로 세밀하게 그려낸 인상파 회화다. 내가 가지고 있는 것은 도시바 에인절의 초기반(레드반)인데, 소리가 매우 양호하다.

뮌슈의 연주는 클뤼탕스와는 전혀 다르게, 스페인풍 리듬의 약동이 음악의 중심에 자리잡은 대신 인상파 회화적 요소는 옅다. 2번 〈밤의 향기〉는 뛰어나게 묘사적이지만, 이 또한 그저 관능적이라기보다 불온한 맥동을 품은 일시적인 고요처럼 들린다. 이윽고 날이 밝고 시끌벅적한 축제의 하루가 시작된다. 뮌슈는 생생하고 활달한 소리를 힘들이지 않고 오케스트라에서 이끌어낸다. 보스턴 교향악단을 지휘한 구반(RCA 1958년)도 조화롭고 예리한 명연이지만, 프랑스 국립관현악단이 드러내는 자유로운 지역색에도 호감이 간다.

프리츠 라이너/시카고 교향악단과 드뷔시, 공통점이 한눈에 보이지는 않는 듯하다. 그러나(그럼에도) 지휘자는 음악의 성분을 적확히 파악하고 그 세계를 명료하게 만들어간다. 말하자면 여느 때의 '라이너 사운드'다. 듣다보면 '역시' 하는 감탄이 나오는데, 라틴계의 매력이나 정염 같은 것은 크게 느껴지지 않는다.

프레빈의 연주 스타일은 굳이 말하자면 클뤼탕스에 가까워, 회화적인 부분이 뛰어나다. 이런 음악을 맡으면 이 사람의 음악적 묘사력이 본령을 발휘한다. 오랫동안 할리우드에서 수많은 영화음악 작업을 소화해온 경험의 산물이리라. 그러나 그런 기교가 전혀 불편하게 느껴지지 않는 것이 그의 미덕이다. 다만 프레빈이라는 사람은 워낙 고상한 인품의 소유자인지, 관능성 같은 것은 영 눈에 띄지 않는다.

불레즈의 드뷔시는 무엇보다 소리가 아름답고, 나아가 농염함마저 감돈다. 이 사람의 음악에서는 가끔 계산된 냉철함이 느껴지는데, 이 드뷔시는 철저한 계산 위에 소중한 무언가를 하나 더한 듯한 느낌이다. 또한 불레즈가 클리블랜드 관현악단으로부터 끌어내는 섬세하면서도 대담한 소리가 의외로 훌륭하다. 녹음도 선명하다. 이곡의 대표적 명연이라 해도 좋지 않을까.

60

코렐리 합주협주곡 〈크리스마스 협주곡〉 G단조 작품번호 6-8

소치에타 코렐리 Vic. LM1776 (1954년)

이무지치합주단 일본Phil. 18PC-6 (1962년)

이무지치합주단(전집) 일본Phil. 15PC37-39 (1966년)

클라우디오 시모네 지휘 이 솔리스티 베네티 실내합주단 일본Erato RE-1073 (1970년대 전반)

장프랑수아 파야르 지휘 파야르 실내관현악단 일본Erato E-1042 (1972년)

아르칸젤로 코렐리(1653~1713)가 크리스마스 밤을 위해 작곡한 〈크리스마스 협주곡〉은 전 열두 곡의 '합주협주곡집 작품번호 6' 중에서도 가장 유명한 곡으로, 따로 연주되는 경우가 많다. 특히 마지막의 〈파스토랄레〉가 인기 있다. 본래 이 부분은 크리스마스 밤에만 특별히 연주하는 곡이었던 모양인데, 지금은 항상 〈파스토랄레〉와 함께 연주되는 듯하다.

소치에타 코렐리는 1951년 로마에서 결성된 실내악단으로, 이름대로 코렐리 음악을 주체로 연주 활동을 했다. 1960년대 초반 스테레오로 〈합주협주곡〉 전곡반(LP 세 장 세트)을 녹음했는데, 내가 가지고 있는 것은 다섯 곡만 들어간 모노럴 구반이다. 1950년대 '고악'답게 모든 부분을 절도 있게 연주한다. 스타일도 고풍스럽지만 음색도 고풍스럽다. 전체적으로 호감은 가지만 지금 와서는 그리 큰 존재의 의미가 없을지도 모른다. 물론 '이런 연주가 좋단 말이지. 이래야만 해'라고 말씀하신다 해도 전혀 문제될 것 없다.

이무지치합주단은 소치에타 코렐리와 같은 1951년, 역시 로마에서 결성되었다. 편성도 같지만 소치에타에 비하면 이무지치는 보다 유연한 태도로 연주에 임하며 거리낌없는 미음을 들려줌으로써 인기를 누렸다. 이 음반은 두 장 다 창시자 중 한 사람인 펠릭스 아요가 콘서트마스터를 맡아 기분좋은 바이올린 솔로를 들려준다. 1962년반에는 코렐리 외에도 만프레디니, 토렐리, 로카텔리 등이 작곡한 〈크리스마스 협주곡〉이 모여 있어 바로크풍 크리스마스 분위기를 즐길 수 있다. 1966년반은 내용이 알찬 세 장짜리 전집. 1962년반 쪽이 소리가 좀더 조여진 느낌이긴 한데, 양쪽 다 틀림없이 뛰어난 연주이므로—매끈하게 넘어가는 특유의 '이무지치 사운드'가 도저히 좋아지지 않는다는 사람이 아니라면—무난하게 추천할 수 있다.

이 솔리스티 베네티는 1959년 결성된, 역시 이탈리아 실내합주단. 지휘자를 두지 않는 앞선 두 단체와 달리 클라우디오 시모네가 오랫동안 지휘를 맡았다. 지휘자가 있어서인지 이쪽은 한결 탄탄히 통제된다는 인상이다. '합주'라기보다 유닛으로서의 주장이 명확하다. 소리의 움직임이 크기에, 소치에타 코렐리가 연주한 〈크리스마스〉와는 왠지 다른 곡처럼 들리고 만다.

파야르 실내관현악단은 1953년 창설된 프랑스 단체. 늘 그렇듯 무리 없고 부드러우며 유려한 '프렌치' 스타일로 이 사랑스러운 작품을 연주한다. 연주자의 실력은 일류, 강약도 나름대로 살아 있어 매우 듣기 편한 〈크리스마스 협주곡〉이다. 마음이 따스해진다.

그리그 피아노협주곡 A단조 작품번호 16

발터 기제킹(Pf) 헤르베르트 폰 카라얀 지휘 필하모니아 관현악단 프랑스Col. 33FC 1008 (1951년)

최르지 치프러(Pf) 앙드레 반데르노트 지휘 필하모니아 관현악단 Angel S35738 (1959년)

베노 모이세비치(Pf) 오토 아커만 지휘 필하모니아 관현악단 CND 506 (1953년)

모라 림패니(Pf) 멩게스 지휘 필하모니아 관현악단 EMI MFP2064 (1964년)

존 오그던(Pf) 파보 베르글룬드 지휘 뉴필하모니아 관현악단 EMI SLS5033 (1972년)

그리그의 피아노협주곡, 신기하게도 이번에 다루는 열 장의 레코드 중 다섯 장이 필하모니아 관현악단(한 장은 뉴필하모니아)의 반주다. 순전히 우연이지만. 우선 그 다섯 장.

기제킹/카라얀의 연주는 내로라하는 면면이 모인 만큼 소리는 낡았어도 관록으로 귀를 끈다. 피아노와 오케스트라가 스릴 있게 밀고 당긴다. 2악장 도입부, 오케스트라에 피아노가 엮이는 대목에서는 무심코 한숨을 뱉고 싶어진다. 카라얀의 반주를 듣고 나서는 다른 반주들이 모조리 서투르게 들릴 정도다. 그래도 약동적인 곡이니 역시 좀더 선명한 최근 녹음으로 듣는 편이 좋을지도 모르겠다. 이 레코드는 가치 있는 레퍼런스로 잘 보관해두고.

요즘 젊은이들은 아마 잘 모르시겠지만, 치프러는 리스트 등의 초절기교 연주로 일세를 풍미한 헝가리 출신 피아니스트다(로마의 피를 이어받았다). 그의 출현은 당시 이른바 사회현상 같은 것이었다(꼭 부닌 때처럼). 치프러가 그리그를? 하고 약간 위화감이 들긴 하는데, 막상 레코드에 바늘을 내려놓고 보면 전혀 나쁘지 않다. 화려한 테크닉에 의존하지 않고 한 음 한 음 소중하게 갈고닦았다. 의외라고 하면 좀 그렇지만, 절로 차분히 경청하게 된다. 녹음의 질도 우수하다.

모이세비치는 1890년 우크라이나 오데사에서 태어나 훗날 영국 국적을 취득했다. 리스트, 라흐마니노프, 쇼팽 등을 주요 레퍼토리로 삼는다. 차분하고 성실한 연주라는 건 알겠는데 유감스럽게도 화려함이 없다. 숨막힐 듯한 화려함을 느끼게 하지 못하면 이 곡은 듣는 이의 마음에 순조롭게 착지할 수 없다.

림패니는 1915년 태어난 영국 피아니스트로, 2차대전 이전에는 영국에서 가장 인기 있는 피아니스트였다(고 한다). 라흐마니노프를 장기로 삼았다고 하는 만큼 탄탄하고 강한 터치의 피아노다. 다만 안타깝게도 반주 오케스트라가 썩 야무지지 못한데다 녹음이 선명치 않은 탓에 전체적으로 약간 빛바랜 느낌을 주고 만다.

시벨리우스 스페셜리스트(라고 해야 할) 핀란드 출신 지휘자 베르글룬드와 오그던, 꽤 매력적인 조합이다. 2악장, 3악장으로 나아갈수록 연주가 한층 경쾌해지고 생동감을 띤다. 괴짜로 유명한 오그던이지만, 음악가로서의 대담한 스케일이 두드러지는 연주다. 베르글룬드도 사양 않고 서슴없이 돌진하는데, 그게 너무 나서는 느낌은 아니라는 것이 훌륭하다. 피아노 좋고, 오케스트라 좋고. 별로 화제에 오르지 않는 디스크지만 나는 개인적으로 아주 마음에 든다.

그리그 피아노협주곡 A단조 작품번호 16

클리퍼드 커즌(Pf) 외이빈 피엘스타 지휘 런던 필 London CS-6157 (1960년)

클리퍼드 커즌(Pf) 아나톨 피스툴라리 지휘 런던 교향악단 Dec. LXT 2657 (1956년)

피터 케이틴(Pf) 존 프리처드 지휘 런던 필 CFP 160 (1971년)

아르투르 루빈스타인(Pf) 언털 도라티 지휘 RCA교향악단 RCA LM1018 (1949년)

메나헴 프레슬러(Pf) 장마리 오버슨 지휘 빈 음악제 관현악단 Concert Hall M2381 (1965년)

그리그와 슈만의 피아노협주곡은 한 장의 LP 앞뒤 면으로 커플링될 때가 많다. 둘 다 A단조이고, 작곡자의 유일한 피아노협주곡이며, 곡조가 낭만적이고 길이가 대개 LP 한 면 분량이기 때문일 것이다. 리파티, 플라이셔, 언더의 연주도 하나같이 수준 높지만, 앞서 슈만 협주곡을 다루며 소개했기에 여기서는 생략한다.

반주에 노르웨이 본토의 명지휘자 외이빈 피엘스타를 내세우고 클리퍼드 커즌이 연주하는 그리그 협주곡, 나쁠 리 없는데…… 막상 들어보면 이게 기대만큼 재미있지 않다. 단정하고 조화로운 음악이기는 한데 어딘지 틀에 박힌 느낌이라, 한 번쯤 시원하게 꿰뚫고 나가는 대목이 없다. 이 곡이 내밀하게 품고 있는 젊은 숨결 같은 것이 피부로 와닿지 않는다. 오케스트라(런던 필)가 별로 재미없어서인지도 모르겠다(약간 둔중하다고 할까).

그보다 사 년 앞서, 커즌이 아나톨 피스툴라리가 지휘하는 런던 교향악단과 함께 녹음한 모노럴반. 소리는 조금 낡았어도 확실히 말해 후일의 스테레오반보다 훨씬 매력적인 연주다. 원인은 역시 '오케스트라와 호흡이 맞는다'는 한마디로 설명할 수 있지 않을까. 곡의 흐름이 한결 힘있고 자연스러워서, 커즌다운 품격 있는 음악으로 완성되었다.

케이틴은 슈만 협주곡 장에서도 칭찬했는데, 이 그리그 역시 매우 멋지다(커플링 구성은 아니다). 파워풀하며 약동적인 피아노, 첫 음부터 눈이 번쩍 뜨여 끌려들어간다. 프리처드가 지휘하는 런던 필도 뒤질세라 활달한 소리를 낸다. 케이틴은 지금은 거의 잊힌 피아니스트이기에 들을 기회가 별로 없지만, 나의 뇌리에는 뛰어난 연주의 기억만이 남아 있다.

루빈스타인은 이 협주곡을 총 네 번 녹음했는데, 그중 제일 처음이 이것. 지휘자 도라티와의 조합은 흔치 않다. 여러 사람의 피아노로 이 협주곡을 들어왔지만, 이만큼 구김살 없이 자연스럽고 자유로이 이 곡을 연주해내는 사람은 달리 알지 못한다. 정말이지 '있는 그대로'라는 느낌이다. 도라티의 반주는 약간 케케묵은 감이 있지만, 자연 그 자체인 피아니스트는 아랑곳하지 않고 막힘없이 마음껏 피아노를 연주한다. 멋지다. 넋을 놓고 듣게 된다.

프레슬러는 보자르 트리오의 피아노 주자로, 주로 실내악 분야에서 활약하는 한편 솔로 활동도 적극적으로 해왔다. 여기서 들려주는 것은 품격 있고 내성적인 그리그다. 대중의 눈치를 살피지 않고 정면에서 똑바로 음악과 맞선다. 다만 오케스트라의 진행이 덜컥거리는 것, 녹음이 선명하지 못한 것, 이 두 가지가 발목을 잡는다. 아쉽다.

62

버르토크 바이올린협주곡 2번

예후디 메뉴인(Vn) 언털 도라티 지휘 미니애폴리스 교향악단 Mercury MG-50140 (1957년)

아이작 스턴(Vn) 레너드 번스타인 지휘 뉴욕 필 Col. MS-6002 (1958년)

죄르지 거러이(Vn) 헤르베르트 케겔 지휘 라이프치히 방송교향악단 Gram. LPM18786 (1962년)

후지와라 하마오(Vn) 르네 드포세 지휘 벨기에 방송교향악단 Gram. 2561 114 (1971년)

핀커스 주커만(Vn) 주빈 메타 지휘 로스앤젤레스 필 Col. M35156 (1979년)

이시카와 시즈카(Vn) 즈데네크 코슐러 지휘 체코 필 Supra. 1110 3385 (1980년)

이 곡의 초연은 1939년 4월, 2차대전이 터지기 직전 유럽을 뒤덮었던 긴박감이 마치 곡 전체에 흥건히 배어 있는 듯하다.

메뉴인은 이 협주곡을 네 번 녹음했는데, 그중 세 번을 도라티와 함께했다. 이 곡에 특별히 자신 있었던 모양으로, 구석구석까지 샅샅이 파악한 다음 혼신의 힘을 다해 이 난곡에 맞선다. 지나치게 부드럽지도 딱딱하지도 않은 그 음색이 버르토크 음악을 딱 적당한 장소에 착지시킨다. 다만 도라티/미니애폴리스는 군데군데 '너무 과한 느낌'이 있다.

스턴과 번스타인은 그 시대의 두 사람답게 시종일관 예리한 연주를 펼친다. 기술적으로는 그야말로 완벽한 팀이다. 결코 느슨해지는 일 없이, 음표를 확실히 좇아간다. 그 구성력과 집중력은 감탄할 만하지만, 연주에 너무 빈틈이 없어 듣다보면 가끔 호흡이 가빠진다. 뛰어난 연주임은 분명하나 좀더 숨구멍을 뚫어둬도 좋지 않을까.

죄르지 거러이는 1909년 태어난 헝가리 출신 바이올리니스트. 1960년대 헤르베르트 케겔 밑에서 라이프치히 방송교향악단의 콘서트마스터를 맡았다. 거러이의 연주는 스턴과 대조적으로 따뜻하고 온화하다. 긴박감을 머금은 프레이즈도 나름대로 인간적으로 노래하려 한다. 에고 같은 것은 거의 느껴지지 않는다. 다른 연주가에게서는 찾아볼 수 없는 독특한 자세다. 이렇게 귀에 잘 들어오는 버르토크도 꽤 좋다고 생각한다.

후지와라 하마오는 1947년 출생, 이 그라모폰반은 퀸 엘리자

베스 국제음악 콩쿠르에서 3위를 차지했을 때 녹음된 실황이다. 메스처럼 예리한 바이올린이다. 1악장은 전체적으로 약간 생경한 인상이지만, 투명하고 아름다운 음색을 들려주는 2악장은 빼어나다. 3악장에서는 끊김 없이 일관된 질주감으로, 약동적인 텐션이 마지막까지 흔들림 없이 유지된다. 그리고 마지막은 청중의 열렬한 박수가 장식한다. 정말 이게 3위라고?

주커만은 늘 그렇듯 깔끔한 미음을 낭랑하게 들려준다. '생경함'이란 어휘는 이 사람과 한참 거리가 멀다. 뛰어난 연주인데, 이렇게까지 스마트하게 이 곡을 연주해버려도 괜찮은가 하는 일말의 의문은 남는다. 그 부분은 취향의 문제일 테지만. 메타/로스앤젤레스 필의 반주는 흠잡을 데 없이 훌륭하다.

이시카와 시즈카는 주커만과 대조적으로 선이 굵은 바이올린, 차분한 소리를 낸다. 도입부부터 흠칫하게 만든다. 그에 비해 반주 오케스트라의 음색은 약간 투박하게 느껴진다. 바이올린의 날카로운 해석력을 잘 따라가지 못하는 듯 들리는 부분도 있다. 그래도 전체적으로 충분히 설득력 있고 매력적인 음악으로 완성되었다. 프라하 '루돌피눔'*에서 이뤄진 라이브 녹음.

---

* 체코에서 1884년 완공된 신르네상스 양식의 극장.

65

모차르트 바이올린협주곡 3번 G장조 K.216

다비트 오이스트라흐(Vn · 지휘) 베를린 필 EMI 34709 (1971년)

로린 마젤(Vn · 지휘) 영국 실내관현악단 FMRS 7068 (1975년)

아르튀르 그뤼미오(Vn) 루돌프 모랄트 지휘 빈 교향악단 Eterna 8 200132 (1954년)

장자크 캉토로프(Vn) 레오폴트 하거 지휘 네덜란드 실내관현악단 일본 컬럼비아 OF-7167 (1984년)

아이작 스턴(Vn · 지휘) 컬럼비아 실내관현악단 Col. ML5248 (1957년)

모차르트는 1775년 잘츠부르크에서 바이올린협주곡 1번부터 5번까지를 단숨에 써냈다. 명곡의 향연이지만 특히 3, 4, 5번의 완성도가 뛰어나다.

오이스트라흐가 베를린 필을 지휘하고 연주한 음반(전집)은 독주, 지휘 모두 두말할 나위 없이 멋지다. 바이올린 소리는 지극히 아름답고, 오케스트라는 완벽히 균형이 잡혀 있다. 연주 전반에 제왕의 풍격이 깔려 있다. 바르샤이가 지휘한 것과 필하모니아를 지휘한 것은 그에 비해 정밀도가 약간 떨어진다. 오이스트라흐는 이 모차르트 바이올린협주곡 전집을 낸 후 얼마 지나지 않아 세상을 떠났다.

이 협주곡은 어째서인지 바이올리니스트가 지휘를 겸하는 때가 많은 모양인데, 마젤의 경우는 조금 달라서 지휘자가 바이올린 독주를 겸했다고 말하는 편이 정확할 듯하다. 본래 바이올린 주자로, 지휘자가 된 뒤에도 악기 연습을 매일 거르지 않았다는 사람답게 과연 독주가 능숙하다. 기술적으로는 아무 문제도 없다. 다만 바이올린 소리가 선이 좀 가늘고, 그만큼 설득력이 부족한 경향이 있다. 전체적으로 어째 인상이 옅다.

그뤼미오는 콜린 데이비스와 함께한 스테레오반 전집이 높은 평가를 받는 듯한데, 모노럴 시대의 전집도 못지않게 훌륭하다. 지극히 내추럴하고 거침없는 미음이 모차르트 음악의 가장 아름다운 측면을 선명하게 그려낸다. 아름다움이 너무 과하지 않느냐는 의견도 있을지 모른다. 그러나 '아름다움이 과해서 안 될 게 뭐야'라고 단호히 되받아줄 수 있는 사람이라면, 그뤼미오의 이 모노럴반을 아마 보물처럼 아끼며 애청할 것이 분명하다. 루돌프 모랄트라는 사람은 잘 모르지만 적어도 레코드에서는 활달하고 능숙한 지휘를 보여준다.

개인적으로 좋아하는 프랑스인 바이올리니스트, 장자크 캉토로프가 레오폴트 하거의 지휘 하에 실로 유려하게 이 G장조 협주곡을 연주한다. 연주의 라인은 오이스트라흐와 가까운데, 내용 면에서도 위대한 선배에게 결코 뒤지지 않는다. 뛰어나게 지성적이고, 현대의 공기를 앞장서서 받아들이면서도 노래하기를 조금도 두려워하지 않는 캉토로프의 진면목이 생생하게 드러난다. 5번과 조합을 이룬 이 음반은 나의 개인적인 애청반이다. 녹음도 뛰어나다.

스턴은 스테레오 시대에 셀/클리블랜드 관현악단과 함께 이 곡을 녹음했지만, 이쪽은 모노럴 시대에 딱 한 번 연주하고 지휘까지 한 버전이다. 실로 느슨한 구석이 없는 맑고 깨끗한 연주다. 후년의 연주를 들으면 가끔 속이 답답해질 때가 있는데, 여기서는 소리가 약동감 있고 상쾌하다. 오케스트라의 소리도 살아 있다. 이 사람은 왜 같은 조합으로 직접 지휘하고 연주해 모차르트 협주곡 전집을 녹음하지 않았을까?

64

모차르트 바이올린협주곡 5번 A장조 K.219

야샤 하이페츠(Vn) 윌리엄 스타인버그 지휘 RCA 빅터 교향악단 Vic. LM9014 (1952년)

미샤 엘먼(Vn) 요제프 크리프스 지휘 뉴심포니 관현악단 Everest 3298 (1955년)

지노 프란체스카티(Vn) 에드몽 드 스투츠 지휘 취리히 실내관현악단 Col. MS7389 (1968년)

로린 마젤(Vn·지휘) 영국 실내관현악단 FMRS 7608 (1975년)

아르튀르 그뤼미오(Vn) 콜린 데이비스 지휘 런던 교향악단 일본Phil. PC5620-22 (1965년)

다비트 오이스트라흐(Vn·지휘) 베를린 필 일본Vic. SMK 7772 (1971년)

모차르트가 이 곡을 쓴 것은 열아홉 살 때다. 그렇게 생각하면 들을 때마다 절로 한숨이 나오고 만다.

하이페츠의 모차르트는 일반적으로 특별히 높은 평가를 받진 않는다. 아닌 게 아니라 이 사람 특유의 비교적 텐션이 높고 경질인 음색이 모차르트 음악이 지니는 자연스러운 포용력(같은 것)에 그리 잘 어우러들지 못하는지도 모른다. 모노럴반, 스테레오반과 RCA의 신구 버전을 비교해서 들어봤는데 전부 큰 감흥은 없었다. 일세를 풍미한 사람인 만큼 일관된 스타일이 있긴 하지만.

엘먼의 에베레스트반(유사 스테레오반)은 중고가게 100엔 코너에서 발견했다. 바이올린 주자의 애착이 그대로 활에 올라앉은 듯 '정열 가득'한 개성적인 연주다. 소리도 연주 스타일도—하이페츠와는 다른 의미에서—지금 들으면 고풍스럽지만, 여기서밖에 찾아볼 수 없는 특별한 개성이 있다. 지나간 호시절의 흔들림 없는 세계관, 이라고 할 만한 것이.

프란체스카티가 지향하는 것은 하이페츠와 대조적인, 사랑스럽고 아름다운 모차르트다. 고도의 기교는 기교를 위해서가 아니라 어디까지나 그런 특질을 끌어올리기 위해 제공된다. 프란체스카티의 모차르트 협주곡은 발터와 공연한 버전이 유명한데, 취리히 실내관현악단과 함께한 이 음반은 오케스트라가 소규모인 만큼 독주자의 마음이 한결 가깝게 느껴진다. 다만 연주는 아무래도 '올드 스쿨' 냄새가 나서, 그 부분에서 호불호가 갈리지 싶다.

마젤은 3번 때도 언급했는데(재킷 사진은 그쪽을 참고하시길), 5번 연주는 분위기가 확 바뀌어서 예리하고 산뜻하다. 앞서 말한 세 사람(하이페츠, 엘먼, 프란체스카티)에 비하면 놀라우리만치 단호하게 '근대화'한 모차르트다. 바이올린은 때로 '선이 좀 가늘지 않나' 싶은데 풍부한 표정과 확실한 율동이 보완해준다. 오케스트라와도 긴밀히 호흡이 맞아서 수준 높은 연주를 이룬다. 귀재 마젤의 진면모가 여실히 드러난다.

그뤼미오는 콜린 데이비스/런던 교향악단과 함께 모차르트 협주곡 전집을 녹음했는데, 이 조합은 성공했다고 말하기는 힘들지 않을까 싶다. 어느 곡을 들어도 음악의 진행이 묘하게 기민해서 그뤼미오의 장점(기품 있는 차분함)이 제대로 살지 않는다. 열의가 담긴 고품질 연주라고는 생각하지만, 어딘가 '답지 않다'는 느낌이다.

왕도를 걷는 오이스트라흐, 3번 연주는 훌륭하다. 그러나 이 5번으로 말하자면 어째 활기가 부족하지 싶다. 연주에 결함이나 실수는 없지만 마음을 강하게 잡아끄는 부분도 눈에 띄지 않는다. 이유는 모르겠는데 몇 번을 다시 들어도 그 인상은 바뀌지 않는다.

J. S. 바흐 첼로소나타 3번 G단조 BWV.1029

안토니오 야니그로(Vc) 베롱라크루아(Cem) West. XWN18627 (1957년)

앙드레 나바라(Vc) 루게로 제를린(Cem) Musidisc RC796 (1966년)

피에르 푸르니에(Vc) 주자나 루지치코바(Cem) 일본Erato REL-3138 (1973년)

요세프 후흐로(Vc) 주자나 루지치코바(Cem) 일본Supra. OS-2874 (1964년)

파블로 카살스(Vc) 파울 바움가르트너(Pf) 일본CBS SONY SOCU6 (1950년)

원제는 〈비올라다감바와 쳄발로를 위한 소나타〉지만, 여기 고른 음반은 고악기 붐이 도래하기 전에 녹음된 것이라 전부 현대 첼로 연주다.

젊은 날의 야니그로가 명인 베롱라크루아의 반주로 낭랑하게 노래하는 바흐. 그렇다고 느슨하게 흘러가지는 않는다. 카살스의 지도를 받은 만큼 잘 억제된, 매우 품격 있는 연주다. 1029의 연주도 훌륭하지만 1027, 1028도 그에 뒤지지 않게 매력적이다. 이 시대 야니그로의 연주에는 '생각하는 대로'라는 자연체의 매력이 가득하고, 재미없는 계산 같은 것은 찾아볼 수 없다.

나바라는 푸르니에, 장드롱과 동세대의 프랑스인 첼리스트인데, 두 사람보다 기개 있는 소리를 낸다. 거침없이 바흐를 연주해내는 느낌인데, 그 스타일이 1027, 1028처럼 비교적 얌전하고 균형을 중시하는 곡에서는 어째 설득력이 없다. 그러나 1029 G단조처럼 긴장된 곡조의 작품에서는 물 만난 고기처럼 갑자기 생생해진다. 첼로가 너무 의욕적이라 쳄발로가 묻혀버리는 건 문제지만.

푸르니에는 내가 애호하는 첼리스트로, 우아한 연주 스타일 덕에 '첼로의 프린스'로 불리지만 이 1029에서는 몸을 살짝 내밀고 적극적으로 몰입한 인상이다. 현대 고악기 연주에 비하면 악기의 몸집이 큰 만큼 약간 고색창연하게 들리고 마는 부분도 있지만, 어찌됐든 명인 푸르니에의 연주라서 나름대로 시대를 초월해 즐길 수 있는 음악이 되었다.

체코의 첼리스트 후흐로는 실내악을 중심으로 활약하는 사람인데, 그의 바흐 연주는 '비非갤런트'라는 표현이 가장 어울리는 듯하다. 성실하다고 할까, 순박하다고 할까, 여봐란듯 내세우지 않는 음악이 펼쳐진다. 루지치코바의 기품 있는 쳄발로가 후흐로의 그런 견실함을 옆에서 탄탄히 받쳐준다. 이 사람의 경우에는 악기가 현대 첼로라는 점이 그리 신경쓰이지 않는다. 아마 그 기능이 겸허하게 억제되어 있기 때문이리라.

파블로 카살스는 여기서 반주에 현대 피아노를 사용한다. 따라서 오리지널 악기 편성에서 한 발 더 이탈한 셈인데, 그런 '비非커렉트니스' 따위는 아랑곳 않는 박력이 담긴 연주다. 바흐 음악의 정신에 바짝 다가서는 기골이라고 할까. 다만 이것을 받아들이기 위해서는 청자에게도 나름의 각오가 필요할지도 모른다. 이를테면 느긋하게 책을 읽으면서 이 음악을 즐긴다는 건 좀 생각하기 힘들다.

브람스 교향곡 2번 D장조 작품번호 73

피에르 몽퇴 지휘 샌프란시스코 교향악단 Vic. LM1173 (1942년)

아르투로 토스카니니 지휘 NBC교향악단 Vic. LM1731 (1952년)

오토 클렘퍼러 지휘 필하모니아 관현악단 Angel S35532 (1958년)

언털 도라티 지휘 미니애폴리스 교향악단 Mercury SRW 18052 (1958년)

에르네스트 앙세르메 지휘 스위스 로망드 관현악단 London CSA2402 (1963년)

가을에서 겨울로 향하는 시기에는 브람스의 심포니가 듣고 싶어진다. 사실 일 년 중 언제 들어도 큰 상관은 없지만, 왠지 그런 분위기가 있다. 시험삼아 한여름에 반딧불을 보면서 한번 들어봐야겠다. 이번에는 1950년대에 녹음된 것을 중심으로 다섯 장의 LP를 골라보았다.

몽퇴는 여러 오케스트라와 몇 번이나 이 곡을 녹음했는데, 이 음반이 가장 초기에 속한다. SP시대 녹음이라 소리도 연주도 약간 예스럽지만, 그 예스러움이 상당히 운치 있거니와 안에서는 흠칫할 만큼 근사한 악음이 잇따라 흘러나온다. 이 레코드를 들으며 가장 크게 실감하는 것은 몽퇴라는 지휘자의 틀림없는 음악적 진정성 같은 것이다. 이것만은 낡을 것도 새로울 것도 없다. 있는 곳에는 분명히 있고, 없는 곳에는 없다. 특히 4악장에서 고조되는 부분이 훌륭하다. 레코드 재킷도 일품이다.

듣는 이를 상냥하게 감싸는 몽퇴와 대조적으로 토스카니니의 브람스에는 쿡 찌르는 듯 냉엄한 예각적 울림이 있다. 그러나 결코 정감을 경시하지는 않는다. 냉엄함의 안쪽에서 솟구치는 풍부한 안 소리가 토스카니니 음악의 진면목이다. 아마 철저한 오케스트라 트레이닝의 성과일 것이다. 청자에게 어느 정도 긴장을 요구한다는 건 분명하지만.

클렘퍼러는 잘 통합되고 허세 없는, 지극히 정통적인 브람스다. 늘 그렇듯 이 사람은 등을 곧게 펴고 있다. 영국 오케스트라인데, 들려오는 소리는 어디로 보나 틀림없는 독일 직계의 소리다. '연면히 이어지는 정서' 같은 것과는 거리가 멀지만 브람스 교향곡의 어떤 모범으로 오랫동안 경의를 표할 음반이다.

도라티/미니애폴리스는 상당히 경질의 울림을 지닌 브람스로, 나름대로 통일감 있고 정돈된 연주이긴 해도, 요즘은 끝까지 듣기가 좀 힘들겠는걸, 하는 느낌이다. 늦가을의 정취라기보다 왠지 강바람이 부는 듯한 분위기다. 아마 이 시기 미국에서는 이렇듯 딱딱한 연주 스타일이 비교적 높은 평가를 받았던 것이리라. 물론 '나는 지금도 그런 스타일이 좋다'는 분도 계실 테지만.

클래식 음악 가이드북 등에서는 앙세르메가 스위스 로망드 관현악단을 지휘한 브람스의 교향곡을 거의 다루지 않는 모양이다. 그렇게 나쁜 완성도는 아닌 듯한데. 특히 이 2번은 '브람스의 전원교향곡'이라고 할 정도로 느긋한 풍취가 있어서, 듣는 이를 품안으로 끌어들이는 듯한 앙세르메의 소탈한 소리가 곡조와 제법 잘 어울린다는 생각이 든다. 이거라면 꼭 늦가을뿐 아니라 초봄에도 충분히 즐길 수 있지 싶다. 독일의 색은 다소 옅을지 몰라도, 날이면 날마다 독일 색만 들으면 좀 질릴 테니까.

67-1

베토벤 피아노협주곡 5번 〈황제〉 E$^\flat$ 장조 작품번호 73

루돌프 제르킨(Pf) 유진 오르먼디 지휘 필라델피아 관현악단 Col. ML-54373 (1950년)

로베르 카자드쥐(Pf) 디미트리 미트로폴로스 지휘 뉴욕 필 Col. ML5100 (1950년)

빌헬름 바크하우스(Pf) 클레멘스 크라우스 지휘 빈 필 일본London LLA 10006 (1952년)

블라디미르 호로비츠(Pf) 프리츠 라이너 지휘 RCA 빅터 교향악단 Vic. LM1718 (1952년)

클리퍼드 커즌(Pf) 한스 크나퍼츠부슈 지휘 빈 필 London LL1757 (1958년)

귀에 제법 딱지가 앉았기에 패스할까란 생각도 했는데, 역시 빼놓기 힘든 대곡이다. 두 번으로 나눈다. 먼저 1950년대, 모노럴 시대에 활약한 다섯 피아니스트부터.

제르킨은 이 협주곡을 총 네 번 녹음했다. 지휘자는 발터, 오르먼디, 번스타인, 오자와 세이지. 쟁쟁한 면면이지만 오르먼디와 작업한 이 레코드의 완성도가 특히 뛰어나다. 제르킨의 전기를 읽어보면 오르먼디와 개인적으로도 가까웠던 사이인 듯하다. 그런 친밀감이 좋은 형태로 음악에 배어나온 느낌이다. 제르킨의 피아노는 결코 요령이 좋다고는 할 수 없어도, 음 하나하나가 신기하게 듣는 이의 마음을 파고든다. 오르먼디는 그 개성을 방해하지 않도록 신경쓰면서 '음, 과연' 하고 고개가 끄덕여지는 빈틈없는 음악 배경을 만들어준다. 장년기의 제르킨, 그 피아니즘의 기록으로 손색이 없다.

카자드쥐가 미트로폴로스가 지휘하는 뉴욕 필과 함께한 공연, 녹음 장소는 파리라고 재킷에 적혀 있다. 대체 무슨 경로로 이런 만남이 이루어졌을까? 어쨌든 미트로폴로스는 굉장히 힘있는 연주를 펼친다. 서두의 도입부는 마치 교향곡 같은 박력이 있다. 카자드쥐는 이른바 '베토벤 연주가'는 아니지만, 여기서는 미트로폴로스의 기백을 상대로 한 발도 물러서지 않고 당당히 연주를 펼친다. 그래도 미묘하게 '갤런트'한 구석이 없다. 그런 센스 같은 것은 역시 카자드쥐만의 맛일 것이다.

바크하우스도 이 곡을 여러 번 녹음했는데, 이것은 두번째. 클레멘스 크라우스가 지휘하는 빈 필이라는 흠잡을 데 없는 후원에 힘입어, 뒷일을 걱정하지 않고 정면에서 씩씩하게 피아노를 연주한다. 확고한 신념을 띤 베토벤이라고 할까, '황제'의 왕도라고 할까, 아무 망설임이 없다. 그런데 이 정도로 망설임 없는 것도 좀…… 하며 고개를 갸웃하고 마는 것은 내 심보가 삐딱해서이려나?

호로비츠의 〈황제〉는 바크하우스와 대조적으로, 베토벤의 왕도 같은 건 조금도 존중하지 않는 (것처럼 보이는) 개성적인 연주다. 그런데 재미있다. 절정기의 호로비츠가 마음 가는 대로 대담무쌍하게 연주해내는 〈황제〉. 자신의 음악관에 망설임 없기로는 바크하우스에게 절대 뒤지지 않는다. 라이너의 지휘는 호로비츠의 페이스에 겨우 맞춰나가는 인상이다.

커즌＋크나퍼츠부슈, 빈 필의 소리는 역시 멋지다. 커즌도 지극히 자기다운 고상한 연주를 들려준다. 그러나 새로운 제안 같은 것은 눈에 띄지 않는다. 〈황제〉처럼 귀에 익은 곡은 문득 마음을 잡아끄는 손짓 같은 것이 없으면 끝까지 듣기가 꽤 고되다.

67-2

베토벤 피아노협주곡 5번 〈황제〉 E♭ 장조 작품번호 73

야코프 김펠(Pf) 루돌프 켐페 지휘 베를린 필 일본Angel ASC-5002 (1959년)

밴 클라이번(Pf) 프리츠 라이너 지휘 시카고 교향악단 Vic. LSC-2562 (1961년)

펠리챠 블루멘탈(Pf) 로베르트 바그너 지휘 인스부르크 교향악단 Everest 3424 (1961년)

글렌 굴드(Pf) 레오폴드 스토코프스키 지휘 아메리카 교향악단 일본CBS SONY SOCL 1110 (1966년)

마우리치오 폴리니(Pf) 카를 뵘 지휘 빈 필 Gram. 2740 284 (1978년)

스테레오 시대로 옮겨간 이후의 녹음. 김펠은 1906년 폴란드에서 태어났다. 쇼팽과 독일-오스트리아 음악을 주요 레퍼토리로 삼았다. 울림이 좋고 경쾌한 터치의 피아노로, 기분좋게 술술 〈황제〉를 연주한다. 켐페/베를린의 반주도 센스 좋고 요점을 잘 알고 있다. 순순히 호감이 가는 내용이다. 마지막 한 음까지 질리지 않고 듣게 만든다. 그렇다고 이 레코드가 지금 와서 주목을 받는 일은 아마 없을 테지만.

당시 인기 절정이었던 젊은 클라이번이 전성기의 라이너/시카고와 함께한 베토벤. 피아니스트 클라이번의 평가는 일본에서는 놀랄 만큼 낮고, 특히 베토벤이라면 거의 묵살에 가까운 상태다. 그래도 이 레코드, 내용이 상당히 좋다. 라이너의 지휘도 열의가 담겨 있고, 클라이번의 연주는 약동적이며 소리에 생동감이 있다. 먼지 앉은 루트비히의 조각상을 반짝반짝 닦아주는 듯한 느낌이다. 이 연주는 더 높은 평가를 받아도 좋을 성싶은데.

펠리챠 블루멘탈은 폴란드 태생(1909년) 피아니스트, 쇼팽 연주자로 알려졌지만 레퍼토리는 폭넓다. 베토벤 피아노협주곡 전집도 완성했다. 귀에 익지 않은 지휘자와 오케스트라, 세일해서 100엔에 팔고 있었는데, '어쩌려나' 하며 턴테이블에 올려보니 이게 꽤 괜찮았다. 듣고 있으면 가슴이 따스해지는 연주다. 피아노의 울림이 밝고, 어딘지 낙천적이어서 그런지도 모른다. 인스부르크 교향악단도 건투한다. 솔직히 말해 바크하우스(스테레오반)보다 재미있지 않을까(어디까지나 개인적인 의견). 원반은 영국의 SAGA. 함께 수록된 B♭장조 〈론도〉의 연주도 사랑스럽다.

베토벤 협주곡 시리즈에서는 공연한 번스타인과 이런저런 물의를 일으킨 굴드, 마지막 5번은 쟁쟁한 괴짜 지휘자 스토코프스키와 뜻밖의 조합을 이루었다. 자, 어떤 것이 나올까, 두근두근하면서 들어보니, 생각만큼 '이상하지 않다'는 데 안도함과 동시에 약간 김이 샌다. 템포가 느린 것에 찬반양론이 있는 모양인데, 느린 템포 말고는 기본적으로 뽐내는 구석이 없는, 당당하고 올곧은 베토벤이다. 템포를 일부러 느리게 잡은 것은 음악이 너무 〈황제〉답게 갤런트한 쪽으로 흐르는 것을 굴드가 꺼린 탓이리라. 마지막까지 그렇게 밀어붙이는 피아니스트도 굉장하고, 불평 없이 그에 맞춰주는 지휘자도 (속으로는 어떻게 생각했는지 모르지만) 굉장하다.

절정기의 폴리니와 원숙기의 뵘, 그리고 빈 필이라는 호화로운 조합. 조형이 뚜렷한 폴리니의 피아노와 포용력이 풍부한 오케스트라의 매칭이 훌륭하다. 더 칭찬하고 싶지만(정말이다) 지면이 부족한 관계로……

드보르자크 교향곡 8번 〈영국〉 G장조 작품번호 88

조지 셀 지휘 클리블랜드 관현악단 Col. D3S 814 (1958년)

브루노 발터 지휘 컬럼비아 교향악단 Col. Y33231 (1962년)

이슈트반 케르테스 지휘 런던 교향악단 London CS-6358 (1963년)

즈데네크 코슐러 지휘 슬로바키아 필 일본Vic. VIC-3008 (1973년)

바츨라프 노이만 지휘 체코 필 일본DENON 7183 (1982년)

〈영국〉이라는 이름으로 알려져 있는 교향곡. 〈신세계〉만큼 유명하지는 않지만, 친밀한 멜로디가 가득한 멋진 곡이다.

셀/클리블랜드 하면 '소리는 정확한데 좀 차갑다'는 인상이 뒤따르는데, 이 〈드보르자크 8번〉은 도입부부터 어딘지 훈훈한 기색이 감돈다. 보헤미아적 향수라고 하면 좋을까. 셀은 헝가리 출신이지만 어머니가 슬로바키아인이었다. 그런 혈통의 영향도 있어서, 엄격하게 지휘봉을 휘두르는 손에 여느 때와 다르게 은근한 온기가 감돌았는지도 모른다.

발터의 〈드보르자크 8번〉에서는 보헤미아적 향수 같은 것은 거의 찾아볼 수 없다. 굳이 말하자면 '브람스의 지류'라는 느낌으로 드보르자크의 음악을 받아들이고 있는 듯하다. 음악은 반듯하고 조화롭고 수준도 높은데, 이 곡에는 좀더 전원다운 '풀냄새'가 없으면 마음이 어째 잘 열리지 않는다. '시골의 브람스'라고 하면 어폐가 있을지 모르겠지만.

케르테스의 〈드보르자크 8번〉은 시작부터 눈에 띄게 유니크하다. 농민의 춤처럼 힘있고 유머러스하며, (레코드 재킷에 쓰인 브뤼헐의 그림처럼) 깡충깡충 뛰어다닌다. 브람스 같은 건 저리 가버려라, 라고 토착적인 기세로 말하는 듯하다. 정통파 발터에 이어 이 레코드를 들으면 재미있어서 가슴이 두근두근한다. 같은 곡도 해석만으로 이렇게 음악적 풍경이 다르게 보이는구나 싶어서. 런던 교향악단도 와일드하고 힘이 넘친다.

코슐러가 지휘하는 슬로바키아 필, 미리 계산한 것이 일절 없는 지극히 올곧은 연주다. 군더더기 해석은 필요 없다, 여기 있는 대로 연주하면 된다는 솔직한 확신(자신)을 연주자들이 가지고 있는 듯하다. 그건 알겠는데, 그래도 이건 너무 소박한 거 아닌가? 음, 그렇다면 노이만/체코 필을 들어주시길.

체코 필의 소리는 슬로바키아 필에 비하면 세련되고 부드럽다. 세부까지 잘 조여져 있다. 한결 서구화되었다고 할까. 그래도 평온한 목관악기의 솔로를 듣고 있자면 '아아, 이건 보헤미아의 소리로구나'란 실감이 든다. 역시 DNA에 새겨져 있는 부분이라고 말해버려도 좋을지도. 그런 의미에서 매우 안심하고 들을 수 있는 〈드보르자크 8번〉이다.

만약 이 다섯 장의 LP 중 하나만 고르라고 한다면 나는 역시 셀의 음반을 고를 것이다. 케르테스도 충분히 재미있지만 셀의 레코드에서 느껴지는 문득 흘러넘치는 듯한, 꾸미지 않은 따뜻함은 포기하기 힘들다. 냉혈한도 때로는 눈물을 흘린다, 라고 말하면 너무 과할까.

69

드보르자크 교향곡 9번 〈신세계로부터〉 E단조 작품번호 95

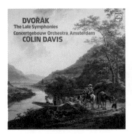

레오폴드 스토코프스키 지휘 그의 교향악단 Vic. LM1013 (1949년)

조지 셀 지휘 클리블랜드 관현악단 Col. WL5059 (1952년)

유진 오르먼디 지휘 런던 교향악단 일본CBS SONY SONW20008 (1968년)

콜린 데이비스 지휘 콘세르트헤바우 관현악단 일본Phil. 15PC 45 (1977년)

바츨라프 노이만 지휘 체코 필 일본DENON 7026 (1981년)

〈드보르자크 8번〉을 다룬 김에⋯⋯라고 하면 좀 그렇지만, 여세를 몰아 〈드보르자크 9번—신세계로부터〉도 해치우기로 한다. 레코드장을 뒤져보니 우리집에 있는 〈신세계로부터〉 LP는 이 다섯 장뿐이었다. 대부분 할인가로 싸게 산 것들이다.

스토코프스키는 〈신세계로부터〉를 다섯 번 녹음했다. 이 모노럴반은 재킷 디자인이 마음에 들어서 구입했는데 연주도 확실한 매력이 있다. 소리는 어쩔 수 없이 약간 예스럽지만, 이를테면 2악장의 '이야기성'을 맛있게 차려놓는 기술 같은 건 이 지휘자만 할 수 있는 재주다. 명인 셰프의 특별 레시피라고 하면 좋을까. 오케스트라도 수준이 높다. 어쨌거나 절로 넋을 놓고 듣게 된다.

셸도 SP시대, LP시대, 스테레오 시대까지 여러 번 이 곡을 녹음했는데, 이 음반은 모노럴 시대에 클리블랜드 관현악단을 지휘한 것. 지극히 이 사람다운, 질주감이 느껴지는 예리한 연주다. 그래도 서정적인 요소가 희생되지는 않았다. 뛰어난 연주이기는 해도, 비슷하게 뛰어난 스테레오반이 많이 나와 있는 지금, 굳이 구하기 힘든 이 모노럴반을 집어드는 사람은 많지 않을 것이다. 이 음반에도 이 음반만의 개성이 분명히 있지만(특히 스케르초가 근사하다).

오르먼디반은 〈전원〉과 커플링된 두 장 구성, 할인 코너에서 100엔에 샀다. 싸도 너무 싸다. 100엔으로는 캔커피도 못 사는데. 오르먼디가 런던 교향악단을 지휘한 경우는 흔치 않다. 내용은? 무척 재미있다. 도입부 현악합주부터 확 끌려들어간다. 런던 교향악단 특유의 날카로운(때로는 거친) 돌파력이, 호화롭고 조화로운 필라델피아 관현악단의 사운드와는 사뭇 다르게 들린다. 다만 풍부한 보헤미아 정서 같은 것은 여기서 별로 느껴지지 않는다. 참고로 같은 지휘자의 1956년 녹음 모노럴반(필라델피아 관현악단)은 소리가 너무 인위적이라 그다지 감동하지 못했다.

'드보르자크의 진심을 힘있게 붙들어 듣는 이의 가슴을 뜨겁게 때린다', 콜린 데이비스반(7, 8, 9번 세 장짜리 박스) 띠지에 적힌 카피다. 아닌 게 아니라 맞는 표현인 것 같다. 데이비스의 〈신세계로부터〉는 보드랍지 않다. 도입부부터 '올 테면 와라!' 하는 기백이 넘친다. 이 곡에 씌인 '통속 명곡'의 틀을 깨부숴줄 테다……라고 마음먹은 듯하다. 나는 결코 이 지휘자의 팬은 아니지만, 이런 음악적 집중력에는 역시 높게 살 만한 점이 있다고 생각한다.

체코의 지휘자 노이만의 〈신세계로부터〉도 데이비스 못지않게 강렬하다. 체코 필은 노이만의 지휘 아래 일관적인 소리를 낸다. 서정성도 충만하다. 군더더기가 없다. 〈8번〉에서도 썼다시피, 안심하고 몸을 맡길 수 있는 '본토'의 정통적인 드보르자크 세계다.

70

모차르트 디베르티멘토 E♭장조 K.563

야샤 하이페츠(Vn) 윌리엄 프림로즈(Va) 에마누엘 포이어만(Vc) Vic. LCT-1021 (1954년)

장 푸녜(Vn) 프레더릭 리들(Va) 앤서니 피니(Vc) Heliodor 479048 (1953년)

이탈리아 현악삼중주단 Gram. 139150 (1966년)

아마데우스SQ 멤버 Gram. 413786 (1984년)

아이작 스턴(Vn) 핀커스 주커만(Va) 레너드 로즈(Vc) 일본CBS SONY SOCO127 (1973년)

바이올린, 비올라, 첼로, 이 현악 트리오를 위해 모차르트가 작곡한 유일한 작품. 아마도 이런 편성의 곡을 써달라는 주문을 받고 생활비를 벌기 위해 마지막 3대 교향곡을 작곡하던 중 틈을 내어 재빨리 써냈지 싶은데, 완성도는 믿기 힘들 만큼 뛰어나다.

하이페츠를 주축으로 모인 세 명인의 공연. 뭐니 뭐니 해도 하이페츠의 미음이 시종 프리마돈나처럼 음악을 장악한다. 이런 구성 방식에 고개를 갸웃하는 이들도 있을 테지만, 당시 말 그대로 절정기였던 하이페츠는 천마天馬가 하늘을 누비듯 자유분방하다고 할까, 그런 저항감을 가볍게 물리쳐버리는 박력이 있다. 다만 여기서 제시한 모차르트상像은 좋건 나쁘건 옛것이다.

푸네, 리들, 피니, 이름은 그다지 알려지지 않았지만 1940년대 런던 필 수석주자를 역임한 영국의 중견 실력파 연주자들이다. 이 레코드도 세간에서 거론되는 일이 거의 없는데(원반은 웨스트민스터), 시종 호감이 가는 수준 높은 연주다. 세 사람이 대등한 관계를 지켜가면서 온화하고 지적이며 절도 있는 연주를 들려주고, '모차르트성'에 의존하는 부분이 조금도 없다. 같은 조합으로 베토벤 현악 트리오(전곡)도 녹음했다.

여기 소개하는 다섯 장의 음반 중 유일한 고정 유닛의 연주가 이탈리아 현악삼중주단(1958년 창설)의 것이다. 따라서 그들이 연주하는 소리는 긴밀하고 매끄러우며, 팀워크에 흐트러짐이 없다. 음악이 하나가 되어 나아간다. 음색은 남유럽적이라고 할까, 지극히 밝고 낙천적이지만, 동시에 음악 자체를 가볍게 만들지 않는 확실한 음악성이 처음부터 끝까지 유지된다.

아마데우스SQ의 멤버 세 명(제2바이올린이 빠진다)의 연주. 아마데우스SQ는 보기 드물게 사십 년 가까이 멤버가 바뀌지 않은 단체인데, 소리는 시대에 따라 미묘하게 변화했다. 해산 직전의 이 연주에서는 소리가 전에 없이 윤택하고 매끄럽다. 흠잡을 데 없이 뛰어난 연주이기는 한데, 내 귀에는 너무 윤택하고 너무 매끄럽게 들린다. 디베르티멘토는 본래 마음 편한 오락 음악이니 편하게 들을 수 있으면 그만이지, 라고 한다면 할말 없지만.

스턴, 주커만, 로즈, 이 세 사람의 조합이면 관록으로 보아 아무래도 스턴이 주인공이 되어버리지 싶은데, 실제로 스턴은 '어라, 어쩐 일이지?' 싶을 만큼 웅숭깊고 겸허하게 행동하고, 그 덕도 있는 듯 전체적으로 충분히 조화로운 음악이 완성되었다. 녹음 상태와도 관계있는지 모르지만, 이 연주에서는 로즈의 첼로가 기꺼이 소리의 주축을 착실히 수행하는 덕에 내성적인 분위기를 자아내는 듯하다.

그리그 〈페르귄트〉

토머스 비첨 지휘 로열 필 일제 홀베크(S) HMV ALP1530 (1956년)

존 바비롤리 지휘 할레 관현악단 실라 암스트롱(S) 일본Angel EAA-124 (1969년)

에도 데 바르트 지휘 샌프란시스코 교향악단 엘리 아멜링(S) 일본Phil. 28PC-98 (1982년)

바츨라프 노이만 지휘 라이프치히 게반트하우스 관현악단 아델 스톨테(S) 일본Phil. SFX-7743 (1967년)

월터 서스킨드 지휘 필하모니아 관현악단 Angel 35425 (1957년)

비첨, 바비롤리, 데 바르트는 노래와 합창이 들어간 '극음악'을, 노이만과 서스킨드는 두 개의 '모음곡'을 합쳐서 연주하는데, 노이만 쪽에는 가창이 들어가고 서스킨드 쪽에는 없다. 선곡과 차례는 음반마다 제각기 다르다. 가창이 비첨, 바비롤리, 노이만 음반은 독일어, 데 바르트반은 노르웨이어…… 아무튼 이 곡은 베리에이션이 많아서 보통 헷갈리는 게 아니다.

비첨은 시종일관 생동감 있고 기운차게 음악을 펼쳐나간다. 영국인은 전통적으로 북유럽 음악을 애호하는 듯한데, 아마 정신적으로 무언가 통하는 부분이 있지 싶다. 지극히 비첨답게 두루두루 살펴보며 즐거운 이야기를 들려준다. 이렇게 묘사적인 면이 강한 음악에서는 비첨의 솜씨가 기분좋게 활짝 꽃핀다. 그리고 음악은 '비첨 아저씨'다운 자애로 가득하다. 홀베크의 가창을 뒤에서 받쳐주는 섬세한 소리에는 감동하게 된다.

바비롤리도 영국인 지휘자로, 역시 북유럽 작품을 장기로 삼는다. 비첨과 마찬가지로 뼛속까지 신사지만 이 사람의 음악은 보다 온건하고 단정하다. 단아한 음악이 두루마리 그림을 풀어놓듯 스르르 흘러간다. 그가 오랜 시간을 들여 이끌고 키워온 할레 관현악단의 소리에는 독특한 따스함과 투명함이 배어 있다. 여기 소개하는 다섯 장의 음반 중 가장 서정적인 연주가 아닐까. 귀에 딱지가 앉도록 들었던 멜로디가 상냥하고 신선하게 되살아난다. 다만 가수의 인상은 조금 옅은 편이다.

데 바르트는 당시 샌프란시스코 교향악단의 음악감독. 오케스트라가 잘 컨트롤된 멋진 소리를 낸다. 통속 명곡으로 다뤄질 때가 많은 이 곡에 데 바르트는 더없이 성실하게 정면으로 도전해 새로운 시대에 딱 들어맞는 가치를 끌어낸 듯하다. 저도 모르게 자세를 바로잡고 듣게 된다. 아멜링의 청신한 미성도 특기할 만하다.

노이만이 연주하는 음악에는 생생한 이야기가 숨쉬고 있다. 데 바르트와는 전혀 다른 풍경이 펼쳐진다. 다이내믹하고 묘사적인 음악이다. 북유럽 민화적 세계를 당당하게 망설임 없이 만들어나간다. '팝업 그림책'을 보는 듯 입체적이고 즐거운 연주다. 체코 출신 지휘자와 라이프치히 오케스트라가 그리그를? 하며 의아해하는 사람이 있을지도 모르겠는데, 알고 보면 그리그는 라이프치히에서 음악 공부를 한 사람이다.

서스킨드/필하모니아의 사운드는 지금 와서는 어딘지 고풍스러운 티가 난다. 녹음이 오래되어서가 아니라 곡을 다루는 방식 자체가 약간 예스럽다. 1950년대 '가정에서 즐기는 클래식 명곡' 같은 분위기라고 할까…… 물론 그래서 안 될 이유는 전혀 없지만.

푸치니 가극 〈라 보엠〉

빅토리아 데 로스 앙헬리스(S) 유시 비엘링(T) 토머스 비첨 지휘 RCA교향악단 HMV ALP 1410 (1956년)

레나타 테발디(S) 자친토 프란델리(T) 알베르토 에레데 지휘 산타 체칠리아 음악원 관현악단
Dec. LXT2622 (1953년)

미렐라 프레니(S) 루치아노 파바로티(T) 헤르베르트 폰 카라얀 지휘 베를린 필 Dec. 565/6 (1972년)

미렐라 프레니(S) 니콜라이 게다(T) 토머스 시퍼스 지휘 로마 가극장 관현악단 Angel SBL3643 (1962년)

이 책에서는 오페라를 별로 다루지 않았는데, 음악적인 부분보다 물리적인 사정에서다. 요컨대 LP에 오페라 전곡을 담기에는 중량이 너무 무겁다. 그래서 오페라 음원은 CD나 DVD가 중심이 되고 만다. 이 책에서 다루는 건 LP만이기에 아무래도 범위가 제한된다.

〈라 보엠〉은 아무튼 관객을 울리지 않으면 의미가 없단 말이죠"라고 오자와 세이지 씨는 단언했다. 미미가 매력적이지 않으면 성립이 안 되는 이야기다.

로스 앙헬리스, 비엘링, 메릴, 토치, 당시 더 메트*의 인기 스타를 내세운 비첨반. 전성기인 로스 앙헬리스의 미성이 압도적으로 훌륭하다. 완전히 넋을 놓고 듣게 된다. 미국까지 몸소 행차한 비첨은 실로 즐겁게 오페라를 지휘한다. RCA교향악단은 메트로폴리탄 오케스트라의 별명으로 짐작된다.

테발디의 〈라 보엠〉 하면 베르곤치와 함께한 스테레오반(1959년)이 유명한데, 이건 그보다 먼저 나온 모노럴반이다. 테발디의 소리에는 젊고 윤택한 탄력이 있다. 프란델리의 낭랑한 가창도 훌륭하다. 젊은 연인, 어디로 보나 선남선녀 분위기가 가득하다. 다만 테발디는 너무 씩씩해서 병약한 인상을 주지 않는다는 것이 약간 단점인지도 모르겠다. 코러스, 악단 모두 나무랄 데 없다.

---

* 미국 뉴욕의 오페라단 '메트로폴리탄 오페라'.

"프레니의 미미, 이번에는 절대 울지 말아야지 하고 마음먹어도 그만 (지휘하면서) 나도 모르게 울어버린단 말이죠, 반드시"라고 오자와 씨는 술회했다. 그 정도로 프레니에게 미미는 적역이었다. 특히 오랜 동향 친구 파바로티(로돌포 역)와 공연한 〈라 보엠〉은 카라얀의 화려한 지휘도 거들어 이 오페라의 결정반 같은 존재가 되었다.

이 카라얀 지휘의 영국 데카반은 내용도 우수하거니와 무엇보다 녹음이 탁월하다. 첫 음부터 심장이 철렁한다. 그나저나 카라얀의 오페라 지휘는 정말 최고다. 프레니도 파바로티의 실력도 물론 두말할 나위 없지만, 가창 사이를 술술 자유로이 빠져나가는 베를린 필의 소리에는 넋을 놓게 된다. 그리고 오자와 씨가 지휘하면서 '나도 모르게 울어버린다'는 말도 무리가 아니란 생각이 들 정도로, 프레니의 목소리는 한없이 청순가련한 노선을 지킨다.

시퍼스가 지휘한 에인절반. 프레니의 상대역은 니콜라이 게다가 맡았다. 두 가수는 이 가극에서 공연한 후 실제 연인 사이가 되었다. 게다의 〈그대의 찬 손〉도 훌륭하지만, 그에 답해 프레니가 노래하는 〈내 이름은 미미〉는 얼마나 사랑스러운지. 둘의 호흡이 딱 맞는다. 프레니의 목소리는 데카반보다 약동적이다. 데카반의 섬세한 원숙미를 택할지, 시퍼스반의 싱싱한 울림을 택할지는 상당히 어려운 부분이다. 어느 쪽이건 관객을 울려버릴 것이 확실해 보이지만.

라벨 〈쿠프랭의 무덤〉

발터 기제킹(Pf) 일본Col. OL.3179-81(세 장 세트) (1955년)

로베르 카자드쥐(Pf) Col. ML4520 (1951년)

이본 르페뷔르(Pf) 일본RCA RVC-2102 (1977년?)

파스칼 로제(Pf) Dec. SXL-6674 (1973년)

장필리프 콜라르(Pf) 일본Angel EAC-77346-48(세 장 세트) (1977년)

나가이 유키에(Pf) BIS LP246 (1983년)

모리스 라벨이 고전 형식을 빌려 그려낸 아름답고 신비로운 인공 정원의 세계. 그의 피아노곡 가운데서도 이 〈쿠프랭의 무덤〉의 분위기를 나는 좋아한다.

기제킹은 독일인이지만 프랑스 음악, 특히 라벨 연주를 장기로 삼았다. 그가 연주하는 라벨은 화려한 소노리티에 의지하기—많은 피아니스트가 이 방법을 취한다—를 최대한 피하고, 작곡자의 정신성을 정확하고 섬세하게 재현하려 하는 것이 특징이다. 적당히 넘어가는 구석은 눈에 띄지 않는다. 기제킹의 라벨 연주는 들을 때마다 '역시' 하는 감탄이 나온다.

카자드쥐의 연주에서는 늘 '훌륭한 인품'이 느껴진다. 음 하나하나, 패시지 하나하나에 따뜻한 인간미가 배어나온다. 작곡자와 실제로 친교가 있었던 피아니스트인 만큼 그가 연주하는 라벨은 자연스러운 설득력을 지닌다. 기교가 바깥을 향하지 않고 내부로 조용히 침잠한다. 기제킹과는 다른 의미에서 라벨 연주의 어떤 원형이라 할 것이다.

모노럴 시대 거장들의 세계에서 1970년대로 건너뛴다. 프랑스인 피아니스트 세 명. 르페뷔르는 1904년 태어난 피아니스트로 코르토를 사사했다. 젊을 무렵 작곡자 앞에서 〈물의 유희〉를 연주해 절찬을 받았다고 한다. 이 레코드를 녹음할 당시는 이미 일흔 살이 넘었는데, 쇠잔한 구석은 전혀 찾아볼 수 없다. 전체를 꿰뚫는 늠름한 풍격이 피아니스트로서의 확실한 연륜을 느끼게 한다. 특히 〈미뉴에트〉의 나긋한 소리가 멋지다. 〈토카타〉의 박력도 훌륭하다.

　둘 다 아직 이십대였던 로제와 콜라르, 당시 프랑스의 젊은 실력과 피아니스트다. 로제의 〈쿠프랭의 무덤〉은 맑고 선명한 소리에 우선 놀란다. 영국 데카의 우수한 녹음 기술 덕도 있을 테지만, 라벨 음악에서 새로운 빛깔(톤)을 끌어내고자 하는 피아니스트의 의지를 엿볼 수 있다. 선배 피아니스트들의 그것과는 분명 색깔이 조금 다르다. 음색에 대한 감각이 남달리 뛰어난 사람인지도 모른다.

　감각을 거의 활짝 열어놓다시피 한 로제에 비해 콜라르의 연주는 보다 지적이고 내성적이다. 기제킹의 연주에 현대의 신선한 숨결을 불어넣은 듯 기품 있고 아름다운 연주다. 동세대 프랑스 피아니스트인데도 개성이 상당히 다르다. 어느 쪽을 택할지는 지극히 취향의 문제다. 나는 양쪽 다 마음에 들지만.

　나가이 유키에의 피아노, 무엇보다 소리의 울림이 훌륭하다. 스웨덴 음반사 BIS의 자연스러운 잔향을 살린 디지털 녹음이 〈쿠프랭의 무덤〉의 세계를 환상적으로 구성한다. 연주도 탁월하다. 평화로운 한낮에 살며시 턴테이블에 올리고 싶은 레코드다.

74

차이콥스키 환상곡 〈프란체스카 다 리미니〉 작품번호 32

샤를 뮌슈 지휘 보스턴 교향악단 Vic. VICS-1197 (1956년)

샤를 뮌슈 지휘 로열 필 리더스 다이제스트 (1963년)

카를로 마리아 줄리니 지휘 필하모니아 관현악단 Angel 35980 (1963년)

레오폴드 스토코프스키 지휘 스타디움 심포니 오케스트라 오브 뉴욕 Everest SDBR-3011 (1958년)

레너드 번스타인 지휘 뉴욕 필 Col. MS-6528 (1966년)

므스티슬라프 로스트로포비치 지휘 런던 필 EMI 1C065-02 973 (1972년)

단테의 〈지옥편〉 에피소드를 젊은 날의 차이콥스키가 음악으로 만들었다. 음악은 무시무시한 지옥 장면으로 시작해, 그곳에 떨어진 박복한 미녀 프란체스카의 비련의 이야기를 들려준다. 음악적 묘사의 설득력이 연주의 주요 포인트이기에, 그 부분이 잘 작동하지 않으면 왠지 싱겁고 재미없는 음악이 되고 만다.

뮌슈는 묘사력이 탁월한 지휘자다. 보스턴 교향악단과 한 번, 로열 필과 한 번 녹음했는데, 둘 다 훌륭한 연주지만 굳이 고르자면 보스턴을 지휘한 드라마틱한 연주 쪽에 마음이 끌린다. 스토리라인이 뚜렷이 보여서 머리부터 꼬리까지 고개를 끄덕이며 들을 수 있다. 뛰어난 통솔력이다. 로열 필의 음반은 한결 소리가 좋고 전체적으로 컬러풀하며 회화적이긴 한데, 음악의 조화로움 면에서는 보스턴반에 한발 뒤진다.

줄리니의 묘사력은 지극히 적확하다. 군더더기 없고, 짚어야 할 곳은 남김없이 짚는다. 강해야 할 소리는 한없이 강하고, 온화해야 할 소리는 한없이 온화하다. 오케스트라와 일체화해 내내 기분좋은 소리가 울린다. 굉장한걸, 하고 감탄하며 듣게 된다.

스토코프스키의 음악은 정말이지 캐릭터가 가득 실려 있다. '방금 지옥을 보고 왔습니다' 하는 느낌으로 서슴없이 지옥도를 펼쳐나간다. 각색의 정도가 과하다고 쓴소리를 하는 사람도 있는데, 나 같은 보통 사람이야 '그 음악을 듣고 가슴이 설렌다면 그만 아닌가' 싶다. 스토코프스키의 방식이 전부 옳다는 말은 아니지만, 적어도 이런 음악에서는 그의 재주가 빛을 발한다. 같이 녹음된 〈햄릿〉도 재미있다.

1966년의 레너드 번스타인과 뉴욕 필, 그야말로 황금시대라고 할까, 더없이 파워풀한 연주다. 음악도 반듯하고 예리하다. 이 무렵의 번스타인은 천마가 하늘을 누비듯 자유롭다고 할까, 뭘 하더라도 (대개는) 멋있었다. 이 〈프란체스카 다 리미니〉도 흠뻑 취해서 듣게 될 만큼 골격이 탄탄하고 우아한 음악으로 완성되었다.

로스트로포비치가 런던 필을 상대로 지휘봉을 잡았다. 듣고 있으면 '잘한다' 하는 감탄이 절로 나온다. 첼로를 연주할 때의 표현력이 고스란히 오케스트라의 통솔력으로 옮겨간 것처럼 유려하고 힘차다. 한편으로 '아, 이 사람은 역시 러시아인이구나' 하는 실감도 든다. 멜로디를 노래하는 방식이 지금껏 들어온 서구 지휘자들과는 조금 다르다. 약간 끈적거린다고 할까, 물론 이 부분은 사람마다 취향이 갈릴 테지만 어쨌거나 뛰어난 내용의 연주임은 변함없다.

J. S. 바흐 〈골드베르크 변주곡〉 BWV.988

알렉시 바이센베르크(Pf) EMI c151-11 655/45 (1971년)

피터 제르킨(Pf) Vic. LSC 2851 (1964년)

졸라 샤울리스(Pf) Gram. 2555 006 (1972년)

리사 소인(Pf) Finlandia FA315 (1978년)

글렌 굴드(Pf) Col. ML5060 (1955년)

글렌 굴드(Pf) 일본CBS SONY 28AC 1608 (1982년)

〈골드베르크〉에서 굴드의 신구반을 꺼내오지 않으면 얘기가 시작되지 않는다. 여기서는 현대 피아노 연주를 여섯 장 꼽았다. 골드베르크 변주곡이 이렇게 인기곡이 된 것은 비교적 최근 몇 해 사이의 일이다. 그리고 모든 것은 굴드에서 시작되었다.

바이센베르크의 〈골드베르크〉는 상당히 매력적이다. 하나하나의 변주에 개성이 뚜렷해서 마지막까지 질릴 틈이 없다. 굴드처럼 흐름의 중심을 자유로이 이동시켜가는 것이 아니라, 흐름은 그대로 두고 그 범위 안에서 충분히 숙고한 소리를 만들어낸다. 그렇기에 큰 충격을 주진 않지만, 원숙한 손끝에서 바흐 음악이 신선하게 현대에 되살아난다. 나는 이상하게 바이센베르크라는 피아니스트를 썩 좋아하진 않는데, 이 음반은 한번 들어볼 가치가 있다고 생각한다.

피터 제르킨은 정면에서 굴드의 영향을 받은 세대의 피아니스트다. 특히 그에게는 위대한 피아니스트인 아버지(루돌프)에 대항해야 한다는 사정도 있기에 얘기가 한층 복잡해진다. 피터의 연주에는 있고 굴드의 연주에는 없는 것─그것은 상처받기 쉬운 청년의 감수성이다. 굴드에게 상처받기 쉬운 마음이 없다는 말이 아니다. 그러나 굴드에게는 맞서서 '공격해야 할 것'이 외부에 있다. 그에 비하면 열여덟 살 피터가 조용히 바라보고 있는 것은 스스로의 내면이다. 그의 〈골드베르크〉를 듣고 있으면 젊은 심장의 고동이 귓전에 들려오는 듯하다. 그것이 이 레코드의 핵심이자 매력이다. 피터의 이 연주를 남몰래 소중히 간직하고 꾸준히 들어오는 애청자도 결코 적지 않을 것이다. 나도 그중 한 사람이다.

졸라 샤울리스는 1942년 태어난 미국의 피아니스트. 완전히 정면에서 도전한, 안정적인 바흐다. 현대 피아노를 사용했지만 저 안쪽에서 오리지널 하프시코드의 소리가 들린다. 페달 사용을 극도로 억제하고, 소리의 강약을 강조하지 않는다. 이 곡을 현대 피아노로 연주하는 한 가지 방식으로 존중해야 할지도 모른다.

핀란드 피아니스트, 리사 소인은 그와 반대로 현대 피아노의 특성을 능숙하게 살린 연주를 들려준다. 페달을 주의깊게 사용하면서, 여성스럽고(라는 표현은 부적절한가) 단아한 소리로 바흐의 세계를 무리 없이 부연해간다. 자연체라고 할까, 호감 가는 연주다.

마지막으로 굴드. 신구 녹음 둘 다 뛰어나서 하나만 고르기는 어려운데, 나라면 (렉터 박사와 달리) 새 녹음의 깊은 원숙함보다는 역시 1955년반의 선명한 충격 쪽을 택하고 싶다. 굴드는 이 데뷔반으로 음악계의 판도를 순식간에 뒤엎어버렸다. 이것은 10점 만점으로 점수를 매길 수 있는 음악이 아니다. 듣는 이의 피부에 스며들어 흔적을 남기는 음악이다. 이 정도로 망설임 없고 올곧은 음악은 좀처럼 만나기 힘들다. 어디까지나 내 상상일 뿐이지만, 어쩌면 바흐 스스로도 이런 식으로 연주하지 않았을까?

프로코피예프 바이올린협주곡 2번 G단조 작품번호 63

지노 프란체스카티(Vn) 조지 셀 지휘 컬럼비아 교향악단 Col. ML4648 (1953년)

야샤 하이페츠(Vn) 샤를 뮌슈 지휘 보스턴 교향악단 Vic. LM2314 (1959년)

다비트 오이스트라흐(Vn) 알체오 갈리에라 지휘 필하모니아 관현악단 EMI SAX2304 (1959년)

아이작 스턴(Vn) 유진 오르먼디 지휘 필라델피아 관현악단 일본CBS SONY 18AC770 (1963년)

스토이카 밀라노바(Vn) 바실 스테파노프 지휘 불가리아 방송교향악단 Harmo. HMB117 (1972년)

초연이 1935년. 1950년대에서 1960년대 초반에 걸쳐 거장 바이올리니스트들이 빠짐없이 이 곡을 녹음했다. 꽤 인기 있었던 모양이다.

프란체스카티의 연주는 매우 친근하고 듣기 편하다. 그만의 독특하고 내추럴한 미음이 이 곡에 수월하게 녹아든다. 고전성과 다소 불안정한 해학을 교묘하게 짜넣은 이 곡의 정신을, 바이올리니스트는 당연한 양 자기 것으로 만든다. 셀의 지휘도 예리하고 견실하다.

마찬가지로 미음으로 승부하는 하이페츠지만, 소리는 프란체스카티보다 경질이고 약간 금속적이다. 그런 만큼 이 음악이 머금은 '현대의 불안' 같은 요소가 보다 두드러진다. 그래도 음악의 흐름은 무척 원활하고 고품질이며 편안한 설득력을 지닌다. 명연이라고 단언해도 좋을 것이다. 뮌슈의 지휘도 너무 나서지도 물러나지도 않고, 급소를 정확히 누르고 있다.

아버지 오이스트라흐의 연주. 1악장 도입부의 바이올린 솔로부터 흠칫하게 만든다. 소리 자체는 온화하고 우아하지만, 그 안에 무언가 불온한 공기를 품은 것 같다. 그리고 도입부의 그런 암시가 마지막 악장의 마지막 한 음까지 제대로 꿰뚫는다. 그러면서도 연주자는 듣는 이에게 과한 긴장감을 강요하는 일 없이 유려하고 섬세하게 음악을 진행시킨다. 눈에 띄는 화려함은 없어도 지극히 사려 깊고 일관성 있는 뛰어난 연주다. 갈리에라/필하모니아도 그 흐름을 놓치지 않고 곁에서 바짝 따라간다.

스턴의 연주도 뛰어나게 예리하다. 당시 마흔세 살, 기술은 두말할 나위 없고 음악성도 깊어졌다. 지금까지 꼽은 음반 중에서는 가장 공격적이라고 해도 좋을 것이다. 그러나 결코 폭력적이진 않다. 물러날 곳에서는 물러나고, 노래해야 할 곳에서는 노래한다. 다만 음질에서든 프레이징에서든 음악의 핵심을 향해 똑바로 쳐들어가는 자세가 보인다. 그 운궁법의 칼끝 같은 날카로움을 오르먼디의 원숙한 지휘가 적절하게 누그러뜨려준다.

밀라노바는 1945년 불가리아에서 태어나 오이스트라흐를 사사했다. 1972년 이 프로코피예프 앨범으로 프랑스 디스크 아카데미상을 수상했다. 1950년대 연주를 중심으로 듣다가 갑자기 1970년대 녹음으로 넘어가면 우선 소리의 차이에 놀란다. 음색이 갑자기 밝게 열리는 기분이 든다. 굴레가 없는 소리, 라고 표현하면 좋을까. 녹음 탓인지 소리를 내는 방식 자체가 (기술적으로) 달라졌는지 잘 모르겠지만, 아무튼 '(당시의) 새로운 세대의 소리'라는 인상이 든다. 자세도 시종일관 긍정적이고, 기술적으로도 전혀 문제가 없어 보인다. 뛰어나고 의욕적인 연주라고 생각한다. 다만 음악이 가진 맛이라고 할까, 앞선 시대 네 명의 레전드가 보여주었던 저마다의 '개성' 같은 것은 역시 좀 부족한지도 모른다.

말러 교향곡 〈대지의 노래〉

프리츠 라이너 지휘 시카고 교향악단 일본Vic. SRA-2251 (1959년)

브루노 발터 지휘 뉴욕 필 독일CBS 61 981 (1960년)

레너드 번스타인 지휘 빈 필 일본London L25C-3040 (1966년)

오토 클렘퍼러 지휘 필하모니아 관현악단 + 뉴필하모니아 관현악단 EMI C-065-00065 (1966년)

유진 오르먼디 지휘 필라델피아 관현악단 Col. MS-6946 (1967년)

지면 관계로 발터의 구반 두 장은 생략했다. 워낙 유명한 연주라 굳이 내가 여기서 감상을 늘어놓을 필요도 없다. 여기 가져온 다섯 장의 레코드는 거의 1960년대에 녹음된 것이다.

라이너는 오랜 경력 중 이 〈대지의 노래〉와 4번 말고는 말러의 교향곡을 녹음하지 않았다. 가수는 리처드 루이스와 모린 포레스터. 아직 말러 연주 스타일이 정착하지 않은 시대의 녹음이라 오케스트라도 가창도 지금 기준으로 보면 '분위기가 좀 다른걸' 싶은 인상이다. 신기하게 말쑥한, 고전적 정취의 말러라고 할까. 그것도 그것대로 나쁘지 않지만 좀더 끈적한 요소가 있어도 좋을 성싶은데.

라이너반에 이어서 발터반을 들으면 꼭 다른 음악처럼 들린다. 도입부부터 말러의 독자적인 음악세계가 생동감 있게 구성된다. 말러의 가장 뛰어난 제자였던 만큼 과연 남다르다. 다만 음악이 너무 원만하게 마무리되는 경향이 있는지도 모르겠다. 에른스트 헤플리거의 가창은 낭랑하고 훌륭하다. 그에 비해 밀드레드 밀러는 딱히 두드러지지 않는다.

번스타인이 당시로서는 드물게 빈에서 녹음한 〈대지의 노래〉. 발터에 비해 음악을 대하는 자세가 크고 다부지다. 지금부터 새로운 말러의 세계를 개척해나가겠다는 의욕이 넘치고(당시에는 말러 연주에 썩 적극적이지 않았던 듯하다), 빈 필도 그에 응해 땅울림 같은 소리를 낸다. 제임스 킹과 피셔디스카우, 두 남성 가수의 차분한 가창도 매력적이다. 훗날 유럽으로 본거지를 옮긴 후 번스타인의 말러는, 내 취향을 기준으로 말하면 조금 담백하지 못하다.

클렘퍼러는 1964년 필하모니아 관현악단을 지휘해 크리스타 루트비히와 녹음을 마친 후, 프리츠 분더리히의 스케줄이 비기를 기다리는 사이 필하모니아가 갑자기 해산하는 쓰라린 사건을 겪었다. 그러나 어찌어찌 악단이 뉴필하모니아로 재기한 후, 1966년 마침내 테너가 들어가는 악장을 녹음함으로써 전곡을 완성했다. 그래도 '기다린 보람이 있었다'라고 프로듀서 피터 앤드리는 술회한다. 명반으로 칭송이 자자한 연주다. 클렘퍼러의 말러는 지극히 자세가 곧고 품격 있으며, 과장된 몸짓이 전혀 없다.

오르먼디반의 테너는 라이너반과 같은 리처드 루이스, 메조소프라노는 릴리 코카시안. 개운하고 담백해 제법 느낌이 좋은 〈대지의 노래〉이기는 한데, 말러는 역시 오르먼디/필라델피아로 들어야지…… 하는 사람은 세상에 그리 많지 않을 테다. 오히려 삐딱하게 나가서, 이런 것에 완전히 빠져보는 것도 왠지 재미있을 것 같은데.

78

쇼팽 피아노소나타 2번 〈장송〉 B♭단조 작품번호 35

블라디미르 호로비츠(Pf) 일본CBS SONY SOCL1550 (1962년)

블라디미르 호로비츠(Pf) 일본Vic. RVC-1550 (1950년)

마르타 아르헤리치(Pf) 일본Gram. MG-2491 (1974년)

머리 퍼라이아(Pf) Col. M32780 (1974년)

이보 포고렐리치(Pf) 일본Gram. MG0114 (1981년)

안드레이 가브릴로프(Pf) 일본Angel EAC-90295 (1984년)

처음 이 곡을 들은 음반은 호로비츠의 CBS반이었는데, 그 어마어마한 연주에 그저 망연해졌던 기억이 있다. 특히 마지막 악장의 숨막히는 훌륭함이란. 1962년 녹음된 이 〈2번 소나타〉는 호로비츠가 남긴 수많은 녹음본 중에서도 베스트에 들 것이다. 한 치의 빈틈도 없는, 거의 완벽한 완성도. 감정도 뚜렷하게 담겨 있다. 십대 시절, 셀 수도 없이 듣고 또 들었다.

호로비츠의 1950년 모노럴반은 개성적이라고 할까 독자적이라고 할까, 꽤 유니크한 연주라서 그런 면에서는 재미있게 들을 수 있다. 소리의 예리함이 실로 눈부신데, 종합적인 완성도와 깊이, 설득력으로 따지면 1962년반에 한발 뒤질 것이다. 다만 〈장송 행진곡〉의 엄청난 박력은 특기할 만하다.

아르헤리치의 연주, 1악장 도입부만 들어도 '정말 잘한다'는 경탄이 절로 나온다. 그뒤로는 넋을 놓고 들을 따름이다. 연주의 스케일이 크고, 감각은 한없이 맑으며, 소리는 아름답고 설득력 있다. 다만 만약 이 연주에 부족한 것이 있다면, 호로비츠의 음악이 내뿜는 은은한 광기(혹은 그것에 가까운 무언가)의 신비한 빛일 것이다. 그런 게 꼭 필요하냐고 물으신다면 잠자코 생각에 잠기는 수밖에 없지만.

머리 퍼라이아는 '광기'에서 한층 거리가 먼 지점에 위치하는 피아니스트로, 그것이 이 사람의 개성이자 하나의 장점으로 작용한다. 퍼라이아가 사용하는 언어는 오히려 알기 쉽고 명료한 편이며,

어법에 아르헤리치의 그것만큼 눈길을 사로잡는 선명함과 예리함은 없다. 그러나 그는 그 어법을 구석구석까지 다듬어두었다가 언제든 필요할 때 꺼내 쓸 줄 알며, 어떤 식으로 사용하면 되는지도 훤히 꿰뚫고 있다. 신뢰할 수 있는 피아니스트다. 다만 이 2번 소나타만 놓고 본다면 유감스럽게도 숙성이 조금 덜 된 느낌이 있다. 당시 퍼라이아는 스물일곱 살. 참고로 호로비츠도 퍼라이아를 높이 평가했다고 한다.

1980년 쇼팽 콩쿠르를 발칵 뒤집어놓은 포고렐리치. 그 직후 그라모폰 레코드와 계약하고 이 연주를 녹음했다. 예리하고 강건한 터치와 꿈꾸는 듯 소프트한 약음이 쉴새없이 엮인다. 상식과 관습에 구애받지 않는 독특한 호흡은 그가 글렌 굴드의 영향을 받은 세대의 연주가임을 보여준다. 특기할 만한 연주지만, 다 듣고 나서 '그래도 이건 이 사람에게 어디까지나 하나의 통과점에 지나지 않을 것'이라는 인상이 남는다. 희미한 '얇음'을 느끼고 만다. 그만큼 '성장 가능성'이 있는 피아니스트였다는 말이겠지만.

가브릴로프에 관해서는 '힘찬 타건과 화려한 기교' 말고는 형용할 말이 없다. 마치 기계체조 러시아 대회 같은 쇼팽이다.

79

슈베르트 교향곡 6번 C장조 D.589

알폰스 드레셀 지휘 바이에른 방송교향악단 Mercury MG15003 (1950년)

토머스 비첨 지휘 로열 필 영국Col. 33CX-1363 (1956년)

카를 뵘 지휘 베를린 필 일본Gram. MG2426 (1971년)

한스 슈미트 이세르슈테트 지휘 런던 교향악단 Mercury SR90196 (1959년)

볼프강 자발리슈 지휘 드레스덴 국립관현악단 Eterna 8 26 289 (1967년)

슈베르트의 교향곡은 〈미완성〉〈그레이트〉라는 제목의 두 곡 말고는 별로 화제가 되는 일이 없는 모양인데, 이 6번도 '초기작'에 속하는 작은 작품이긴 하지만(아마추어 오케스트라를 위해 작곡되었다) 좀처럼 외면하기 힘든 풍미를 지니고 있다. 물론 연주가 받쳐줘야 그렇다는 말이지만.

드레셀이라는 지휘자에 대해서는 1900년 독일에서 태어나 뉘른베르크 필 음악감독을 역임했고 1955년 사망했다는 사실밖에 알지 못한다. 언제 어디서 이런 레코드(10인치)를 샀던 걸까? 대단히 '구식이네' 싶은 연주 스타일이지만, 듣다보면 점점 '이런 것도 즐거울지도'라는 긍정적인 기분이 된다. 강약을 살려 다이내믹하게 이끄는 음악으로, (후세의) 오리지널 악기에 의한 재검토 따위 알 게 뭐람, 하는 고풍스러운 기개가 넘쳐흐른다. 이렇게 계산하지 않고 줏대를 지키는 음악, 개인적으로는 좋아한다.

슈베르트 음악에 각별하게 개인적인 애착을 가지고 있었던 비첨 경(개인적인 애착 대상이 한둘이 아니긴 하지만). 기대만큼 우아하고 단정한 슈베르트의 음악세계를 그려낸다. 그의 연주를 듣고 있으면 '호, 6번이 이렇게 멋진 음악이었다니' 하며 절로 다시 보게 된다. 수족 같은 로열 필이 비첨의 의향을 세부까지 소홀함 없이, 놓치지 않고 반영한다. 2악장 안단테의 우아함이란! 격조 높은 가벼움을 지닌, 지극히 차밍한 슈베르트다.

뵘의 연주는 매우 올곧아서 금세 호감이 간다. 슈베르트의 초기 작품치고는 너무 당당하게 연주한다는 느낌도 있지만, 아무튼 구석구석까지 반듯한 음악으로 완성되었다. 음악의 기쁨 같은 것이 있다. 베를린 필도 카라얀이 지휘할 때와 표정을 바꾸어, (작은할아버지) 뵘의 지휘를 음미한다―는 인상이다.

한스 슈미트 이세르슈테트, 이름만 들어도 정통 독일 음악의 정통적 소리가 연상되는데, 이 슈베르트도 정말이지 그렇다. '이거, 베토벤이었던가?'라는 착각이 순간적으로 들 정도다. 뵘의 연주에는 그래도 빈 향취 같은 것이 군데군데 느껴졌지만, 여기는 그마저도 없다. 그러나 누가 뭐라 해도 통일감 있고 기품 넘치는 연주다. 그나저나, 비첨의 음악과 이렇게까지 다르다니.

자발리슈와 드레스덴, 매우 호감 가는 조합이지만 이 6번에서는 큰 설득력을 느낄 수 없다. 음악의 흐름이 안정적이지 못하다고 할까, 어떤 음악을 만들고 싶은지 이미지가 보이지 않는다. 어쨌거나 크게 감동할 만한 연주는 아니라고 생각한다.

멘델스존 현악팔중주 E♭장조 작품번호 20

야나체크SQ + 스메타나SQ West. WST14082 (1959년)

하이페츠 + 퍄티고르스키 콘서트 Vic. LSC-2738 (1964년)

말보로 음악제 연주가 그룹 Col. MS 6848 (1966년)

이무지치합주단 일본Phil. 13PC-167 (1966년)

아카데미 실내앙상블 일본Phil. 25PC-26 (1978년)

원래는 두 현악사중주단이 대면하고 솜씨를 겨룬다는 취지의 곡이지만, 멘델스존 현악팔중주는 결과적으로 그런 설정을 초월해 소형 심포니라고 해도 좋을 만큼 조화로운 작품으로 완성되었다. 때문에 단체 합주단이 연주할 때가 많은데, 현악사중주단 둘을 합체하는 경우도 종종 있다.

그중 놀라운 성과를 이뤄낸 것이 야나체크SQ＋스메타나SQ라는 호화로운 조합. 이들은 무모하게 실력을 겨루려 하거나 경쟁의식을 불태우지 않고, 하나의 유닛이 되어 다 같이 합주를 즐긴다. 그래도 현역 일류 현악사중주단 둘이 한자리에 모이면 적잖은 긴박감이 어딘가에―어디가 어떻다고 구체적으로 말할 수 없지만―생겨난다. 그런 의미에서 마지막까지 듣는 이를 지루하게 만들지 않는, 훈훈하면서도 스릴 있는 연주다.

하이페츠와 퍄티고르스키가 주축이 되어 결성한 여덟 명의 합주 그룹이 더없이 즐겁게 이 팔중주를 연주한다. 프림로즈와 이스라엘 베이커까지 합세해 화려한 멤버들임에도 '내가 먼저' 하는 분위기는 전혀 없고, 하룻밤 '합주'의 기쁨이 충만히 넘쳐흐른다. 여기서 엿보이는 천의무봉天衣無縫, 자연스러운 낙천성이야말로 이 곡의 근간에 있는 정신을 체현한다는 것이 나의 감상이다만.

말보로 음악제에 참가한 음악가들이 그룹을 결성해 연주했다. 바이올린의 제이미 라레도와 알렉산더 슈나이더가 중심이 된 듯 보인다. 연주를 들으면서 제일 먼저 드는 생각은 '다들 진심이구나'라

288

는 것이다. 예리하고 긴밀하게 음악을 추구追究한다. 물론 성실하게 연주해서 나쁠 건 전혀 없지만, 멘델스존 음악이 본래 지녔을 '살롱적 우아함' 같은 것의 존재감은 옅어졌다. 이 곡은 좀더 즐기는 마음으로 임해도 괜찮지 않을까.

이무지치의 연주도 활기가 있다. 이 단체의 간판인 아름다운 현의 음색과 유려한 흐름은 물론 건재한데, 이 '팔중주'에서는 그 특질을 적절히 억제하고 오히려 음악이 지니는 구심력, 파토스 같은 것을 적극적으로 드러내고 있다. 좀더 쾌활해도 좋았을 텐데 싶긴 하다. 스케르초의 밝은 약동감은 과연 이탈리아의 풍미지만.

아카데미 실내앙상블은 이무지치에 비해 한결 차분하다. 소리 자체의 아름다움보다 앙상블의 균형을 중시한다. 독일 같지도 이탈리아 같지도 않은, 이른바 영국풍의 기품 있는 멘델스존. 안심하고 경청할 수 있는 음악이다. 다만 기민한 재치 같은 것은 부족한지도 모른다.

81

라모 클라브생 곡집

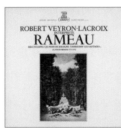

로베르 베롱라크루아(Cem) West. XWN 18125 (1963년)

로베르 베롱라크루아(Cem) 일본Erato ERA 2094 (1970년)

앨버트 풀러(Cem) Cambridge CRS 1603 (1962년)

앨버트 풀러(Cem) Nonesuch H71278 (1973년)

위게트 드레퓌스(Cem) 일본Valois OS665-7 (세 장 세트 전집) (1962년)

장 필리프 라모는 루이 15세 치하에서 궁정 음악가로 활약했다. 루이 15세 시대로 말하자면 프랑스 문화가 가장 화려하게 꽃피었던 때로, 라모도 그런 공기를 가득 들이마시고 많은 작품을 남겼다. 그의 클라브생을 위한 음악은 하나같이 멜로디가 친근하고 대다수에 유쾌한 제목이 달려 있어 기억하기 쉽다. 표제가 전혀 붙어 있지 않아 오로지 번호를 외우는 수밖에 없는 스카를라티 등에 비하면, 후세의 청자 입장에선 그의 프랑스인다운 친절과 에스프리에 감사할 따름이다.

프랑스인 클라브생 주자 베롱라크루아는 라모 연주를 장기로 삼는데, 속속들이 아는 길을 걸어가는 사람처럼 수월하게 곡을 연주해나간다. 우리집에는 그가 연주하는 라모 곡집 LP가 신구반으로 두 장 있는데, 오래된 웨스트민스터반 쪽에 한층 호감이 간다. 구김살이라고는 없는, 상냥한 연주다. 음악을 그 무엇보다 소중히 다룬다. 그에 비해 새 녹음인 에라토반은 약간 갤런트하다고 할까, 외향적 기교가 두드러지는 인상이다. 어쩌면 연주하는 악기가 다른 탓인지도 모른다. 에라토반에서 베롱라크루아는 1775년 제작된 장 앙리 엠슈의 클라브생을 사용했다. 웨스트민스터반에 사용한 악기는 기재되어 있지 않아 명확하진 않지만, 어쨌거나 이쪽이—적어도 내 귀에는—소리가 한층 친밀하게 울린다.

앨버트 풀러는 1926년 미국에서 태어난 하프시코드 주자. 랠프 커크패트릭에게 사사했다. 그가 사용하는 것은 이름난 하프시코드 제작자 윌리엄 다우드가 제작한 것(오리지널 악기에 가까운 복제품)이다. 탄력 있고 선명한 소리가 나고, 녹음에도 계산적인 구석이 없다. 연주도 격조 높다. 다만 라크루아의 연주(구반)에 비하면 곡의 구조가 선명하게 드러나는 만큼 전체적으로 약간 학구적인 느낌이 든다. 새로운 넌서치반에서도 풀러는 역시 윌리엄 다우드의 악기를 사용하는데, 첫 케임브리지반에 비해 녹음 상태가 밝고 화려하며, 연주도 보다 자발적이다. 듣는 사람에 따라 호불호가 갈릴 테지만, 나는 굳이 고르자면 고지식한 구반 쪽을 좋아한다. 루이 15세는 어떤 소리로 이 곡들을 들었을까.

위게트 드레퓌스는 1928년 출생(2016년 사망)한 프랑스의 클라브생 주자. 이 레코드를 턴테이블에 올리고 바늘을 내리면 정말이지 마음이 놓인다. 기술이 어떻고 스타일이 어떻고 말하기에 앞서, 아주 주의깊고 따뜻한 마음이 담긴 연주다. 소프트한 음색의 녹음도 멋지다. 세 장짜리 박스를 세일해서 800엔에 사 왔다. 가격과 상관없이 소중히 애청하고 있다.

82-1

쇼팽 스케르초 3번 C#단조 작품번호 39

스뱌토슬라프 리흐테르(Pf) CBS(Melodia 원반) 36681 (1977년)

터마시 바샤리(Pf) Gram. 619 451 (1964년)

이보 포고렐리치(Pf) 일본CBS SONY 28AC-1258 (1980년)

이보 포고렐리치(Pf) 일본Gram. 28MG-0144 (1981년)

고등학생 때 처음 들었던 쇼팽의 스케르초가 이 3번이라 그뒤로 이 곡에 개인적인 애착을 가지고 있다. 당시 들었던 건 도이치 그라모폰에서 나온 리흐테르의 실황반(일본반 제목은 '리흐테르의 이탈리아 음악 여행')인데, 눈이 번쩍 뜨일 만큼 훌륭한 연주였다. 한 음 한 음이 예민하게 곤두서 있고, 이치를 따지지 않고 용솟음쳐나오는 감정이 있었다. 햇빛을 받은 크리스털처럼, 얼룩 한 점 없이 빛나는 연주다. 그리고 어마어마한 코다*.

여기 가져온 리흐테르의 멜로디아반은 후일의 스튜디오 녹음으로, 실황반만큼 예리한 느낌은 없지만 리흐테르다운 '끈질김'이 발휘된 깊이 있는 연주다. 음악이 피아니스트의 수중에 완벽히 들어가 강건한(그러면서도 나긋한) 생명이 불어넣어졌다. 개인적으로는 실황반 쪽을 좋아하지만.

터마시 바샤리는 헝가리 출신으로 쇼팽을 장기로 삼았던 피아니스트. 다만 이 스케르초 연주에는 마음을 흔드는 무언가가 부족하다. 안정되고 자연스러운 연주라, 그 자세에는 호감이 가지만 이렇다 할 장점이 보이지 않는다. 스케르초는 쇼팽이 남긴 작품군 중에서도 가장 깊고 격렬하게 듣는 이의 감정을 파고드는 형식일 텐데, 그런 poignant한(통절한, 가슴을 찌르는) 요소가 아쉽게도 보이지 않는다.

---

* 악곡 끝에 종결부로 덧붙이는 부분.

포고렐리치의 연주는 아르헤리치가 심사위원을 사임하는 등의 대형 스캔들이 일어났던 1980년, 제10회 쇼팽 콩쿠르의 실황 녹음이다. 그것만으로도 화제성이 있는 레코드인데, 업계 사정 같은 것은 제쳐두고 보더라도 실로 뛰어난 연주다. 이단적이라고 할까, 완성된 연주라고는 말하기 어렵고 여기저기 거친 부분이 눈에 띄지만, 무엇보다도 자신의 음악을 만들고자 하는 한 청년의 뜨거운 의지가 중심을 차지하고 있다. 명연주라고는 할 수 없을지 몰라도, 나는 이 젊은 포고렐리치(포스트 굴드 세대의 대표 주자)의 저돌적인 몰입력을 높이 평가하고 싶다. 그리고 그 몰입은 결코 헛돌지 않는다(마주르카 세 곡의 완성도 역시 탁월하다). 음악이란 결국은 의지의 문제 아닐까.

예의 쇼팽 콩쿠르가 아직 개최중이던 시기에 포고렐리치는 도이치 그라모폰과 계약을 맺고 지체 없이 뮌헨에서 쇼팽 곡집을 녹음했다. 이 스케르초는 콩쿠르 실황반에 비하면 한결 조화로운 연주지만, 기이할 정도로 '필사적인' 열기는 그만큼 후퇴한 느낌이다. 공격적인 자세는 변함없는데 이상하게 식어버린 부분이 느껴져서 설득력이 부족하다. 그에게는 첫 스튜디오 녹음이었기에 의욕이 좀 지나쳤는지도 모른다.

82-2

쇼팽 스케르초 3번 C#단조 작품번호 39

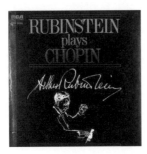

블라디미르 아시케나지(Pf) 일본London L25C-3051 (1967년)

아르투르 루빈스타인(Pf) Vic. LM1132(모노) (1951년)

아르투르 루빈스타인(Pf) 일본Vic. SRA7720(스테레오 쇼팽 전집 박스) (1959년)

블라디미르 호로비츠(Pf) 일본Vic. RVC1547(모노 쇼팽 모음 박스) (1957년)

아시케나지…… 그의 연주에는 무엇 하나 비난할 점이 없다. 균형 잡힌 훌륭한 연주이고, 소리는 아름답고 기술에도 불안한 데가 없다. 그러나 듣고 있어도 마음이 움직이지 않는다. 파고드는 것이 없다. 들려오는 것은 악보에 적힌 음표를 정확하고 유려하게 소화하고 있는 음악이다(그것이 간단히 달성할 수 없는 일임은 잘 알지만). 아직 서른 살인데도, 어느 정도 음악의 틀을 잡아두고서 가야 할 곳에 이미 도착해버린 인상을 받는다.

거장 루빈스타인…… 1951년 녹음된 모노럴반 연주가 훌륭한데, 1959년의 스테레오반도 그에 못지않게 굉장하다. 리흐테르의 실황반 연주도 근사하지만, 여기에는 일생 단 한 번의 '마주침'이라는 충돌적 요소가 있다. 그러나 루빈스타인의 굉장함으로 말하자면 '언제나 그곳에 있는' 굉장함이다. 사방을 빈틈없이 탄탄히 장악하고 그 위에서 마음껏 곡을 연주해낸다. 힘찬 운지에도 그로 인해 소리가 흐트러지거나 탁해지는 일이 없다. 음색은 실로 능란하게, 자유자재로 컨트롤된다. 곡 후반, 오른손으로 연주하는 상승과 하강 패시지의 섬세하고도 한계가 없는 아름다움은 정말이지 완벽하다. 마술적이라고 표현해도 좋을 만큼.

모노럴반과 스테레오반, 연주 경향이나 질은 거의 변함없지만, 스테레오반 쪽이 소리가 선명해서 구석구석 깨끗하게 들리기에 일반적으로는 이쪽이 선호될 듯하다. 그러나 나는 개인적으로 모노럴반의, 조금은 불명료한 소리 덩어리 속에서 들려오는 루빈스타인의 뜨거운 영혼의 외침 같은 것에 더 마음이 끌린다. 둘 중 한 장만 선택하라고 한다면 역시 모노럴반을 고를 것이다. 신구 버전을 몇 번이고 비교해서 들어본 끝에 다다른 결론이다.

호로비츠가 연주하는 쇼팽은 루빈스타인의 그것과는 또 다르다. 연주회를 마친 호로비츠의 대기실에 루빈스타인이 찾아간 이야기를 읽은 적 있다. 호로비츠가 루빈스타인에게 말했다. "이런, 부끄럽네요. 오늘밤은 음을 몇 개 놓쳤습니다." 그 말을 듣고 루빈스타인은 생각했다. '하룻밤에 음 몇 개 놓치는 정도로 넘어간다면 나 같으면 뛸듯이 기뻤을 텐데.'

두 사람의 연주 스타일의 차이를 잘 드러내는 이야기다. 호로비츠의 완벽주의는 잘 벼린 칼날처럼 예리하고 아름답다. 루빈스타인이 감정 하나로 단숨에 연주해버리는 부분을 호로비츠는 어김없이 겨눈 감성으로 정확히 관통한다. 어느 쪽이건 정확히 성공하면 기막히게 굉장한 것이 태어나고, 실패하면(가끔은 그렇게 된다) 살짝 고개를 갸웃하게 되는 것이 나와버린다. 이 스케르초 3번만 놓고 보면 호로비츠의 연주는 설득력이 좀 부족한지도 모른다. 예리하지만 공백을 살리는 맛이 약간 부족하다. 밀기는 유효한데 당기기가 약간 약하다. 같은 날 녹음한 〈야상곡〉은 아름답기 그지없는데……

모차르트 교향곡 40번 G단조 K.550

에리히 클라이버 지휘 런던 필 London LPS 89 (1949년)

프리츠 레만 지휘 빈 교향악단 Gram. LPX 29252 (1950년대 중반)

토머스 비첨 지휘 로열 필 Phil. ABL 3094 (1953년)

카를 뮌힝거 지휘 빈 필 Dec. LXT 5124 (1956년)

카를 슈리히트 지휘 파리 오페라좌 관현악단 Concert Hall M-2258 (1963년)

카를로 마리아 줄리니 지휘 뉴필하모니아 관현악단 Dec. SXL 6225 (1965년)

모차르트의 40번은 발매된 레코드가 많아서 고르기 힘들다. 우선 1950년대부터 1960년대에 활약한 거장 지휘자를 중심으로 여섯 장을 꺼내 왔다. 저마다 개성 강한 연주를 당당히 펼치고 있다.

에리히 클라이버는 과연 소리가 오래된 티가 난다만 뭐 어떤가. 그렇다고 듣지 않는다는 건 〈카사블랑카〉가 흑백영화라고 보지 않는 것과 마찬가지 아닌가. 이렇게까지 여유롭게 흘러가는 모차르트, 평범한 사람이 할 수 있는 일은 아니다. 이런 음악에 이끌려 조용히 서방정토로 떠나고 싶다……라는 생각까지는 하지 않을지언정, 흠잡을 데 없는 빼어난 모차르트라 하겠다.

프리츠 레만의 40번도 훌륭하다. 1악장을 여는 테마부터 오케스트라 소리가 생생하게 숨쉰다. 이미 귀에 딱지가 앉은 멜로디가 분명한데도, 이제부터 어떤 음악이 펼쳐질까 하는 생각에 가슴이 설렌다. 그리고 그 기대는 마지막까지 배반당하지 않는다. 오케스트라 소리가 군데군데 거칠어지지만 그마저 매력이 된다. 레만은 좀더 재평가되어도 좋을 지휘자가 아닐지.

비첨 경이 레코드로 남긴 연주는 '지금 들어도 신선하고 재미있는' 것과, '지금 와서는 딱히 들을 필요 없지 않나' 싶은 것으로 비교적 뚜렷하게 나뉘는 느낌이다. 그 분기점이 어디쯤에 있는지는 명확하지 않지만, 어쨌든 이 40번은 아쉽게도 후자의 범주에 드는 듯하다.

확실하지는 않은데, 뮌힝거가 빈 필을 지휘해 모차르트 교향곡을 녹음한 음반은 이것 외에는 없지 싶다. 그래도 양자의 궁합은 아주 좋아 보인다. 무척 온화하고, 거들먹거리는 구석이 없는 연주, 햇살 좋은 독일 남부를 떠오르게 하는 느긋한 분위기가 감돈다. 함께 녹음된 33번도 호감이 간다. 이 조합으로 모차르트 교향곡 시리즈를 내줬더라면 좋았을 텐데.

슈리히트는 파리 오페라좌 관현악단과 함께 모차르트 교향곡을 네 곡 녹음했다. 몹시 느린 2악장과 몹시 활달한 3악장의 대비가 재미있다. 슈리히트는 당시 이미 여든세 살이었는데, 자신이 하고 싶은 일을 자신의 방식으로 타협 없이 하고 있다. 매우 기백이 넘치는 연주다.

줄리니, 여기 이르러 드디어 스테레오 녹음으로 바뀐다. 영국 데카의 녹음은 역시 훌륭하다. 모든 면에서 빈틈없으면서도 탁 트인, 스케일이 큰 연주다. 잘한다, 하는 감탄이 절로 나오지만 음악이 너무 매끈하고 조화로운 탓에 저마다 개성이 두드러지던 에리히와 레만, 슈리히트 버전이 점점 그리워진다. 물론 줄리니에게는 아무 잘못도 없다만.

모차르트 교향곡 40번 G단조 K.550

 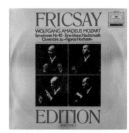 

앤서니 콜린스 지휘 신포니아 오브 런던 EMI CFP 127 (1960년)

페렌츠 프리처이 지휘 빈 교향악단 Gram. 2535 710 (1959년)

로린 마젤 지휘 베를린 방송교향악단 Phil. 71AX222 (1967년)

벤저민 브리튼 지휘 영국 실내관현악단 일본London K15C-7053 (1967년)

시몬 골드베르크 지휘 미토 실내관현악단 TOBU 0003/4 (1993년)

40번은 앞서 소개한 여섯 장의 레코드로 끝낼 생각이었지만, 역시 그것만으로는 충분하지 않은 기분이 들어서 다섯 장 추가한다.

앤서니 콜린스는 시벨리우스 연주로 정평이 난 영국 지휘자로, 모차르트에서도 예리하고 타협 없는 소리를 제대로 들려준다. 신포니아 오브 런던은 주로 영화음악 쪽에서 활동하는 세션 오케스트라인데, 수입이 좋아서 실력 있는 연주가가 많이 모여들었다고 한다. 이 40번(+〈주피터〉)은 원래 통신판매 레이블용으로 만들어진 레코드인 모양으로, 존재감이 상당히 약해서 언급되는 일이 드물지만 내용이 논리적 일관성을 갖춰 확실하다.

프리처이가 흔치 않게 빈 교향악단을 지휘했다. '어라?' 싶을 만큼 무척 느린 페이스로 음악을 시작한다. 듣는 쪽이 긴장해야 할 정도로 느리다. 그리고 2악장(안단테)에서는 페이스가 더욱 느려진다. 턴테이블 회전 속도를 잘못 설정했나 생각될 정도다. 이런 슬로 페이스를 열심히 따라왔으니 후반에 무언가 놀라운 장치가 기다릴 것이라고 내심 기대했는데, 결국 별다를 건 없다. 극히 예사로운 연주로 끝난다. 프리처이는 내가 좋아하는 지휘자지만 이 연주는 유감스럽게도 '헛돌기'라고 말할 수밖에 없다. 의도를 잘 모르겠다.

1963년 세상을 떠난 프리처이를 뒤이어 베를린 방송교향악단을 맡게 된 마젤. 이 조합은 대개 의욕적이고 때로는 와일드한 연주를 들려주었는데, 40번은 의외일 만큼 오소독스하다. 좋게 말하면 정통적, 나쁘게 말하면 이렇다 할 특징=포인트가 없다. 미뉴에트

이후의 긴장감에는 여기저기 흠칫하기는 하지만 전체적으로 무언가가 부족하다.

작곡가 브리튼은 지휘자로서도 일류였다. 그가 지휘하는 40번의 특징은 '음악의 바람직한 모습'을 한 치도 거스르지 않는다는 데 있다. 악보를 충실하게 반복 실행해, 2악장(안단테)에 무려 십육 분 십오 초를 할애한다. 보통 지휘자의 약 두 배다. 조금이라도 오래 이 교향곡을 연주하고 싶었던 걸까. 그러나 그렇다고 곡이 늘어지거나 하진 않는다는 점이 역시 그답다. 영국 실내관현악단도 아름답고 친밀한 소리를 낸다. 잘 만든 트위드 재킷 같은 연주. 질리지 않고, 낡지 않는다.

마지막은 단숨에 시대를 건너뛴다. 시몬 골드베르크가 미토 실내관현악단을 지휘한 1993년의 라이브. 최근 들어 LP화되었다. '오래되고 멋진'이라는 이 책 제목에 걸맞진 않지만, 무척 멋진 연주이므로 굳이 언급하려 한다. 골드베르크의 40번을 한마디로 표현한다면 '인품이 훌륭한 40번'이 될 것이다. 실로 호감을 품지 않을 수 없는 음악이 담겨 있다. 여든네 살에 세상을 떠난 골드베르크 인생 최후의 귀중한 콘서트. 아마도 나무랄 데 없는 인품의 소유자였으리라고—음악의 모양새를 보건대—추측한다. 오케스트라도 뛰어나다.

84-1

브람스 〈가곡집〉

크리스타 루트비히(Ms) 제프리 파슨스(Pf) EMI 063-02 015 (1970년)

크리스타 루트비히(Ms) 레너드 번스타인(Pf) 일본CBS SONY 25AC-329 (1972년)

엘리 아멜링(S) 노먼 셰틀러(Pf) 일본Harmonia ULS-3151 (1968년)

엘리 아멜링(S) 돌턴 볼드윈(Pf) Phil. 9500 398 (1977년)

수잔 당코(S) 알프레드 홀레체크(Pf) Supra. LPV446 (1953년)

브람스는 생애에 걸쳐 방대한 수의 가곡을 작곡했지만, 자주 불리는 곡은 거의 정해져 있다. 몇 곡을 가수들의 가창을 비교해가 며 들어본다.

〈죽음, 그것은 서늘한 밤〉 Der Tod, das ist die kühle Nacht 작품번호 96-1

하이네의 시에 붙인 곡. 제프리트, 프라이스, 루트비히(신·구), 당코가 노래했다. 짧은 곡이지만 내용은 깊고, 가만가만 조용히 시작해서 도중에 감정이 고조된다. 번스타인의 설득력 있고 힘찬 피아노 반주를 등에 업은 루트비히의 가창(라이브)은 드라마틱하면서도 적당히 억제되어 있어 훌륭하다. 감정의 완급을 조절하는 방식이 빼어나다. 제프리트의 가창은 그에 비하면 선이 가늘고 신경질적으로 느껴진다. 프라이스는 감정을 실어 정성껏 부르지만, 루트비히만큼의 문학적 설득력은 없다. 루트비히의 구반은 오페라적으로 너무 고조되는지도.

당코의 목소리는 가련하게, 그러나 유창하게 듣는 이에게 호소해온다. 조화롭게 완성하기 어려운 곡이지만 자기 자신의 완결된 세계를 견고히 마련한다. 그저 목소리만 아름다운 것이 아니다.

〈세레나데〉 Ständchen 작품번호 106-1

제프리트, 호터, 아멜링(구반), 루트비히(구반). 제프리트의 가창은 이 곡에서도 약간 신경질적으로 느껴진다. 호터는 여기 꼽은 사람 중 유일한 남성 가수인데 가창은 역시 훌륭하다. 제럴드 무어의 반주와 하나되어 세레나데의 풍경을 선명하게 그려낸다. 무해하고 경묘한 내용의 곡이지만 호터의 목소리는 인생의 연륜을 느끼게 한다. 루트비히의 구반은 이 곡에 필요한 가벼움이 부족하고 너무 고지식하다. 좀더 멋을 부려도 좋지 않을까. 그 점에서 아멜링(구반)은 자못 젊은 아가씨다운, 귀엽고 쾌활한 가창이다. 그곳에서 자아내는 자연스러운 감정에 반해서 듣고 만다.

〈소녀의 노래〉 Mädchenlied 작품번호 107-5

아멜링(구), 프라이스, 루트비히(신·구). 연인이 없는 아가씨가 베를 짜면서 그 심정을 노래한다. 아멜링은 꾸밈없는 솔직함으로 한 소녀의 고독한 마음을 절절히 들려준다. 뛰어난 가창이다. 프라이스의 가창은 기품 있고 느낌이 좋지만, 절박한 마음의 열기 같은 것이 없다. 루트비히의 구반은 노래는 능숙한데, (이렇게 말하면 좀 그렇지만) 젊은 아가씨라기보다 나이든 여자의 탄식처럼 들린다. 번스타인과 함께한 신반은 표정을 만드는 방식이 능숙해져서 나름대로 듣는 이의 마음에 와닿는 가창이 되었다. 그렇지만 이 곡은 아무래도 아멜링의 음반이 한층 훌륭하다고 생각한다.

84-2

브람스 〈가곡집〉

이름가르트 제프리트(S) 에리크 베르바(Pf) Gram. LPEM 19165 (1958년)

한스 호터(Br) 제럴드 무어(Pf) 영국Col. 33CX1441 (1956년)

마거릿 프라이스(S) 제임스 록하르트(Pf) Orfeo SO58 831 (1984년)

시르스텐 플라그스타(S) 에드윈 맥아더(Pf) Dec. LXT 5345 (1957년)

〈영원한 사랑〉 Von ewiger Liebe 작품번호 43-1

젊은 연인, 역경이 닥치고 남자는 사랑에 자신감을 잃었다. 그러나 여자는 아랑곳 않고 '이 사랑은 영원한 것'이라고 힘주어 선언한다. 구반의 아멜링, 쓸데없는 장치 없이 솔직하게 노래해서 호감이 간다. 다만 감칠맛 같은 것은 조금 부족한지도. 아멜링의 신반은 가창 자체는 구반보다 탄탄해지고 한결 충실한데, 녹음에 들어간 에코가 좀 과하다. 좀더 색을 덜 입힌 소리로 듣고 싶다. 프라이스는 전체적으로 조화로운 분위기라 호감이 간다. 다만 구체적으로 지적하기는 어렵지만 듣는 이의 마음을 파고드는 동력 같은 것이 부족하다.

그에 비하면 루트비히의 구반은 안정감이 있다. 이렇게 이야기성이 뚜렷한 곡에서 이 사람의 저력이 발휘되는 것 같다. 퍼슨스의 반주도 성의껏 자신의 생각을 드러낸다. 번스타인과 함께한 음반은 라이브라는 점도 있어서 가창이든 반주든 감정이 한층 앞으로 나와 있다. 어느 쪽을 택할지는 듣는 이의 취향에 달렸을 것이다.

절정기의 수잔 당코, 프랑스계 가수지만 이 브람스 가곡에 진심을 담아 힘차게 노래한다. 목소리가 한없이 맑고, 확실한 설득력을 갖추었다. 심금을 울리는 훌륭한 가창이다. 드물게 체코에서 녹음되었는데 홀레체크의 반주도 품격 있어서 호감이 간다.

〈여름밤〉 Sommerabend 작품번호 85-1

아름다운 여름밤 정경을 그린 하이네의 시에 붙인 수려한 곡. 이 곡을 노래한 이는 호터와 프라이스 두 사람뿐이지만, 개인적으로 좋아하는 곡이라 가져왔다. 호터의 바리톤은 점잖다고 할까, 결코 미성은 아니지만 그 음악세계에 듣는 이를 끌어들이는 불가사의한 힘이 있다. 제럴드 무어의 반주도 상냥하다. 프라이스가 부르는 이 곡은 정신이 번쩍 들 만큼 훌륭하다. 이 사람은 목소리의 질을 보면 극적인 이야기성이나 강한 메시지를 담은 가곡보다 이렇듯 단정한, 묘사적인 소품 쪽이 비교적 어울리는지도 모르겠다.

〈우린 거닐었네〉 Wir Wandelten 작품번호 96-2

다우머의 시를 사용한 서정적인 러브 송. 시르스텐 플라그스타의 가창은 매우 기품 있고 차분하다. 당시 이미 예순 살이 넘어 목소리가 약간 쇠한 기운은 있지만 진심이 담겨 있다. 제프리트의 노래에는 가련함이 있는데, 아무래도 목소리가 약한 점이 신경쓰인다. 프라이스가 노래하는 이 곡에는 이렇다 할 매력이 없다. 무언가 하나라도 뜨거운 것이 느껴지면 좋을 텐데. 호터의 노래에는 크게 두드러지는 부분은 없어도 이 사람만 낼 수 있는 맛이 있다. 사랑에 빠진 청년의 애절한 마음이 듣는 이에게 서서히 전해진다.

85

브람스 클라리넷오중주 B단조 작품번호 115

레오폴트 블라흐(Cl) 빈 콘체르트하우스SQ 일본West. VIC-5238 (1951년)

데이비드 오펜하임(Cl) 부다페스트SQ Col. MS-6226 (1960년)

리처드 스톨츠먼(Cl) 클리블랜드Q RCA ARL1-1993 (1976년)

카를 라이스터(Cl) 아마데우스SQ Gram. 139 345 (1967년)

카를 라이스터(Cl) 버미어SQ Orfeo S-068830 (1982년)

알프레트 프린츠(Cl) 빈 필 실내앙상블 일본Yamaha (1974년)

311

브람스는 쉰여덟 살 때 클라리넷의 명수 리하르트 뮐펠트를 만나 자극을 받고, 클라리넷을 위한 삼중주와 오중주 두 곡의 소나타를 썼다. 몇 번을 들어도 깊은 맛이 느껴지는 명곡이다. 인생 만년의 체관 같은 것이 감돈다.

블라흐와 빈 콘체르트하우스SQ의 공연반은 이미 칠십 년도 넘게 지난 녹음이지만 이 곡의 '정석'으로 통한다. 그만큼 정평이 나 있거니와 실제로 뛰어난 연주다. 너무 엄격하지도 부드럽지도 않게, 마침맞게 좋은 정도로 이 음악을 완성시켰다. 빈 정서를 듬뿍 담고서 그윽한 맛을 낸다. 다만 세계가 지나치게 잘 정돈되어 있어서 그 부분이 좀 재미없다는 사람이 있을지도 모르겠다.

오펜하임과 부다페스트SQ는 클라리넷과 현악 모두 소리가 한층 경질이라 긴박감이 높아진다. 빈 정서 같은 것은 별로 느껴지지 않고, 악곡의 스켈리턴=구축성이 보다 명확히 드러난다. 연주가들의 의식이 정서보다 분석 쪽을 향하는 듯하다. 그러나 연주의 질은 높기에 하나의 스타일로 성립한다고 생각한다.

마찬가지로 미국인 클라리넷 주자와 사중주단, 스톨츠먼과 클리블랜드는 한 세대 젊은 조합이다. 부다페스트 세대의 딱딱하고 즉물적인 어프로치는 후퇴하고, 한층 내추럴한 감각이 두드러진다. 인생 만년의 애수 같은 것보다 자유를 지향하는 (당시) 젊은이들의 싱그러운 감각을 맛볼 수 있는 호연이다. 그래도 치밀한 앙상블을 자랑하는 클리블랜드Q인 만큼 결코 호락호락하게 흘러가지는 않는다.

라이스터(삼십사 년간 베를린 필 수석을 맡았다)와 아마데우스 SQ, 실로 원숙하고 스마트하며 기품 있는 연주다. 특별히 애쓴 연주는 아니지만 늘어지는 부분이 조금도 없다. 안심하고 마음껏 음악에 젖어들 수 있다. 라이스터의 연주도 완벽하거니와 아마데우스도 그에 필적할 만큼 뛰어나다.

버미어SQ는 1969년 말보로 음악제에서 조직된 미국의 현악 사중주단인데, 라이스터와의 궁합이 아마데우스반 못지않게 훌륭하다. 아마데우스와의 조합에서는 물샐틈없는 긴밀한 조화가 매력이었다면, 버미어와의 연주에는 음악이 엮이는 묘미라고 할까, 상호 응수가 또렷이 살아 숨쉰다. 놀라우리만치 내추럴한 디지털 녹음도 이 음반의 커다란 매력이다.

프린츠와 빈 필의 실력 있는 동료들이 일본을 찾았을 때 녹음한 실내악. 블라흐의 전통을 계승한 '순수한 빈', 동료들끼리 맞춘 소리가 구석구석까지 확실히 울린다. 라이스터에 비해 소리가 온화하고, 깊은 포용력 같은 것이 느껴진다. 심오한 음악이다. 모차르트 클라리넷오중주 때도 그랬는데 프린츠와 라이스터 중 어느 쪽을 택할지 고민하고 만다. 선택하기 어렵다. 뭐, 양쪽 다 가지고서 번갈아 들으면 좋지만.

풀랑크 〈프랑스 모음곡〉

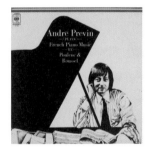

프랑시스 풀랑크(Pf) 일본CBS SONY 20AC 1890 (1950년)

앙드레 프레빈(Pf) 영국Col. 61782 (1962년)

가브리엘 타키노(Pf) EMI ASD 2656 (1968년)

풀랑크가 1935년 작곡한 피아노 소품집. 후일 소편성 오케스트라용으로 본인이 편곡하기도 했다. 원곡은 16세기 중반 프랑스에서 활약한 작곡가 제르베즈의 무곡. 그것을 현대풍으로 편곡했다. 고전음악과 현대 감각의 융합(혹은 접착)이라는 풀랑크의 수법이 교묘하게 살아 있다. 오늘날은 에릭 사티 음악에 대중적인 인기가 집중되어 풀랑크의 피아노곡은 그늘에 가려지고 만 듯한데, 나는 개인적으로 그의 악곡을 애호한다. 이 〈프랑스 모음곡〉도 좋아하는 작품 중 하나.

작곡자 프랑시스 풀랑크가 직접 연주한 레코드. 풀랑크는 젊은 시절 피아니스트로도 왕성하게 활동해 높은 평가를 받았다. 상당히 능숙한 연주로, 한 곡 한 곡의 표정이 풍부하다. 작곡자가 직접 연주하는 만큼 '그렇군, 이런 의도로 만들어진 곡이었구나' 하고 이해하면서 들을 수 있다. 하지만 그렇다고 '이게 가장 정당한 연주'라고 말할 수는 없다. 작품은 일단 세상에 발표해버리면 자동적으로 자립한 텍스트가 되고, 시대에 따라 해석도 변한다. 그리고 작곡자의 의도도 결국 '하나의 해석' '나름대로 의미 있는 참고자료' 같은 것이 되고 만다. 풀랑크가 직접 연주한 이 음반도 뛰어나고 흥미로운 연주지만, 몇 번 듣다보면 군데군데 고풍스러움이 귀에 남아서 '다른 연주가의 연주도 들어보고 싶은걸' 하는 기분이 된다.

작곡자 본인의 연주를 듣고 프레빈의 연주를 들으면, '떡은 방앗간에'라고 할까, 일류 프로 피아니스트란 저마다 나름의 무기를 가슴에 품고 생업에 임하는구나, 하며 납득하고 감탄하게 된다. 이 것은 재능 있는 피아니스트 프레빈이 재즈계에서 클래식 분야로 키를 튼 시기의 연주로, 당시 프레빈은 풀랑크의 피아노곡을 집중적으로 녹음했다. 연주는 청신하면서 약동적이고 재기 넘친다. 테크닉도 확실하고, 음악에 새로운 공기가 제대로 불어넣어졌음을 실감할 수 있다. 고전적 무곡의 성격은 그다지 의식하지 않았지만, 어쨌거나 뛰어난 연주다.

1934년 출생인 타키노는 풀랑크가 유일하게 제자로 받아들인 사람이다. 그래서라고 할지, 풀랑크의 피아노곡을 주요 레퍼토리로 삼으며 전곡 녹음을 완성했다. 자세가 매우 반듯하고, 이 곡 본연의 무곡 리듬감을 적확하게 표현하는 연주다. 풀랑크 특유의 '살짝 어긋난 소리'도 깨끗하게 울린다. 풀랑크 본인의 연주를 현대풍으로 새로 쓴 듯한 연주, 라고 평해도 좋지 않을까. 기품 넘치고 정통적인, 줏대 있는 연주라 호감은 가는데, 특히 프레빈의 자유롭고 활달한 연주를 들은 뒤에는 너무 우등생 같다는 인상이 들기도 한다. 물론 듣는 이의 취향 문제일 테고, 전집의 일부로서는 적절한 연주 스타일이라 하겠지만.

리하르트 슈트라우스 가극 〈장미의 기사〉

에리히 클라이버 지휘 빈 필 귀덴(S) 유리나츠(S) 라이닝(S) Dec. LXT5623 (1954년)

실비오 바르비소 지휘 빈 필 크레스팽(S) 귀덴(S) Dec. SXL6146 (1964년)

게오르그 솔티 지휘 빈 필 크레스팽(S) 민턴(S) 융비르트(B) London 50-5544 (1968년)

유진 오르먼디 지휘 필라델피아 관현악단(모음곡) 영국CBS SBRG72342 (1964년)

빈 필이 배경을 담당한 가극 〈장미의 기사〉 레코드 세 종류(어째서인지 전부 영국 데카 원반). 솔티가 지휘한 것이 전곡반(네 장 세트)이고, 나머지 두 장은 하이라이트반이다. 약 세 시간 반, 끊임없이 유려하게 이어지는 '악극'이기에 하이라이트반으로 편집하기가 상당히 어려운 모양이다. 그리고 덤으로 모음곡반 한 장.

세간에서는 〈장미의 기사〉 하면 역시 본토 빈 필이지, 라는 의견이 지배적인 듯하다. 실제로 카라얀, 뵘, 번스타인…… 모두 빈 필과 호흡을 맞춰 이 가극을 지휘해 높은 평가를 받았다. 그중에서도 평판이 좋은 것이 클라이버(아버지)가 지휘한 음반. 귀덴, 유리나츠, 라이닝의 총출연은 압권이다. 빈 필의 반주도 더없이 고혹적이다. 빈의 향기가 물씬 감돈다. 이 연주는 CD로 전곡반을 가지고 있는데, 워낙 장대한 오페라인지라 평소에는 하이라이트반을 턴테이블에 올려서 듣는다. CD보다 영국 데카 모노 LP의 소리가 훨씬 평온하고 자연스럽기도 하고.

오페라 스페셜리스트, 실비오 바르비소가 지휘한 빈 필. 무엇보다 소리가 훌륭하다. 처음부터 발췌반으로 기획된 음반이라 전곡반은 존재하지 않는다. 그나저나 당시 영국 데카의 녹음 기술은 정말 탁월하다. LP 한 면에 1막 삼십육 분을 꽉꽉 눌러 담는 초강수를 두었는데도, 흘러나오는 소리는 근사할 정도로 윤택하다. 역시 영국 데카. 레진 크레스팽(대원수 부인)의 가창도 감정 표현이 풍부하고, 넋을 놓을 만큼 아름답다. 가창과 오케스트라 소리가 감칠맛 나게 녹아들어 최면적인(또한 약간은 최음적인) 효과를 낳는다. 한마디로 극상의 발췌반이다.

전성기의 게오르그 솔티가 대원수 부인에 적역인 크레스팽, 조피 역의 귀덴과 함께한 〈장미의 기사〉. 나쁠 리가 없다……고 말하고 싶지만, 여기서는 솔티와 빈 필 사이에 친화성 같은 것이 조금 부족하다고 나는 느낀다. 솔티는 드라마를 만들려는 의식이 강하고, 오케스트라의 개입이 때로 귀에 거슬린다. 그 탓인지 크레스팽의 가창에서도(가창 자체는 멋진데) 바르비소반에서 보였던 일관된 안정감이 느껴지지 않는다. 어디까지나 솔티가 주역인 〈장미의 기사〉라고 해야 할까. 다만 오호스 남작 역의 만프레트 융비르트는 선 굵은 설득력이 있어서 납득된다. 민턴도 매력적이다. 녹음은 현장감이 생생하고 우수하다.

결론. 클라이버가 지휘하는 〈장미의 기사〉 전곡 오리지널 LP를 구해야겠다.

덤으로 〈장미의 기사〉 모음곡. 오르먼디는 이 곡을 장기로 삼은 듯 몇 번 녹음했다. 필라델피아 관현악단답게 우아한 소리를 들려주지만, 지금껏 들어온 빈 필의 소리에 비하면 우아함의 질이 꽤 달라서 '흐음' 하고 감탄하게 된다.

88

브루크너 교향곡 9번 D단조

 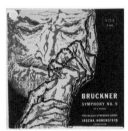 

브루노 발터 지휘 컬럼비아 교향악단 Col. Y35220 (1959년)

야샤 호렌슈타인 지휘 빈 프로무지카 교향악단 VOX PL-8040 (1953년)

카를 슈리히트 지휘 빈 필 EMI 053-00647 (1961년)

레너드 번스타인 지휘 뉴욕 필 일본CBS SONY SOCL163 (1969년)

헤르베르트 폰 카라얀 지휘 베를린 필 일본Gram. MG1057 (1975년)

카를로 마리아 줄리니 지휘 시카고 교향악단 일본Angel EAC-80385 (1976년)

브루크너 최후의 교향곡, 9번. 마지막 악장은 미완성 상태로 끝났다. 마치 베토벤에게 양보한 것처럼. 그러나 3악장까지만 들어도 충분히 가치가 있다.

발터의 연주는 무엇보다 매우 듣기 편하다. 모든 것이 원활하게 흘러가고, 스토리를 친절하고 정성껏 이야기해준다. 다만 사람에 따라서는 '이래서야 너무 친절하지 않나'라고 느낄지도 모른다. 좀 더 거칠어도 괜찮지 않았을까. 매우 질이 좋고 진심이 담긴 연주라고 나는 생각하지만.

빈 프로무지카 교향악단은 빈 교향악단의 다른 이름이라는 말이 있는데 정확한 정보는 찾지 못했다. 참고로 브루크너 교향곡 9번을 1903년 초연한 것은 빈 교향악단이다. 1950년대 초반, 미국 VOX 레코드는 빈에 가서 많은 녹음 작업을 했고, 호렌슈타인이 지휘한 빈 프로무지카 연주도 시리즈로 남아 있다. 발터의 연주와 비교해서 들으면 흠, 정말 거친걸…… 하는 감탄이 나온다. 친절이라고는 눈곱만큼도 느껴지지 않는다. 분명 이런 게 못 견디게 좋다는 분도 있을 테지만.

슈리히트의 연주 스타일은 정통적이라고 할까, 독일 남부 고유의 공기를 흠뻑 머금은 중후한 구름바다를 떠올리게 한다. 빈 필도 거장의 지휘 아래 손에 익은 소리를 낸다. 특히 3악장의 설득력이 훌륭하다. 여기까지 참고 들어온 '노력'이 완전히 해소되는 듯한, 신기하게 편안한 느낌이 든다. 한가운데를 똑바로 돌파하는 감각이라고 할까.

번스타인은 브루크너를 거의 녹음하지 않았는데 이 9번만은 뉴욕 필과 빈 필을 상대로 두 번 녹음했다. 빈 필 쪽은 들어보지 못했지만, 뉴욕 필과의 이 연주는 실로 단호하고 망설임 없는 것이 이 시기 번스타인이 남긴 명반 중 하나라 할 수 있다. 정신성이나 종교성 같은 것을 싹 걷어내고, 음악을 순수한 음악으로 만들어나가는 외곬의 정열이 있다. 유럽 지휘자들의 연주와는 시점을 달리하는 브루크너라는 점에 감탄하게 된다.

카라얀의 9번은 도입부부터 '왠지 종잡을 수 없군' 하며 고개를 갸웃하게 되는데, 3악장에 이르러 마침내 귀가 확 트이면서 자세를 고치게 만든다. 그래도 '왠지 중심점이 없는 음악인걸'이라는, 얇은 막이 한 장 드리운 듯한 인상을 유감스럽지만 마지막까지 지울 수 없다. 개인적인 취향 문제인지도 모르겠다.

그에 비해……라고 하면 좀 그렇지만, 줄리니/시카고는 강약이 살아 있고 음악에서 생명력이 느껴진다. 오케스트라가 활동적인 생물처럼 손안에서 펄떡거린다. 브루크너 냄새가 나지 않는다고 할까, 독일 토양을 벗어나 '글로벌화한 브루크너' 같아서 매우 흥미롭게 감상할 수 있었다.

베토벤 피아노소나타 7번 D장조 작품번호 10-3

블라디미르 호로비츠(Pf) 일본Vic. RVC1503 (1959년)

스뱌토슬라프 리흐테르(Pf) 일본EMI EAC-80344 (1976년)

스뱌토슬라프 리흐테르(Pf) 독일CBS S72449 (1960년)

글렌 굴드(Pf) Col. MS6866 (1964년)

알프레트 브렌델(Pf) VOX VBX419 (1964년)

소노다 다카히로(Pf) Evica EC-350 (1983년)

작품번호 10은 젊은 베토벤이 남긴 사랑스러운 세쌍둥이 소나타로, 7번은 그중에서도 가장 의욕적인 작품이다. 하이든 피아노 음악의 짜임새를 계승하면서도 여기저기 베토벤다운 독창적 소리가 튀어나온다.

호로비츠의 이 레코드는 그의 첫 스테레오 녹음, RCA 시대의 거의 마지막 시기에 해당한다. 그가 연주하는 베토벤은 다른 누구의 것과도 같지 않은데, 이 7번도 그렇다. 여기 있는 것은 호로비츠의 독자적인 음악세계다. 만약 '정통 베토벤 연주'라는 것이 있다면, 그것과 조금 떨어진 지점에서 성립하는 음악이다. 그렇듯 편향된 추출에 기반을 둔 연주를 선호하는 사람도 있고, 그렇지 않은 사람도 있을 것이다. 그러나 적어도 호로비츠만의 굳건한 통일감은 관철되어 있고, 그런 자기 확신이 듣는 이를 매료시킨다.

리흐테르의 연주를 듣고 있으면 '잘한다' 하며 절로 한숨이 나올 때가 많은데, 이 7번(스튜디오 녹음)이 딱 그런 경우다. 특히 완서악장의 완성도가 훌륭하다. 초기 소나타인데도, 리흐테르가 연주하면 뭐라 말할 수 없는 깊은 맛이 생겨난다. 그래도 한편으로는 의욕이 넘친 탓이라고 할까, 군데군데 약간 장황해지는 경향이 있다. 베토벤의 초기 음악은 이런 유의 완급 조절이 상당히 어렵다. 그런 의미에서 보면 흘러가는 대로 자연스럽게 연주해낸 1960년 카네기홀의 라이브반이 매우 훌륭하다. 만장의 청중이 마른침을 삼키고 귀기울이는 모습이 눈앞에 그려진다.

굴드, 서른두 살 때의 연주. 젊은 열기가 피부로 와닿는다. 기이할 만큼 빠른 1악장. 극단적으로 느린 2악장. 어쨌거나 '할말이 가득'한 7번 소나타다. 그는 베토벤 소나타에 의욕적인 어프로치를 많이 시도했고 대부분 성공을 거두었지만, 유감스럽게도 이 7번은 '생각이 너무 많다'는 인상을 지울 수 없다. 음악이 마지막까지 통 안정을 찾지 못한다.

브렌델은 당시 서른세 살. 굴드와 비슷한 나이인데, 연주는 그와 대조적으로 차분하다. 이 사람은 젊어서부터 지성이 강하다고 할까, 원숙한 편이었다. 이 7번도 잘한다고는 생각하고 실제로도 흠잡을 구석이 없지만, 왠지 듣는 이를 타이르는 듯한 투의 연주라서 그만큼 재미가 덜하다. 모 아니면 도, 맨땅에 부딪힌다는 자세는 이 사람과 평생 연이 없지 않을까.

일본에서 가장 정평이 난 베토벤 연주자, 소노다 다카히로의 연주는 기발한 시도 대신 큰 물줄기를 단단히 장악하고, 그러면서도 듣는 이를 질리게 하지 않는, 가히 달인의 경지에 다다른 듯하다. 이번에 다룬 레코드 중에서는—호로비츠는 특례이니 잠시 옆으로 밀어두고—가장 납득이 갔다고도 할 수 있다. 야마하 콘서트그랜드의 소리도 아름답다.

베토벤 첼로소나타 3번 A장조 작품번호 69

피에르 푸르니에(Vc) 프리드리히 굴다(Pf) 일본Gram. MGW-5173 (1959년)

피에르 푸르니에(Vc) 빌헬름 켐프(Pf) Gram. 413-520-1 (1965년)

모리스 장드롱(Vc) 필리프 앙트르몽(Pf) Col. MS6135 (1959년)

안토니오 야니그로(Vc) 외르크 데무스(Pf) Phil. 838 331 (1965년)

요요마(Vc) 이매뉴얼 액스(Pf) CBS IM39024 (1983년)

쓰쓰미 쓰요시(Vc) 로널드 투리니(Pf) 일본CBS SONY 69AC 1159-61 (1980년)

프랑스인 푸르니에는 뛰어난 독일-오스트리아계 피아니스트 두 사람과 더불어 그라모폰에서 첼로소나타 전집을 녹음했다. 아직 이십대였던 신예 굴다와 베토벤 연주의 중진 켐프. 더없이 젊고 약동적인 굴다의 피아노는 반주자가 아니라 대등한 대화 상대로서 존재하며, 주눅들지 않고 푸르니에의 현에 엮어든다. 이 곡의 표기는 레코드에 따라 '첼로소나타' '피아노와 첼로를 위한 소나타' '첼로와 피아노를 위한 소나타'라는 세 가지로 나뉘는데(어느 것이 정식일까?), 이 푸르니에/굴다반은 균형 면에서 보면 '피아노와 첼로를 위한 소나타'라고 하는 것이 적절할 듯하다. 푸르니에는 주도권 같은 건 전혀 신경쓰지 않고 바르고 우아하고 유려한 마이 페이스를 유지한다.

푸르니에/켐프반은 굴다반에 비해 푸르니에의 색깔이 보다 짙게 드러난다. 켐프의 원숙한 피아노가 능숙히 받쳐주는 대목이 많아서일 테다. 어느 쪽을 고를지 어려운데, 이쯤 되면 순전히 취향 문제다. 나라면 어느 쪽을 고를까? 음, 켐프반을 선택하고 나중에 후회하지 않을지.

장드롱도 앙트르몽도 내가 좋아하는 연주가다. 이 프랑스인 팀은 1959년 카네기홀에서 리사이틀을 열어 큰 갈채를 받았다. 그때 뉴욕에서 녹음된 이 레코드를 나는 옛날부터 애청해왔다. 꽤 귀에 익은 곡인데도 그들의 연주는 늘 신기할 만큼 신선하게 들린다. 두 사람의 가장 좋은 자질이 배어나오기 때문이리라.

야니그로의 연주 스타일은 푸르니에나 장드롱에 비하면 보다 공격적이다. 한결 즉물적이라고 해도 좋으리라. 그에 맞추어서인지 데무스의 솔로도 시원시원하고, 피아노의 경쾌함이 꽤 매력적이다. 나는 야니그로보다 데무스의 담백하고 활달한 연주가 더 감탄스러웠다.

요요마의 음색은 자유롭고 담백하게, 물이 높은 곳에서 낮은 곳으로 흐르듯 자연스레 갈 길을 간다. 연주자는 그 물길을 잠자코 따라갈 뿐…… 그런 맛이 있다. 바흐에서도 베토벤에서도 드보르자크에서도 마찬가지다. 그런 타고난 내추럴함을 좋아하는 사람이 있는가 하면, 너무 자연스럽다고 느끼는 사람도 있을 것이다. 액스의 피아노는 그에 비하면 다소 의기가 넘치는 것 같다.

쓰쓰미 쓰요시의 첼로는 여기서 꼽은 다른 어떤 연주자보다 호쾌하게 들린다. 피아노의 투리니도 사뭇 강력하지만 그 힘에 달리지 않는, 경탄할 만한 연주다. 최근에는 피리어드 악기*에 의한 연주가 높이 평가되는 모양인데, 이것은 그야말로 모던 악기의 저력이라고 할까. 쓰쓰미가 연주하는 베토벤은 일본인이 일반적으로 머릿속에 그리는 베토벤상像에 정확하게 맞아들어가는 느낌이다.

---

* 작품이 쓰였던 당시의 악기.

91

말러 교향곡 2번 〈부활〉 C단조

오토 클렘퍼러 지휘 빈 교향악단 슈타인그루버(S) 뢰셀마이단(A) Turnabout 34249/5 (1951년)

브루노 발터 지휘 빈 필 체보타리(S) 안다이(A) 일본CBS SONY 40AC1962/3 (1948년)

브루노 발터 지휘 뉴욕 필 쿤다리(S) 포레스터(Ms) 일본CBS SONY 46AC611/2 (1957/8년)

헤르만 셰르헨 지휘 빈 국립가극장 관현악단 코체(S) 웨스트(A) 일본West. ML5242/3 (1958년)

레너드 번스타인 지휘 뉴욕 필 베노라(S) 투럴(Ms) 영국Dec. CSA2242 (1963년)

주빈 메타 지휘 빈 필 코트루바스(S) 루트비히(Ms) Dec. CSA2242 (1975년)

클렘퍼러는 〈2번〉을 여러 번 녹음했는데, 가장 오래된 이 음반은 미국 VOX 레코드가 빈에 가서 녹음한 것. 음질이 다소 낡았고 오케스트라의 연주 스타일도 고풍스럽지만, 그런 점과 관계없이 뭉클하게 가슴을 파고드는 무언가가 있다. 이 '뭉클하다'는 감촉은 요즘 연주가의 연주에서는—잘한다는 감탄은 나오더라도—찾기 힘들 것이다. 전쟁과 함께 망명 생활을 끝내고 유럽으로 귀환해 다시 빈의 공기를 들이마신 지휘자의 기쁨이 전해지는 듯하다.

발터의 신구 음반 두 장. 나치 정권에 쫓긴 발터 역시 클렘퍼러처럼 오랜 망명 생활을 해야 했는데, 1948년 빈 필과 재회하고 경애하는 스승인 말러의 〈부활〉을 지휘한다. 오래된 모노럴 실황반이지만 음질은 생각보다 나쁘지 않다. 발터는 당시 일흔한 살, 지휘자도 악단도 감개무량했을 것이다. 실황인지라 앙상블이 약간 흐트러지긴 하지만 열띤 마음이 가득한 〈부활〉이다. 특히 피날레는 박력 만점이다. 그로부터 십 년 후 뉴욕 필을 지휘해 스테레오로 녹음한 발터의 〈부활〉도 훌륭하다. 빈에서의 연주에 비하면 너무 중용의 세계에 가까워져 말러 특유의 떫은맛이 희박하다고 불만스러워하는 사람도 있겠지만, 이 상냥함과 기품, 정교히 다듬어진 설득력은 다른 데서 얻기 힘들다.

웨스트민스터 레코드의 '하우스 컨덕터' 헤르만 셰르헨(역시 나치 정권을 피해 망명했으나 비非유대계)도 종전 직후 말러 연주에 힘을 쏟은 지휘자다. '익히 안다'는 기색으로 유유하고 속시원한 연주를 펼친다. 음악을 극적으로 고조시키긴 하지만 묘한 르상티망이 없다. 그런 방식(일종의 선 긋기)이 이 사람의 색깔이다. 이것도 이것대로 좋다고 나는 생각하지만, 정념이나 고민이 느껴지지 않는 말러라니……라고 생각하는 분도 분명 계실 테다.

번스타인의 연주는 클렘퍼러나 발터에 비해 음악의 인상이 실로 젊다. 양자와 달리 말러와 개인적인 굴레가 없고, 새로운 시대의 새로운 말러상像을 세우고자 하는 건전한 야심이 넘친다. 그리고 그 의욕이 헛돌기로 끝나지 않았다는 점이 훌륭하다. 단호하고 긍정적인 자세가 청신한 음악을 만들어간다. 후일(1987년) 뉴욕 필과 재녹음한 버전은 감정이 꼬리 끝까지 흠뻑 배어나는 훌륭한 연주지만, 나에게는 너무 농밀하게 느껴져서 소화하기 힘들었다. 어느 쪽을 택할지 묻는다면 주저 없이 이 스트레이트한 1963년반이라 하겠다.

젊은 날의 메타가 의욕 가득하게 빈 필을 지휘한 영국 데카반의 연주는 윤곽이 매우 또렷하다. 가수도 초일류, 음악의 흐름도 일관적이며, 말러다운 끈적함도 적절히 억제되어 있다. 당시 메타의 음악에는 망설임 없고 윤택한 설득력이 있었다. 번스타인이 깔아놓은 신세대 말러 노선의 아름다운 도달점 중 하나라 해도 좋을 것이다.

92

쇼팽 피아노협주곡 1번 E단조 작품번호 11

아르투르 루빈스타인(Pf) 스타니스와프 스크로바체프스키 지휘 신런던 교향악단 RCA LSC2575 (1961년)

알렉산더 브라일로프스키(Pf) 윌리엄 스타인버그 지휘 RCA 빅터 교향악단 RCA LM-1020 (1952년)

알렉산더 브라일로프스키(Pf) 유진 오르먼디 지휘 필라델피아 관현악단 독일CBS 72368 (1961년)

얼 와일드(Pf) 맬컴 사전트 지휘 로열 필 리더스 다이제스트 (1960년대 후반)

마르타 아르헤리치(Pf) 클라우디오 아바도 지휘 런던 교향악단 일본Gram. MG-1192 (1968년)

크리스티안 지메르만(Pf) 카를로 마리아 줄리니 지휘 로스앤젤레스 필 일본Gram. MG-1192 (1978년)

루빈스타인의 연주는 그야말로 '정조正調'라고 표현할 만한 것으로, 자세를 바로잡고 싶어지는 분위기가 있다. 쇼팽과 같은 폴란드 태생이니 잘하는 게 당연하다는 부분도 있지만, 그런 '혈통'에 안이하게 기대지 않는 것이 이 시기(일흔네 살) 그의 뛰어난 점이다. 반걸음 뒤로 물러나 음악을 상대화하면서도 고향의 토양에서 자유로이 자양분을 흡수해 화려함을 덧붙인, 그만이 만들 수 있는 주시juicy한 음악이 되었다.

　　브라일로프스키는 1896년 키이우 태생. 미국으로 망명해 주로 쇼팽 스페셜리스트로 활약했다. 루빈스타인에 비하면 선율이 쇼팽 그 자체다. 지나간 호시절을 떠올리게 하는 유려한 연주지만 그만큼 올드 패션이기도 하다. 1952년반과 1961년반은 기본적으로 연주 스타일에 변화는 없는데, 신반이 스테레오 녹음이라 음질이 확연히 향상되었고 오르먼디의 반주도 생동감 있어서 이쪽이 그의 대표작으로 통한다. 쇼팽 음악을 쇼팽답게 그 자체로 즐기고 싶은 분에게는 이 레코드를 추천한다. 1952년반의 차분하고 확신에 찬 고풍스러움도 좀처럼 포기하기 힘들지만.

　　얼 와일드의 레코드, 맬컴 사전트가 지휘하는 로열 필의 원숙한 소리가 기분좋게 다가온다. 도입부부터 '좋다' 하는 신음을 흘리고 만다. 이런 말 하면 좀 그렇지만, 쿵짝짝이 빠진, 어디를 봐도 쇼팽스럽지 않은 부분이 멋지다. 와일드의 피아노도 그에 부응해(?) 상당히 쇼팽스러움에서 벗어난다. 리스트 협주곡처럼 들리기도 한다. 브라일로프스키와는 완전히 다른 음악 같다. 연주 자체는 빈틈 없이 뛰어나다. 이런 쇼팽도 절대 나쁘지 않다.

아르헤리치반. 아바도가 지휘하는 서주부는 드라마틱하고 '자, 가자' 하는 예감으로 가득하다. 바꿔 말하면 다소 과장됐다고 할 수 있다. 그러나 그 위로 들어오는 아르헤리치의 피아노는 다이내믹한 동시에 지적이며 절제되어 있다. 그 손가락은 쇼팽 음악을 지극히 유려하게, 그러면서도 예리하게 자아나간다. 그렇듯 한없이 쿨한 정열과 아바도의 정면 공격이 결과적으로 잘 맞물리는 것 같기도 하고 아닌 것 같기도 한…… 느낌은 있지만, 어쨌거나 아르헤리치의 피아노는 압도적으로 훌륭하다. 종래의 쇼팽 연주 스타일에 마지막을 고한 듯한 명연이다.

줄리니/로스앤젤레스 필의 소리는 고저스하다. 폴란드 태생인 지메르만은 아르헤리치에 비하면 한층 '쇼팽에 가깝다'고 할 텐데, 이런 경향은 어디까지나 자연스러운 결과일 뿐, 본래 그가 지닌 이지적이고 고요한 정겨움을 갖춘 음악세계가 무너지는 일은 없다. 오케스트라와의 궁합은 더할 나위 없이 좋다. 아르헤리치의 예리함, 지메르만의 따스함, 어느 쪽도 포기하기 힘들다만……

쇼팽 피아노협주곡 2번 F단조 작품번호 21

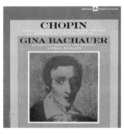

마르그리트 롱(Pf) 앙드레 클뤼이탕스 지휘 파리 음악원 관현악단 프랑스Col. FC25010 (1953년)

비톨트 말쿠진스키(Pf) 월터 서스킨드 지휘 런던 교향악단 Angel 35729 (1947년)

아르투르 루빈스타인(Pf) 앨프리드 월렌스타인 지휘 심포니 오브 디 에어 RCA LM2265 (1958년)

지나 바카우어(Pf) 언털 도라티 지휘 런던 교향악단 Mercury SR90432 (1965년)

세실 리카드(Pf) 앙드레 프레빈 지휘 런던 필 CBS DAL39153 (1984년)

이보 포고렐리치(Pf) 클라우디오 아바도 지휘 시카고 교향악단 일본Gram. 28MG0644 (1983년)

번호는 2번이지만 실제로는 1번보다 앞서 작곡되었다. 인기로 말하자면 1번보다 조금 못한 듯한데, 상당히 매력적인 연주가 포진한다.

롱은 1874년생, 제법 구세대인 셈이지만 클뤼이탕스와 함께한 이 연주는 소리가 무척 약동적이고 갤런트해서 놀랍다. 폴란드의 흙냄새보다 파리의 살롱 분위기가 감도는 쇼팽으로, 똑떨어지게 일관적인 연주가 시대와 스타일을 초월해 듣는 이를 탄복하게 한다.

말쿠진스키는 폴란드에서 태어난(1914년) 피아니스트로, 쇼팽 음악을 주요 레퍼토리로 삼았다. 거장 파데레프스키의 직제자인 만큼 이 사람의 쇼팽은 소리를 움직이고 악센트를 더하는 방식이 지극히 쇼팽답다. 지금 와서는 '고색창연'이라고 표현할 만한 연주지만, 듣다보면 점점 몸이 한들한들 쇼팽스럽게 흔들리는걸, 싶은 부분이 분명 마음을 사로잡는다.

루빈스타인 음반은 피아노가 무척 차밍한데 그에 필적할 만한 오케스트라의 세련됨이 다소 결여된 듯하다. 악곡의 오케스트라 부분이 워낙 완성도가 거칠기에, 지휘자가 능숙하지 않으면 그런 면이 한층 두드러진다. 그러나 피아니스트는 그런 건 아랑곳 않고 아무튼 자유자재로 마음껏 연주하니 그 부분이 매력이라면 매력이다.

바카우어 여사의 피아노는 비길 데 없이 기품 있다. 단아하고, 늠름하고, 세부까지 잘 들여다보고 있어서 안심하고 마음껏 음악에 귀기울일 수 있다. 도라티의 지휘도 그런 피아노의 분위기를 해치지 않으려는 듯 너무 나서지 않고 정성스럽게 오케스트라를 엮어나간다. 녹음 밸런스도 우수하다. 그리스 출신 피아니스트지만, 쇼팽 음악의 감정을 꼼꼼하게 잘 이해하고 있는 것 같다.

필리핀에서 나고 자란 리카드. 폴란드에서 머나먼 땅임에도 그런 사실이 전혀 느껴지지 않는 선명한 쇼팽 연주다. 약동감 넘치고, 영악한 계산이 없다. 쇼팽이 열아홉 살에 작곡한 이 작품이 지닌 청춘의 숨결이 순순히 전해진다. 프레빈의 반주도 그에 맞게 나긋하다.

포고렐리치/아바도 조합. 아바도가 만드는 다소 숨막히게 열띤 소리에는 1번에서도 고개를 갸웃했는데, 여기서도 어쩨 딱 와닿지 않는다. 그러나 포고렐리치도 서슴없이 하고 싶은 대로 하고 있으니, 이러면 궁합이고 뭐고 따질 계제가 아니다. 아무튼 이 연주는 포고렐리치의 예리함이 파격적이다. 다른 어떤 피아니스트와도 다르게 자기주장이 강한 연주지만 거북한 구석은 없고, 노래해야 할 곳은 완벽하리만치 아름답게 노래한다. 요컨대 쇼팽 음악의 진수를 단단히 붙들고 있다는 얘기다.

드뷔시 바이올린소나타

아르튀르 그뤼미오(Vn) 폴 울라노프스키(Pf) Boston Records B203 (1952년)

지노 프란체스카티(Vn) 로베르 카자드쥐(Pf) Col. MK4178 (1946년)

다비트 오이스트라흐(Vn) 프리다 바우어(Pf) Phil. PHM500-112 (1966년)

장자크 캉토로프(Vn) 자크 루비에(Pf) 일본Erato REL-2538 (1973년)

오귀스탱 뒤메이(Vn) 장필리프 콜라르(Pf) EMI C069-73037 (1981년)

운노 요시오(Vn) 고바야시 히토시(Pf) 일본CBS SONY SONC-16001 (1978년)

이 곡은 레코드에 따라 'A장조' 혹은 'G단조'라고 적혀 있어서 혼란을 부른다. 드뷔시가 생애 마지막으로 쓴 작품으로, 십오 분쯤 되는 짧은 곡이지만 내용이 조밀해서 바이올리니스트에게는 열성 껏 연주하는 보람이 있을 것이다.

그뤼미오의 이 연주는 1952년 미국 음악 여행 때 보스턴에서 녹음한 귀중한 기록이다. 보스턴의 작은 음반사가 제작해 발매했는 데, 구하기 꽤 힘들지 싶다. 그뤼미오는 그지없이 유려하게, 약동적 인 정열을 담아 수월하게 연주해버린다(당시 아직 이십대). 전혀 낡은 느낌을 주지 않는다. 오래된 녹음이지만 음질도 훌륭하고, 생동감 넘치는 훌륭한 연주다.

프란체스카티는 더 오래된 녹음인데, 이쪽도 빈틈없는 미음을 연주해낸다. 그러나 소리만 윤택한 것이 아니라 3악장(피날레)에 담긴 힘에는 듣다보면 흠칫할 만한 것이 있다. 그 위에 엮이는 명인 카자드쉬의 피아노도 깊은 맛을 낸다. 그야말로 이상적인 콤비다.

러시아인 오이스트라흐의 연주는 앞서 꼽은 두 사람과 달리 미음은 뒤로 훌쩍 물러나고, 열의 있는 숙고가 그 자리를 차지한다. 드뷔시의 인상파적 측면보다 현대(동시대)성이 강조된다—고 말해도 좋을지 모른다. 다만 다소 분석적이어서, 듣고 있으면 마음을 사로잡는 대목이 보이지 않는 것이 좀 허전할지도.

캉토로프와 뒤메이 둘 다 프랑스인, 반주 피아노도 프랑스인, 연주도 우아하고 프랑스적……이라고 말하고 싶지만, 당시 아직 젊었던 그들의 스타일은 프란체스카티나 그뤼미오의 미음의 세계로부터 조금 거리를 둔 지점에서 성립한다. 캉토로프는 굳이 말하자면 내추럴하게, 곡의 흐름을 따르기보다 감흥에 따라 완급을 조절하며 자신의 음악을 활달하게 노래해나간다. 그런 자유로움이 이 사람의 개성이다. 한편 뒤메이의 소리는 유려하고 윤택하지만, 연주 자세는 긍정적이고 정열적이다. 음악 속으로 예리하게 쳐들어간다. 어느 쪽이나 자기주장이 분명한 연주라 저마다 매력적이긴 한데, 앞서 언급한 베테랑에 비하면 몇 번씩 되풀이해 듣게 만드는 설득력은 약간 부족하다는 느낌이다.

일본을 대표하는 바이올리니스트 운노 요시오의 연주. 처음 들을 때부터 그 반드러운 소리에 놀란다. 프란체스카티나 그뤼미오가 구축한 이상적인 세계의 혈통이 아무래도 이쪽으로 계승된 모양이다. 동시에 지적이기도 하다. 결코 미음에 매몰되지 않는다. 음악의 자연스러운 흐름을 붙들어 고스란히 소리로 자아내는 듯하다. 자기주장 같은 것은 그 자연스러움의 밑바닥에 감춰져 있다. 고바야시 히토시의 조심스럽고 깔끔한 반주에도 무척 호감이 간다.

모차르트 가극 〈피가로의 결혼〉 K.492

헤르베르트 폰 카라얀 지휘 빈 필 슈바르츠코프(S) 제프리트(S) 군츠(Br) 영국Col. 330X1558 (1950년)

헤르베르트 폰 카라얀 지휘 빈 필 반 담(Br) 코트루바스(S) 토모바 신토브(S)

일본London L20C-1821 (1978년)

에리히 클라이버 지휘 빈 필 델라 카자(S) 시에피(B) 귀덴(S) 당코(S) Dec. LXT5459 (1955년)

콜린 데이비스 지휘 BBC교향악단 빅셀(B) 노먼(S) 프레니(S) 민턴(Ms) 일본Phil. 15PC63/66 (1971년)

앞서 썼다시피 오페라 전곡반은 중량이나 부피 관계로 아무래도 CD를 중심으로 모으게 된다. 대신 LP로는 하이라이트반을 마음 편하게 즐긴다. 오페라 하이라이트반을 우습게 보는 사람도 있는 모양인데, 좋아하는 오페라를 여러 버전으로 맛보는 데는 아주 이상적인 자원일 것이다. 콤팩트한 가이세키* 도시락 같은 느낌으로.

카라얀의 음반 두 장, 둘 다 빈 필과 함께했다. 이십팔 년의 시간차가 있지만 어느 쪽이나 서곡부터 템포가 팔팔하다고 할까, 몹시 빠르다. 거의 질주 상태다. 구반—가수들은 왕년의 스타가 모였고, 처음에는 약간 고풍스럽게 느껴져도 듣다보면 지극히 확신에 찬 그 목소리에 귀가 익으며 완전히 설득당하고 만다. 특히 슈바르츠코프가 노래하는 백작부인의 가련함은 압권이다. 카라얀도 적절히 숨을 고르며 차분하고 꼼꼼히 이 아름다운 가창을 뒷받침한다. 다만 오래된 녹음이라 소리가 전체적으로 다소 평탄하게 들리는 것이 결점인지도 모른다.

신반—이쪽도 스타들이 한데 모인 호화 구성으로, 카라얀 역시 당당하게(하지만 섬세하게) 오케스트라를 울린다. 반 담을 제외하면 가창의 개성은 대체로 구반보다 덜한 느낌이지만, 피날레의 합창이 드라마틱하게 훌륭해서 그런 건 잊게 된다. 과연 카라얀, 이라고 할 빼어난 조화로움이다.

---

* 일본 차를 마시기 전에 제공되는 간단한 요리.

클라이버(아버지)가 지휘하는 빈 필, 화려하고 시원스러운 카라얀의 소리에 비하면 한결 부드럽고 자연스러우며, 어딘지 모르게 호시절의 포용력 같은 것이 느껴진다. 에리히 클라이버, 너무 달지도 맵지도 않고 꼬리 끝까지 맛있다. 재능 있는 명가수가 모였는데, 그중에서도 타이틀 롤인 피가로를 맡은 시에피의 가창은 힘차고 자못 신흥 시민 같은 설득력이 있다. 1막의 위트 넘치는 육중창이 실로 즐겁다.

우리집에 있는 유일한 〈피가로〉 전곡 LP(네 장 세트)는 콜린 데이비스가 BBC교향악단을 지휘한 버전이다. 제시 노먼의 백작부인, 미렐라 프레니의 수산나, 이본 민턴의 케루비노 등 특히 여성 출연진이 출중한 실력을 보여준다. 1971년 녹음이지만 그야말로 당시의 아름다운 가수들…… 이름만 봐도 가슴이 설렌다. 그리고 실제 가창도 뛰어나다. 같은 소프라노여도 노먼과 프레니의 캐릭터 대비가 선명해서 드라마적으로 설득당한다. 오케스트라는 탄탄하고 흠잡을 데 없지만, 전체적으로 경묘함이 약간 부족한지도. 다만 하이라이트반에는 어지간해선 들어가지 않는 유쾌한 결혼식 무도 장면을 이 전곡반에서는 마음껏 맛볼 수 있다.

참고로, 내가 지금껏 극장에서 직접 보고 들으며 가장 훌륭하다고 생각한 〈피가로의 결혼〉은 빈 필을 배경으로 키리 테 카나와가 백작부인 역을 연기했을 때다. 그 목소리, 그 오케스트라 소리가 아직도 귀에 또렷이 새겨져 있다. 어떤 명연 레코드도 천국처럼 아름다운 그 음색을 퇴색시키지는 못한다.

96

드보르자크 피아노오중주 A장조 작품번호 81

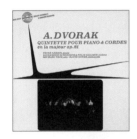

피터 제르킨(Pf) 알렉산더 슈나이더(Vn) 외 Amadeo AVRS 66008 (1965년)

루돌프 피르쿠슈니(Pf) 줄리어드SQ CBS 76619 (1975년)

클리퍼드 커즌(Pf) 빈 필Q Dec. SDD 270 (1962년)

스티븐 비숍 코바세비치(Pf) 베를린 필 팔중주단원 일본Phil. 13PC 60 (1972년)

스뱌토슬라프 리흐테르(Pf) 보로딘SQ 일본Melodia VDC-546 (1983년)

344

지극히 드보르자크다운 인상적인 테마로 시작하는 피아노오중주. 연주자에 따라 곡의 인상이 놀라우리만치 달라지는 것이 이 곡의 특징인 듯하다.

피터 제르킨의 연주, 원반은 미국 뱅가드. 약관 열여덟 살 때의 녹음이지만 실로 신선하고 질 높은 연주를 펼친다. 현弦 파트를 리드하는 것은 부다페스트SQ의 베테랑 알렉산더 슈나이더인데, 피터도 주눅들지 않고 자유로이 자신의 음악을 연주한다. 아버지 루돌프는 드보르자크의 음악을 거의 연주하지 않으므로 비교당할 일도 없고, 그런 만큼 마음이 편했는지도 모른다. 위대한 아버지를 두면 여러모로 애로사항이 많다.

피르쿠슈니는 드보르자크와 동향인 체코의 피아니스트인데 공연은 미국의 실력자 줄리어드SQ와 함께했다. 기질이 상당히 달라 어떨지 조금 걱정스럽지만, 결과적으로는 이종 배합이라고 할까, 상이한 문화의 맞부딪침이라고 할까, 아주 흥미로운 음악으로 완성되었다. 줄리어드SQ 특유의 흐트러짐 없는 구심적인 음악과 피르쿠슈니의 미묘한 감수성을 머금은 음악이 수준 높게 자연스레 맞물렸다. 생각해보면 형식성과 자연스럽게 노래하는 마음의 공존은 작곡자 자신에게도 중요한 문제였다.

빌리 보스코프스키를 리더로 둔 빈 필Q는 도입부부터 빼어나게 아름답고 단아한 소리를 내서 듣는 이를 놀라게 한다. 그 위에 명인 커즌의 단정한 소리가 엮인다. 스메타나SQ와는 대조적으로, 드보르자크의 토착성 같은 것은 여기서 거의 느껴지지 않는다. 커즌과 현악사중주단은 어디까지나 그곳에 있는 순수한 음악성을 추구하며 뛰어나게 달성해낸다. 연주도 출중하지만, 그 장점을 적확히 파악해 재현하는 데카의 녹음 기술도 훌륭하다.

베를린 필의 현이 내는 소리는 빈 필의 그것과는 확연히 다르다. 실내악으로 가도 마찬가지다. 제아무리 평온한 부분에 접어들어도 베를린의 현은 늘 '공격'적인 자세를 무너뜨리지 않는다. 코바세비치의 피아노도 그에 맞추어 시종일관 기민한 소리를 만들어나간다. 빈과 베를린, 어느 쪽을 택할 것인가—이건 순전히 취향 문제일 것이다. 나라면 종합적으로는 커즌/빈 쪽을 선택하고 싶은데, 악장에 따라서는 코바세비치/베를린의 단단히 조여진 분위기에도 마음이 끌린다.

리흐테르/보로딘SQ, 이 구소련 조합은 매우 격조 높은 연주를 들려준다. 치밀함을 중시하고, 숨쉴 구멍 같은 것은 거의 고려하지 않는다. 보헤미아의 한가로운 느낌 대신 슬라브의 엄격함이 자리잡고 있다. 라이브 녹음이지만 리흐테르의 피아노는 그런 긴장감 속에서 자유롭고 활달하게 영롱한 빛을 낸다. 그렇지만 이 연주를 듣고서 약간 피곤하다고 느끼는 사람은 나뿐일까?

모차르트 현악사중주 17번 〈사냥〉 B♭장조 K.458

파레냉SQ West. XWN 18047 (1956년)

아마데우스SQ 일본West. VIC5376 (1951년)

부다페스트SQ CBS Col. ML-4727 (1950년)

레벵구트SQ 일본Gram. LGM107 (1959년)

줄리어드SQ 일본CBS SONY SOCZ-415-417 (1962년)

고등학생 시절, 빈 콘체르트하우스SQ의 연주(웨스트민스터반)로 이 곡을 즐겨 들었지만 아쉽게도 지금은 그 레코드가 수중에 없다. 매우 차밍한 연주였는데. 우선 1950년대에 녹음된 것을 중심으로 다섯 장의 LP를 다룬다.

프랑스인 바이올리니스트 자크 파레냉이 1942년 결성한 파레냉SQ. 프랑스 음악, 현대음악을 레퍼토리의 중심으로 삼기에 모차르트 녹음은 몇 장밖에 보이지 않는다. 그래도 이 17번은 부드럽고 기품 있어서 꽤 멋지다. 애쓰거나 비위를 맞추는 부분이 없고, 자연체라고 할까, 자세가 반듯하며 일관적이다. 이 단체가 연주하는 모차르트를 좀더 듣고 싶었는데.

아마데우스SQ, 결성한 지 얼마 되지 않은 시기의 녹음이다. 그런 만큼 약동적이고 힘차며 긍정적인 모차르트다. 빈 출신이 주축인 단체지만 고도古都의 정서 같은 것은 별로 느껴지지 않는다. 다만 3악장(아다지오)의 유연한 리듬에는 역시 빈 특유의 울림이 또렷이 들린다. 마음을 사로잡는 소리다.

부다페스트SQ는 〈하이든 세트〉 여섯 곡을 초기에 모노럴로 녹음했을 뿐, 스테레오 시대에도 재녹음을 하지 않았다(고 알고 있다). 하지만 그 사실이 신기하게 여겨질 정도로 이 모노럴반의 연주는 뛰어나다. 부다페스트SQ 하면 즉물적이고 고지식하다고 할까, 무뚝뚝한 소리가 떠오르기 쉬운데, 이 17번은 소리가 생동감 넘치고 깊은 맛이 있으며 노래해야 할 곳은 (그들 나름대로) 빈틈없이 노래한다.

레벵구트SQ는 1929년 창설된 프랑스 단체로, 1970년대 후반에 해산할 때까지 고전파음악을 주요 레퍼토리로 삼았다. 한번 들어보면 그 부드러운 현의 음색에 감동하게 된다. 어디로 보나 흘러간 호시절의 소리지만 연주 스타일은 결코 고풍스럽지 않다. 그런 면의 균형에 호감이 간다. 한마디로 매우 인간적인 음악을 하는 단체다. 최근에는 이런 연주를 들을 기회가 별로 없는지도 모른다.

줄리어드SQ의 연주는 여기서 꼽은 그룹 중 가장 '모던'하다. 스마트하고 군더더기가 없으며 확실한 설득력이 있다. 그들이 남긴 이 1962년 녹음본 〈하이든 세트〉는 시대를 초월해 애청할 가치가 있는 명연이라고 생각한다. 더없이 예리한 15번도 출중하지만, 17번의 한껏 즐겁게 '돌진하는 듯한' 느낌도 멋지다(특히 미뉴에트). 당시 줄리어드SQ가 얼마나 충실했는지 구석구석까지 흡족하게 맛볼 수 있다. 다만 마지막 악장은 (지금 기준에서는) 공격성이 약간 과하지 않을까.

97-2

모차르트 현악사중주 17번 〈사냥〉 B♭ 장조 K.458

스메타나SQ Supra. 1111 3369G (1982년)

이와모토 마리SQ 일본Angel EAC-60199-211 (1973년)

과르네리SQ Vic. CRL3-1988 (1974년)

에스테르하지SQ 일본London L75C-1481/3 (1979년)

아마데우스SQ Gram. 410866 (1982년)

〈사냥〉은 모차르트 현악사중주 중에서는 가장 인기 있는 곡으로, 나도 레코드를 발견하면 자꾸 집어오게 된다. 1970년대에 녹음된 것을 중심으로 한 다섯 장의 LP.

스메타나SQ는 특히 일본에서 높은 평가를 받아온 단체지만 나는 왠지 그들의 연주가 썩 좋아지지 않았다. 잘 다듬어진 뛰어난 음악이라고는 생각하는데, 센스 같은 것이 별로 느껴지지 않는다. 중용의 따분함, 이라고 할까. 그런 연유로 1972년 일본 녹음 컬럼비아반에선 딱히 재미를 못 느꼈지만, 1982년 녹음된 수프라폰*반은 분위기가 확 달라져서 긴장을 풀고 모차르트를 즐길 수 있다. 소리에 여유가 있다. 전부 같은 멤버인데 신기하다.

이와모토 마리SQ는 모차르트를 그다지 많이 녹음하지는 않았다. 그리고 이 17번도 이른바 '모차르트성'과는 상당히 거리를 두고 완성된 연주다. 네 연주자의 소리가 명료히 분리되고, 그 음악은 어떤 의미에서는 분석적이다. 아마 악보를 철저히 읽어낸 결과일 것이다. 그런 인상을 받는다. 그야말로 '극북極北의 17번'이라고 평해야 하려나.

과르네리SQ는 1960년대에 결성된 미국 단체. 현악사중주단 층이 얇은 RCA에서 젊은 '하우스 콰르텟'으로 활동했다. CBS가 보유하고 있던 줄리어드SQ에 대항하기 위함이었는데, 솔직히 말해

---

* 체코의 레코드 레이블.

성숙도 면에서는 약간 떨어진다. 다만 그들에게는 줄리어드에 없는 '자유로움' 같은 것이 있어서(아마 시대성도 관계하지 싶다), 밝은 방향으로 힘있게 개척해나갈 여지가 엿보였다. 이 17번의 완성도는 '그럭저럭' 정도라고 할까.

고악기를 사용한 에스테르하지SQ의 연주는 앞서 15번에서도 다루었다. 이 17번은 꽤 멋진 소리를 들려주지만, 잔향을 충분히 살려 녹음된 고악기의 소리는 왠지 교묘하게 눈속임하는 느낌이라 어쩨 완전히 신용할 수 없는 부분이 있다. 나의 개인적인 편견인지 모르겠지만, 연주자의 개성, 인품 같은 것이 뚜렷이 전해지지 않는다. 부다페스트나 줄리어드의 단단하고 올곧은 소리가 그리워진다.

앞서 1951년 녹음된 아마데우스SQ의 17번을 다루었는데, 이쪽은 1982년 녹음된 같은 곡. 삼십일 년 후에도 멤버의 면면은 변함없다. 엄청나게 장수한 단체. 나치가 지배하는 빈에서 영국으로 도망쳐 온 유대계 독일-오스트리아인 세 명과 영국인 첼리스트 한 명. 삼십일 년 동안 그들의 음악은 바뀌었을까? 물론 바뀌었다. 선율이며 소리의 엮임이 시대에 따른 공기의 추이를 미묘하게 흡수했음이 느껴진다. 하지만 기본 자세는 예전과 같다. 마주하는 음악(텍스트)의 본질을 찬찬히 관찰하는 데 집중하고, 안이하게 느슨해지거나 기대는 일이 없다. 그러나 과도한 치밀성으로 흐르지 않고, 기본적으로 자연스러운 연대와 중용을 신뢰하기에, 구석구석에서 마음의 여유 같은 것이 엿보인다. 아다지오는 예전과 다름없이 매우 차밍하다.

98

베토벤 피아노협주곡 4번 G장조 작품번호 58

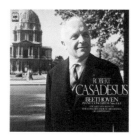

로베르 카자드쥐(Pf) 에두아르트 반 베이눔 지휘 콘세르트헤바우 관현악단 일본CBS SONY 13AC399 (1960년)

클리퍼드 커즌(Pf) 한스 크나퍼츠부슈 지휘 빈 필 London LL1045 (1957년)

아르투르 루빈스타인(Pf) 에리히 라인스도르프 지휘 보스턴 교향악단 Vic. LSC2848 (1964년)

루돌프 제르킨(Pf) 유진 오르먼디 지휘 필라델피아 관현악단 Col. ML6145 (1965년)

글렌 굴드(Pf) 레너드 번스타인 지휘 뉴욕 필 Col. MS6262 (1961년)

나는 고등학생 시절 이 4번을 오직 바크하우스/이세르슈테트 반으로만 들었다. 그래서 그 연주가 개인적 기준 같은 것이 되었다. 특히 2악장 도입부의 즐겁고 스릴 있는 오케스트라와 피아노의 대화를 듣는 것을 좋아했다.

중후한 바크하우스에 비하면 카자드쥐는 무척 기분좋게 막힘 없이 피아노를 연주한다. 베이눔의 지휘도 그에 못지않게 경쾌하다. 봄날 오후 쌩쌩한 프랑스 소형차(물론 매뉴얼 기어)를 운전하며 산길을 달리는 것처럼 상쾌한 기분이 든다. 바크하우스의 벤츠와는 승차감이 많이 다르다. 다만 이 LP는 한 면에 전곡이 꽉 들어차 있어 소리가 약간 답답하다.

클리퍼드 커즌은 빈으로 가서 크나퍼츠부슈가 지휘하는 빈 필과 공연했다. 1악장은 대체로 온화하다고 할 수 있지만, 2악장 도입부의 '대화' 언저리부터 악단도 피아노도 말이 갑자기 많아진다. 베토벤이 하고 싶은 말이 그대로 전해지는 듯한 쾌연이다. 본토 빈의 오케스트라는 위풍당당하게 울려퍼지고, 영국에서 온 이지적인 피아니스트도 뒤지지 않는다.

라인스도르프가 지휘하는 보스턴 교향악단은 지극히 베토벤다운, 차분하고 기품 있는 소리로 공손하게 이 곡을 시작한다. 그 위로 루빈스타인이 거침없는 스타일로 쑥 쳐들어오며, 거의 순식간에 그가 연주의 주인공임을 모든 이의 눈에 명확히 보여준다. 그렇다고 그의 피아노 연주가 자기주장이 강하다는 말은 아니고, 그 이행은 어디까지나 자연스럽게 이루어진다. 아무튼 혀를 내두를 정도로 능숙한 피아노이거니와, 그저 잘하는 게 아니라 인간적인 노랫소리가 생생히 전해진다. 그야말로 명인의 기예.

유려한 루빈스타인과는 대조적인 것이 루돌프 제르킨이다. 두 사람은 라이벌이라기보다 오히려 서로를 보완해주며 세계의 균형을 잘 유지하는 상대라고 해도 좋지 싶다. 제르킨의 피아노는 매우 투박하지만 한 음 한 음이 주의깊고 확실한 설득력을 가지고 있다. 루빈스타인에게 속을 것이냐, 제르킨에게 설득당할 것이냐, 흠, 쉽지 않은 선택이다.

굴드의 템포는 규격을 상당히 벗어나기에(특히 2악장의 느림이란!) 번스타인이 보조를 맞추느라 이만저만 고생이 아닌 듯하다. 그러한 양자의 음악 비전의 어긋남에 위화감이 드는 부분이 있는가 하면, 덕분에 음악이 보다 자극적으로 만들어짐을 느끼고 납득하게 되는 부분도 있다. 어쨌거나 평범한(귀에 제법 딱지가 앉은) 〈4번〉이 아니라는 점만은 확실하다. 그러나 전체적으로 말하면 이 조합은 3번만큼 성공하지는 않았다. 그 탓인지 무언지 이후 굴드는 번스타인과 콤비를 이루지 않고, 5번에서는 스토코프스키와 호흡을 맞추었다. 그리고 급기야 협주곡 연주 자체를 그만두고 말았다.

J. S. 바흐 〈안나 막달레나를 위한 음악노트〉

필리프 앙트르몽(Pf) 일본CBS SONY SOCL288 (1975년)

외르크 데무스(Pf) 일본TRIO PA-1147 (1971년)

고바야시 히토시(Pf) 일본Vic. SJV-1207 (1973년)

바흐가 어린 아내(두번째)를 위해 편찬한 클라비어 연습곡집. 바흐가 직접 작곡한 곡은 몇 안 되고, 아들 에마누엘의 작품이 있는가 하면 누가 만들었는지 모를 곡도 있는, 이른바 바흐풍 '모둠전골' 같은 음악이다. 그래도 바흐가 초보자 연습용으로 여기저기서 주의 깊게 골라온 곡이 모여 있기에 가족 콘서트에 참가한 기분으로 처음부터 끝까지 어려울 것 없이 즐길 수 있다. 바흐의 훈훈한 인품도 엿볼 수 있다. 그러나 초보자용, 이란 숙달된 프로에게는 도리어 연주하기 까다로운 것인지도 모르겠다.

여기 꼽은 세 장의 LP는 어느 것이나 1970년대 초반 일본 음반사가 제작해 발매한 것이다. 당시 피아노 교습이 붐이었기에 이런 교본 같은 레코드의 수요가 있었던 모양이다. 데무스의 레코드는 다르지만, 앙트르몽과 고바야시의 레코드에는 아예 '교본용'이라고 적혀 있다. 앙트르몽은 이 외에도 일본에서 의뢰를 받아 '소나티네' '소나타 1집·2집' 등 다수의 교본 레코드를 제작했다.

이런 사정이 있기에(아마 제작자측의 주문도 있었을 테고) 앙트르몽은 매우 명료하고 알기 쉬운 연주를 한다. 운지를 또렷이 눈으로 따라가는 듯한 연주다. 그러나 탁월한 테크닉을 지닌 명인답게 '교본'다운 느낌은 최대한 억제하고, 반듯하고 격조 높은 음악을 들려준다. 그래도 계속 듣다보면 역시 전체를 관통하는 고지식함이 약간 신경쓰이는지도 모른다. 좀더 긍정적으로 파고든 부분이 있어도 좋지 않았을까.

데무스의 연주는 터치의 정성스러움과 명료함은 앙트르몽과 비슷한데, 아티큘레이션과 선율 면에서 '교본'이라는 표면적인 굴레가 없는 만큼 보다 자유롭게 들린다. 따스한 인품도 구석구석에서 느껴진다. 모던 피아노를 사용했지만 오리지널 악기(하프시코드)를 염두에 둔 연주이기에, 이런 세련된 예풍은 A면의 〈안나 막달레나〉보다(너무 담백한 느낌이다), B면의 〈프랑스 모음곡〉에서 한결 깊이 맛볼 수 있을 것이다.

이 레코드들 중 들을 만한 것은 뭐니 뭐니 해도 고바야시 히토시의 연주다. '피아노 교본 레코드'라고 재킷에 큼직하게 강조되어 있음에도, 일단 레코드에 바늘을 내려놓으면 그런 사실을 잊고 넋 놓고 듣게 된다. 세부가 한없이 정확하면서도 하나하나 감명을 준다. 이렇게 말하면 좀 그렇지만, 음악이 한 단계 격상되어 들린다. 이런 걸 어린아이에게 들려주기는 좀 아깝겠는데, 하며 절로 팔짱을 끼게 된다. 바흐의 악보를 앞에 두고 현대 피아노를 망설임 없이 연주하는 대담함과 반듯한 자세에 감탄한다.

하나 더, 재킷을 싣지는 않았지만 하프시코드 연주 중에서는 베롱라크루아의 것이 품격 있고 매력적이었다.

100

브람스 바이올린과 첼로를 위한 이중협주곡 A단조 작품번호 102

야샤 하이페츠(Vn) 에마누엘 포이어만(Vc) 유진 오르먼디 지휘 필라델피아 관현악단 Vic. LCT 1016 (1939년)

장 푸르니에(Vn) 안토니오 야니그로(Vc) 헤르만 셰르헨 지휘 빈 국립가극장 관현악단 West. WL5117 (1952년)

아이작 스턴(Vn) 레너드 로즈(Vc) 브루노 발터 지휘 뉴욕 필 일본CBS SONY SOCF129 (1954년)

아이작 스턴(Vn) 레너드 로즈(Vc) 유진 오르먼디 지휘 필라델피아 관현악단 Col. D2L 320 (1965년)

다비트 오이스트라흐(Vn) 로스트로포비치(Vc) 조지 셀 지휘 클리블랜드 관현악단 일본Vic. VIC9014 (1969년)

이 곡은 보통 대등한 명인 두 사람을 솔리스트로 갖추기에 오케스트라가 어느 정도까지 나아갈지 판단하기가 미묘하게 어렵다. 때문에 지휘자의 역량이 중요한 역할을 한다.

명첼리스트 포이어만은 1942년 서른아홉의 젊은 나이로 세상을 떠났다. 이것은 사망하기 얼마 전의 녹음. 하이페츠와의 호화로운 조합이다. 초점은 어디까지나 두 솔리스트의 화려한 솔로에 맞춰지고, 오르먼디가 지휘하는 오케스트라는 두 사람을 방해하지 않으면서 필요한 배경을 부족함 없이 마련할 뿐이다. 오래된 SP녹음이지만 역시 '음' 하며 팔짱을 끼고 귀기울이게 되는 두 거성의 명연이다. 듣는 쪽에서는 전혀 불필요한 생각을 할 필요가 없다. 들려오는 음악이 모든 것을 말해주고 있으니까.

장 푸르니에는 첼리스트 피에르 푸르니에의 동생인데, 이 형제의 공연을 들어본 적은 없다. 왜일까? 음반사와의 계약 문제인지, 아니면 우애가 좋지 않았는지. 장은 여기서는 야니그로와 공연한다. 두 젊은 솔리스트는 호감 가는 거침없는 솔로를 연주하지만, 배후에 버티는 셰르헨(웨스트민스터 레코드의 하우스 컨덕터)의 지휘는 약간 고색창연하달까, 너무 틀에 잘 담겨 있어서 좀 옛날 음악처럼 들린다.

발터의 이 곡은 후일(1959년) 프란체스카티와 푸르니에(형)와 함께 녹음한 연주가 유명한데, 우리집에 있는 것은 스턴과 로즈, 당시 한창 밀어주던 젊은 미국인 솔리스트와 함께한 것이다. 음악은 뚜렷이 오케스트라의 주도로 진행된다. 두 솔리스트도 활달하게 건투하지만 전체적으로 발터가 통솔하는 오케스트라가 곡의 골격을 만들어간다. 이 협주곡이 마치 솔로가 알알이 박힌 교향곡처럼 들리는데, 그 부분들이 들을 만하다.

스턴과 로즈는 십일 년 후 오르먼디와 함께 이 곡을 스테레오로 재녹음했다. 이 무렵 둘은 명실공히 중견답게, 자신감 넘치는 연주를 펼친다. 오르먼디도 전에 없이(라고 할까) 저돌적인 정열을 담아 연주해서 뜻밖일 정도로 열렬한 더블 콘체르토가 되었다.

오이스트라흐(아버지)와 로스트로포비치라는 러시아의 두 거물을 솔리스트로 초청한 조지 셀 지휘의 클리블랜드 관현악단. 셀은 걸출한 두 연주가를 확실히 전면에 내세우면서, 너무 나서지도 물러서지도 않고 마침맞게 음악을 진행해간다. 그 호흡이 완벽하다. 2악장 도입부에선 오케스트라가 정말 기분좋게 노래한다. 그 위로 자연히 엮여들어오는 오이스트라흐와 로스트로포비치의 단아한 소리. 말 그대로 지복이다. 마지막 한 음까지 상쾌한 긴장감이 끊기지 않는다.

101

포레 바이올린소나타 1번 A장조 작품번호 13

지노 프란체스카티(Vn) 로베르 카자드쥐(Pf) 일본CBS SONY SOCU58 (1951년)

장 푸르니에(Vn) 지네트 두아앵(Pf) 일본West. G-10508 (1952년)

피에르 아모얄(Vn) 안 케펠렉(Pf) Erato STu 71195 (1978년)

구로누마 유리코(Vn) 얀 파넨카(Pf) 일본CBS SONY SOCM117 (1975년)

구로누마 유리코(Vn) 세키 세이코(Pf) 일본Fontec FONC-5050 (1983년)

19세기 말부터 20세기 초에 걸쳐 프랑스계 작곡가들이 각기 뛰어난 바이올린소나타를 썼다. 풀랑크, 드뷔시, 라벨, 그리고 포레. 그에 비하면 이 시기 독일계 작곡가 중 뛰어난 바이올린소나타를 남긴 사람은 브람스 정도밖에 떠오르지 않는다. 어째서일까?

프란체스카티와 카자드쥐 콤비는 늘 그렇듯 훌륭하다. 녹음이 오래된 것이어서 약간 아쉽지만 바이올린 음색은 비길 데 없이 아름답고, 연주는 평온하며 풍부한 정감이 가득하다. 본고장 식재료로 마련한 일류 셰프의 특별 디너, 테이블에 오른 음식을 그저 맛있게 먹는 수밖에 없다……라고 할까.

장 푸르니에는 피에르 푸르니에의 동생, 지네트 두아앵은 장 두아앵의 여동생, 둘 다 위대한 손위 형제의 그늘에 가려지기 쉬운 입장이다. 그런 두 사람이 모여서 이 우아하게 흘러가는 소나타를 연주한다. 장 푸르니에는 스케일 큰 연주가라고 말하기는 힘들지만, 기품 있고 단아한 음악을 빚어나간다. 특히 안단테를 노래할 때의 아름다움은 매우 인상적이다. 프란체스카티/카자드쥐 조합에 비하면 리듬이 경쾌하고 약동감 있다. 모난 부분이라고는 없다.

역시 두 프랑스인의 조합. 프랑스에서 태어난 아모얄은 미국으로 건너가 하이페츠의 제자가 되었다. 당시 스물아홉 살. 같은 프랑스인이어도 프란체스카티나 푸르니에와는 세대가 다르다. 소리가 섬세하고 마음을 끌어당기는 힘을 지녔지만 다소 신경질적으로 들리는 부분이 있다. 케펠렉의 피아노는 유연하고 차분하게 바이올린의 딱딱함을 잘 중화해간다.

구로누마 유리코는 포레의 소나타 1번을 두 번 녹음했다. 1975년 파넨카와 공연한 버전은 잘 벼려진, 충실한 내용의 연주다. 19세기 말 프랑스 음악의 깊고 향긋한 맛을……이라기보다, 좀더 보편적인 구축성을 강하게 의식하고 진지하게 추구했다. 그런 만큼 프란체스카 티나 푸르니에가 보여주는 쇄탈함과는 상이한, 이른바 다른 선상에 놓인 음악으로 감상할 수 있다.

그러나 그로부터 팔 년 후 세키 세이코와 녹음한 버전에서는 표현이 약간 마일드해졌다. 장식이 없고 성실하고 솔직한 연주인 건 여전하지만, 음악에 직접 돌진하는 듯하던 예각적인 어프로치가 그림자를 감추고, 음색도 한결 온화해졌다. 품격 있는 뛰어난 연주라고 생각하며, 나는 (군이 말하자면 그렇다는 얘기지만) 파넨카와의 음반보다 이쪽 연주를 개인적으로 좋아한다. 어느 쪽이건 몇 번이고 되풀이해 듣고 싶어지는 연주다.

102

푸치니 가극 〈토스카〉

빅토르 데 사바타 지휘 스칼라극장 관현악단 칼라스(S) 디 스테파노(T) 영국Col. 33CX1893 (1953년)

몰리나리 프라델리 지휘 산타 체칠리아 관현악단 테발디(S) 델 모나코(T) London OS25218 (1959년)

로린 마젤 지휘 산타 체칠리아 관현악단 닐손(S) 코렐리(T) 피셔디스카우(Br) Dec. SET451 (1967년)

제임스 러바인 지휘 필하모니아 관현악단 스코토(S) 도밍고(T) EMI CFPD 4715 (1981년)

제임스 러바인의 레코드가 전곡반이고, 나머지는 하이라이트 LP. 토스카와 카바라도시 커플, 그리고 악역 스카르피아, 이렇게 세 사람만으로 드라마가 진행된다(그리고 마지막에는 모두 죽고 만다). 이 세 명의 캐스팅으로 거의 모든 것이 결정된다고 할 수 있다.

칼라스는 아직 젊고, 목소리에 드라마틱한 탄력이 있다. 때로 사랑스럽게, 때로 격렬하게. 디 스테파노도 실로 신선한 청년의 목소리다. 둘 다 당시 앞날이 창창한 이십대였다. 이 미남미녀(미성) 두 사람에 대항하는 스카르피아 역의 티토 고비도 출중한 악역 연기로 감탄을 자아낸다. 전설적인 명연이 된 밀라노극장 무대인데, 분명 시대와 이론을 초월해 듣는 이를 압도하는 특별한 무언가가 있다. 다만 이 하이라이트반의 편집은 어째 조화롭지 못하다.

레나타 테발디는 당시 마흔일곱 살이지만 성량은 칼라스에 결코 뒤지지 않는다. 전성기의 마리오 델 모나코도 미성을 아낌없이 들려준다. 디 스테파노가 싱그러운 청년의 목소리라면, 이쪽은 무르익은 원숙한 남자의 목소리다(당시 사십대). 어쨌든 이탈리아의 저력이라고 할까…… 칼라스는 '내가 샴페인이라면 테발디는 코카콜라'라는 발언을 한 적이 있다던가. 지금 와서는 어느 쪽도 우열을 가리기 힘든, 극상의 미주美酒처럼 들린다는 것이 내 생각이다만.

비르기트 닐손 하면 우선 바그너가 떠오르는데, 드라마틱 소프라노로서 푸치니도 장기로 삼는다. 그녀도 이 녹음 당시 쉰 살에 가까웠으나 목소리에선 나이가 느껴지지 않는다. 카바라도시에 코렐리, 스카르피아에 피셔디스카우라는 매력적인 남성 출연진을 거느리고 당당하게 노래한다. 연극성이 강하고, 앞서 말한 두 소프라노에 비해 광기어린 분위기를 한결 리얼하게 드러내는 듯하다. 그것을 받쳐주는 젊은 마젤의 지휘도 중요한 부분을 훌륭하게 장악한다. 피셔디스카우의 악역이 별로 악인답게 들리지 않는 건, 본바탕이 워낙 선한 사람이어서일까?

러바인의 전곡반. 우리집에 있는 레코드는 하나같이 연상의 소프라노 가수와 연하 미남미성의 라틴계 테너 가수 조합이다. 레나타 스코토와 플라시도 도밍고의 경우도 마찬가지다. 뭐, 별 상관 없는 부분이다만. 스코토와 도밍고 콤비가 태평할 만큼 낙천적으로 노래해버리는 것도 멋지거니와, 스카르피아 역을 장기로 삼는 브루손의 바리톤도 존재감이 있다. 다만 러바인의 지휘는 너무 드라마틱하고 기세가 강한 게 아닐까. 군데군데 귀에 거슬리고 마는 데가 있다.

나는 로마에 살 때 바티칸 근처에 집을 빌려 지내면서 매일 아침 산탄젤로성 주위를 달렸다. 그리고 '아아, 여기서 토스카 씨가 몸을 던졌구나'라는 생각을 했다. 이 오페라를 들을 때마다 그 무렵을 정겹게 떠올린다. 로마…… 노상 평행주차가 정말이지 보통 일이 아니었다만.

367

드보르자크 첼로협주곡 B단조 작품번호 104

모리스 장드롱(Vc) 베르나르트 하이팅크 지휘 런던 필 Phil. 802892 (1968년)

피에르 푸르니에(Vc) 조지 셀 지휘 베를린 필 Gram. 138 755 (1961년)

그레고르 퍄티고르스키(Vc) 샤를 뮌슈 지휘 보스턴 교향악단 Vic. LSC-2490 (1961년)

레너드 로즈(Vc) 유진 오르먼디 지휘 필라델피아 관현악단 Col. MS-6714 (1965년)

엔리코 마이나르디(Vc) 프리츠 레만 지휘 베를린 필 Gram. S71136 (1955년)

드보르자크는 피아노협주곡과 바이올린협주곡을 하나씩 썼는데, 그 둘을 합쳐도 아마 이 첼로협주곡의 인기에는 한참 못 미칠 것이다.

장드롱은 개인적으로 좋아하는 첼리스트로, 억지스러운 구석 없이 단아하고 유연한(그래도 결코 약하지 않은) 음악을 만들어내는 사람이다. 그리고 지극히 자연스럽게 노래한다. 그런 장드롱과 중용을 지키는 하이팅크가 팀을 이뤘으니 거친(울퉁불퉁한) 음악이 나올 리 없다. 양지바른 툇마루에서 고양이나 쓰다듬으면서 이런 음악을 들으면 참 좋겠다……라는 생각이 드는 음악이다(고양이도 없고 툇마루도 없지만).

푸르니에와 조지 셀, 베를린 필이라는 초호화 조합. 격조 있는, 한결같이 지극히 수준 높은 연주다. 푸르니에는 마음껏 자유로이 노래하고, 오케스트라는 만반의 태세로 정성스럽게, 그지없이 정확한 기반을 깔아나간다. 아름답고 품위 있는 첼로 독주도 매력적이지만 치밀한 오케스트라 워크도 경청할 가치가 있다. 푸르니에와 셀의 공연으로 말하자면 리하르트 슈트라우스의 〈돈키호테〉도 훌륭했는데, 이쪽도 그에 못지않게 근사하다.

퍄티고르스키의 첼로는 앞서 말한 두 사람에 비해 자기주장의 울림이 다소 강하다. 뮌슈의 지휘 역시 조심스러운 편에 속해서, 그만큼 첼로가 한 발 더 앞으로 나서게 된다. 퍄티고르스키, 바이올린으로 치면 하이페츠 타입의 연주라고 할까. 이 곡의 드라마틱한 측면이 비교적 강하게 내세워져서, 드보르자크 음악이 지니는 '좋은 됨됨이'보다 '열의' 쪽이 강조된 듯하다.

　　RCA 빅터가 역점을 두었던 첼로 주자가 퍄티고르스키라면, 당시 CBS 레코드가 첼로에서 '밀어준' 사람은 레너드 로즈였다. 로즈는 실내악 연주로 정평이 나 있지만 협주곡 솔리스트로는 선이 약간 가늘게 들린다. 뭐 가늘면 가는 대로 좋은데(하나의 개성이니까), 이 곡에 어느 정도 필요한 흙냄새 같은 것이 거의 느껴지지 않아서, 아무래도 곡 전체에 어딘지 '어정쩡한 느낌'이 감돈다. 매우 느낌이 좋고(옷에 비유하자면 마감 처리가 잘된) 성의 있는 연주이기에 별로 나쁘게 말하고 싶진 않지만.

　　밀라노 출신의 명인 마이나르디의 첼로는 굳이 말하자면 내성적인 소리를 낸다. 힘에 맡겨 밖으로 내닫기보다 안쪽을 향해 탐구해가는 연주다. 화려한 극적 장면 같은 것은 애초부터 필요로 하지 않는다. 프리츠 레만과 베를린 필 역시 연주자의 정신을 존중해 느긋하게 포용력 있는 음악을 만들어간다. 특히 2악장의 아름다움에는 절로 반해서 귀기울이게 된다. 거의 언급되는 일이 없는 음반이지만, 훌륭한 음악이다.

105-2

드보르자크 첼로협주곡 B단조 작품번호 104

장 드크루(Vc) 데이비드 진먼 지휘 헤이그 필 Phil. 802892 (1977년)

요세프 후흐로(Vc) 바츨라프 노이만 지휘 체코 필 일본 컬럼비아 OQ7383 (1976년)

쓰쓰미 쓰요시(Vc) 즈데네크 코슐러 지휘 체코 필 일본CBS SONY 32AC-1392 (1981년)

므스티슬라프 로스트로포비치(Vc) 오자와 세이지 지휘 보스턴 교향악단 일본Erato REL-8375 (1985년)

파블로 카살스(Vc) 조지 셀 지휘 체코 필 Vic. LCT1026 (1937년)

드크루는 1932년 태어난 네덜란드 첼로 주자. 콘세르트헤바우 관현악단의 솔로 첼리스트를 오랫동안 맡았다. 이 드보르자크 협주곡은 첼로 소리가 깜짝 놀랄 만큼 윤택하다. 그 긍정적인 윤택함이 음악을 겸허하게 견인해간다. 이 레코드를 듣기 전까지 드크루라는 사람을 몰랐는데, 색다른 '드보르자크 첼로협주곡'을 만났다. 젊은 데이비드 진먼의 지휘도 열의가 흘러넘치고 실로 브릴리언트하다. 다만 보헤미아 풍미 같은 것은 거의 볼 수 없다.

후흐로는 1931년 태어난 체코의 첼리스트. 수크 트리오 멤버로 장기간 활약했다. 그 후흐로와, 노이만이 지휘하는 체코 필이라는 '순수 체코' 팀이 도전한 드보르자크. 언제라도 꺼내 쓸 수 있게 잘 준비되었다고 할까, 허둥대지 않고 소란스럽지도 않게 본토 분위기의 자유로운 연주를 펼친다. 특히 2악장의 단아한 아름다움은 매우 인상적이다. 위압적인 구석이 없는, 지극히 내추럴한 음악이다. 화려한 부분이 없기에 비르투오소적인 연주를 원하는 사람에게는 적합하지 않지만, 몇 번씩 듣다보면 맛이 배어난다.

쓰쓰미 쓰요시가 체코로 가서 녹음한 드보르자크. 오케스트라 소리가 도입부부터 멋지다. 보헤미아네, 싶은 소리가 낭랑히 울린다. 쓰쓰미의 첼로는 앞으로 나서기보다 오히려 배경 오케스트라의 울림과 일체화해 종합적으로 음악을 만들어가는 방식을 지향하는 듯하다. 물론 첼로 소리는 부족함 없고, 노래해야 할 곳은 틀림없이 노래하지만, 음악의 균형을 중시하면서 불필요한 에고는 배제했다.

들려오는 것은 깊은 상냥함을 담은, 침착하고 여유로운 자연의 흐름—이 연주를 들으면서 프라하를 가로질러 흘러가는 강의 정경을 떠올렸다.

로스트로포비치는 총 (아마) 네 번 이 협주곡을 녹음했는데, 마지막이 이 오자와 세이지와의 공연반이다. 첫 음부터 듣는 이의 귀를 확 휘어잡는다. 영혼의 깊은 곳에서 흘러넘치듯 실로 인간적인 소리다. 오케스트라와 지휘자는 그 아름다운 심정 고백을 이해하고, 부족함도 과함도 없이 근사한 음악 배경을 지원해간다. 만일 이 연주에 불만을 말한다면 '너무 완성되었다'는 것이리라. 지나치게 빈틈이 없다. 그런데 그것을 단점이라고 할 수 있을까?

끝으로, 압권이라고 해야 할 1937년 카살스반. 나치스가 삼켜버리기 직전의 체코 프라하에서 녹음되었다. 오래된 SP반을 이용한 '복각반'이지만, 카살스의 품격 있고 스케일 큰 음악은 때로 상냥하게 노래하고 때로 뜨겁게 호소하며 시대를 초월해 우리 마음을 뒤흔든다. 젊은 날의 셀이 지휘하는 체코 필도 위대한 솔리스트의 사려 깊은 연주에 고개를 숙이면서 만반의 태세로 다가붙는다.

104

베토벤 피아노소나타 11번 〈대소나타〉 B♭장조 작품번호 22

프리드리히 굴다(Pf) 일본London SOL 2016 (1953년)

알프레트 브렌델(Pf) VOX VBX 419 (1960-62년)

머리 퍼라이아(Pf) 일본CBS SONY 28AC1665 (1982년)

얼 와일드(Pf) dell'Arte DBS7004 (1984년)

루돌프 제르킨(Pf) 일본CBS SONY 18AC752 (1970년)

베토벤 피아노소나타 중 초기의 마지막에 해당하는 작품. '대소나타'라는 표제가 자못 거창하지만 그 정도로 대곡은 아니다. 굳이 말하자면 심플한 만듦새로, 후기 베토벤 같은 내성적인 요소는 별로 눈에 띄지 않는다. 거꾸로 말하자면 연주가에게는 그만큼 음악을 만들기 어려워진다는 뜻이다. 테크닉을 보여줄 부분도 딱히 없고, 무엇을 연주의 축으로 삼을지 스스로의 힘으로 발견하지 않으면 음악이 얄팍해져버린다.

데뷔한 지 얼마 되지 않은 젊은 굴다(아직 스물세 살)의 연주는 상당히 매력적이다. 특별히 기교를 부리려는 생각도 없고, 머리부터 꼬리까지 큰 고민 없이 연주해버리는데(적어도 그렇게 들린다), 흐름이 매우 자연스럽고 조금도 따분하지 않다. 연주자와 작곡자의 호흡이 딱 맞아떨어진다. 내가 가지고 있는 것은 일본에서 발매한 (아마도) 유사 스테레오반이지만 특별히 음질에 불만은 없다.

베토벤 연주자로 정평이 난 브렌델의 이 음반 역시 젊은 시절의 연주다. 서른 살을 갓 넘긴 브렌델은 시원스럽게 이 11번을 연주한다. 나는 브렌델의 팬이라고는 할 수 없지만 이 11번에는 기꺼이 따스한 박수를 보내고 싶다. 특히 미뉴에트가 차밍하다. '지적知的 처리' 같은 것은 눈에 띄지 않고, 곡 전체에서 음악을 연주하는 순수한 즐거움이 느껴진다. 그래도 앞서 꼽은 굴다의 연주에 비하면 나름대로 '양념을 친' 부분이 있다.

머리 퍼라이아는 원래 내가 좋아하는 피아니스트인데, 이 11번 연주에서는 불만이 남는다. 음악의 프로그램이 미리부터 지나치게 완성되었다고 할까, 전체적으로 여유 같은 것이 느껴지지 않는다. 의도가 앞질러나가기에 음악의 깊은 맛이 부각되지 않는다. 지금의 퍼라이아라면 아마 한층 차분하게 연주하지 않을까.

나는 얼 와일드라는 연주가에게 왠지 개인적인 흥미가 있어서 기회가 될 때마다 적극적으로 들어왔는데, 그가 연주하는 베토벤을 듣기는 처음이다. 그런데 이게 참 좋았다. '베토벤이다!' 하며 힘을 준 구석이 없고, 한 발 물러나서 침착하고 균형 잡힌, 그리고 진심이 담긴 음악을 만들어간다. 신기하게도……라고 하면 어폐가 있을지 모르지만, 의외의 장소에서 의외의 연주를 하는 피아니스트임은 확실하다.

루돌프 제르킨. 이 사람이 연주하는 11번 소나타는 정말로 훌륭하다. 이쯤 되면 격이 다르다고 말해도 좋지 싶다. 성실한 제르킨 파파의 손이 닿으면 이 비교적 심플한 초기 소나타도 왠지 온몸을 던져 등반해야 할 장대한 봉우리처럼 느껴진다. 듣는 이도 손에 땀을 쥐며 그 쾌거에 완전히 반하고(홀리고) 만다. 화려하진 않지만, 제르킨이라는 피아니스트의 장점을 알기에는 가장 적합한 곡일지도.

More, My Good Old
Classical Records

지은이 **무라카미 하루키**

1979년 『바람의 노래를 들어라』로 군조신인문학상을 수상하며 데뷔했다. 1982년 『양을 쫓는 모험』으로 노마문예신인상, 1985년 『세계의 끝과 하드보일드 원더랜드』로 다니자키 준이치로 상을 수상했다. 『도시와 그 불확실한 벽』『기사단장 죽이기』『1Q84』『여자 없는 남자들』『일인칭 단수』외 수많은 소설과 에세이로 전 세계 독자들의 사랑을 받고 있다.

옮긴이 **홍은주**

이화여자대학교 불어교육학과와 동 대학원 불어불문학과를 졸업했다. 일본에 거주하며 프랑스어와 일본어 번역가로 활동하고 있다. 옮긴 책으로 『도시와 그 불확실한 벽』『기사단장 죽이기』『일인칭 단수』『수리부엉이는 황혼에 날아오른다』『장수 고양이의 비밀』『고로지 할아버지의 뒷마무리』 등이 있다.

오래되고 멋진 클래식 레코드 2

초판 인쇄 2024년 4월 23일 | 초판 발행 2024년 5월 13일

지은이 무라카미 하루키 | 옮긴이 홍은주
책임편집 고선향 | 편집 송영경 양수현 황문정 이현자
디자인 백주영 이주영 | 저작권 박지영 형소진 최은진 서연주 오서영
마케팅 정민호 서지화 한민아 이민경 안남영 왕지경 정경주 김수인 김혜원 김하연 김예진
브랜딩 함유지 함근아 고보미 박민재 김희숙 박다솔 조다현 정승민 배진성
제작 강신은 김동욱 이순호 | 제작처 한영문화사(인쇄) 경일제책사(제본)

펴낸곳 (주)문학동네 | 펴낸이 김소영
출판등록 1993년 10월 22일 제2003-000045호
주소 10881 경기도 파주시 회동길 210
전자우편 editor@munhak.com | 대표전화 031)955-8888 | 팩스 031)955-8855
문의전화 031)955-1927(마케팅), 031)955-1917(편집)
문학동네카페 http://cafe.naver.com/mhdn
인스타그램 @munhakdongne | 트위터 @munhakdongne
북클럽문학동네 http://bookclubmunhak.com

ISBN 979-11-416-0027-3 03830

www.munhak.com